LIA MATERA

MÖRDERISCHE KANZLEI

THRILLER

Aus dem Amerikanischen von Nicole Hölsken

ECON Taschenbuch Verlag

Veröffentlicht im ECON Taschenbuch Verlag

Der ECON Taschenbuch Verlag
ist ein Unternehmen der ECON & List Verlagsgesellschaft

Deutsche Erstausgabe

First published by Ballantine Books in the United States of America
Titel des amerikanischen Orginals: Hidden Agenda
Aus dem Amerikanischen übersetzt von: Nicole Hölsken
Umschlaggestaltung: DYADEsign, Düsseldorf
Titelabbildung: The Stock Market, US-69-0102
Lektorat: Gisela Klemt
Gesetzt aus der Meridien, Linotype
Satz: Josefine Urban – KompetenzCenter, Düsseldorf
Druck und Bindearbeiten: Ebner Ulm
Printed in Germany
ISBN 3-612-27315-9

Für Ennio – den besten Bruder der Welt

Kapitel 1

Die ganze Geschichte begann mit einem verdammten Anruf um sieben Uhr morgens. Im Hörer ertönte das typische Summen eines Ferngesprächs.

»Hier Willa Jansson«, knurrte ich.

»Und hier Thomas Spender!« Seine Stimme klang wie: *Eins zu eins für mich!* »Wir haben uns in Ihrem letzten Studienjahr kennengelernt, im Januar.«

Ich warf meinen nackten Zehen einen grimmigen Blick zu und stieß ein auf dem Bett liegendes Unterhemd beiseite. Wenn er jetzt glaubte, daß ich ein begeistertes »Wie schön!« von mir geben würde, hatte er sich geschnitten. Mein letztes Studienjahr gehörte wohl kaum zu den Phasen meines Lebens, an die ich mich am liebsten erinnerte.

»Inmitten dieser, hmm . . . Verwicklungen.«

Verwicklungen – das Wort bahnte sich einen Weg durch meine verschlafenen Synapsen. Ich erinnerte mich daran, daß schon damals jemand dieses Wort benutzt hatte, jemand von – »Wailes, Roth –«

»– Fotheringham and Beck. Ja, genau. Sie erinnern sich also an unser Gespräch!«

Obwohl ich für eine respektable – will sagen radikale – Kanzlei in San Francisco hatte arbeiten wollen, verabredete ich damals auch ein Vorstellungsgespräch bei zwei Leichenbestattern (zumindest sahen sie so aus) einer altehrwürdigen Wall-Street-Kanzlei. Langsam erinnerte ich mich wieder, und Thomas Spender Esq. nahm vor meinem geistigen Auge Gestalt an: ein verknöcherter Republikaner par excellence, dessen kräftige Statur seinen Nadelstreifenanzug zu sprengen drohte.

»Ich will gleich zur Sache kommen, Miss Jansson. Wir, hmm, wir haben gehört, daß die Kanzlei, in der Sie arbeiteten – Sie waren doch bei Julian Warneke, oder nicht?« Seine Stimme klang jetzt ebenso zerstreut wie herablassend. »Nun ja, daß diese Firma jetzt, hmm, gewissermaßen erloschen ist?«

Gewissermaßen erloschen – das logische Resultat aus dem Mord an zwei Partnern und einer Sekretärin. »Die Firma existiert nicht mehr«, bestätigte ich. Jeder, der Zeitung las, wußte Bescheid.

»Der Grund, warum ich das erwähne, ist folgender: Wir haben immer noch Ihre Bewerbungsunterlagen vorliegen. Und wir, hmm, dachten uns, daß Sie vielleicht Interesse hätten, uns einen *aktualisierten* Lebenslauf zu schicken.«

Ich rückte näher an mein Schlafzimmerfenster heran und zog das Rouleau hoch. Das helle Morgenlicht blendete mich. Als ich mich umsah, entdeckte ich Wäscheberge, Bücher, Zeitungen und Staubflocken: meine Wohnung. Also konnte es kein Traum sein.

»Ich soll Ihnen einen aktualisierten Lebenslauf schikken?« Seit wann hatte die größte und protzigste Kanzlei der ganzen Wall Street es nötig, Lebensläufe *anzufordern?* Und warum ausgerechnet den meinen? Ich hatte zwar ein ganz passables Examen gemacht, aber Malhousie war keineswegs eine Elite-Universität. Und Wailes, Roth etc. gehörte zu den Kanzleien, vor denen Studenten aus Stanford und Yale im Staub zu kriechen pflegten, nachdem sie als Assistenten am Obersten Gerichtshof gedient hatten.

»Ich will Ihnen sagen, warum wir ausgerechnet an Sie gedacht haben, Miss Jansson. Trotz der Publicity um diese Warneke – hmm –«. Wahrscheinlich wollte er nicht schon wieder von Verwicklungen sprechen. »Eine unglückliche Geschichte, natürlich, aber – sagen Sie, kennen Sie Bud Hopper?«

»Nein.«

»Ein ziemlich hohes Tier.« Der Manhattan-Akzent war jetzt beinahe verschwunden. »Gehört im Innenministerium wohl zu den einflußreicheren Persönlichkeiten. Genießt das Vertrauen des Präsidenten, der ihm angeblich oft sein Ohr leiht.«

»Ach, deshalb das Hörgerät?«

Eine kleine Pause. »Oh, ja. Haha. Wie auch immer. Bud hat ein paar Freunde bei der INS – der Behörde für Immigration und Einbürgerung –«

»Ich weiß, wofür dieses Kürzel steht.«

»Natürlich, entschuldigen Sie!« Er sprach mit herablassender Herzlichkeit. »Wie ich höre, haben Sie einen hervorragenden kleinen Artikel über alternative Pläne zur Einwanderungsbeschränkung verfaßt.«

»Sprechen Sie von meinem Artikel aus Studienzeiten?« In dem ganz bestimmt *nicht* von »Plänen« die Rede gewesen war. Nicht ein einziges Mal.

»Bud sagt, daß einer der erfahrenen Berater des Weißen Hauses einen Blick drauf geworfen hat. Und er sagt sogar« – beglückwünschte er mich in herablassendem Ton –, »daß die Leute des Präsidenten den einen oder anderen Gedanken aus dem Artikel aufgegriffen haben, als sie dem Kongreß die Sache mit der begrenzten Amnestie vorschlugen.«

Ich hätte beinahe laut aufgestöhnt. Der jüngste republikanische Vorschlag gestattete es Firmenbossen, ihre bereits anwesenden, billigen Gastarbeiter weiterhin auszubeuten, während sie zukünftigen Einwanderern die Tür vor der Nase zuschlugen. »Ich bin sicher, Sie haben Ihren Freund mißverstanden –«

»Nun, nun. Keine falsche Bescheidenheit! Ich hatte noch keine Gelegenheit, selbst einen Blick hineinzuwerfen, aber Bud Hopper hält den Artikel offenkundig für eine hervorragende studentische Leistung.« Und dann fügte er fröhlich hinzu: »Gut genug jedenfalls für die Reagan-Administration!«

Fast hätte ich mich neben das Bett gesetzt. Noch vor kurzem hatte ich mich nach einem Cop verzehrt. Wenn meine Eltern erfuhren, daß ich jetzt auch noch einen Beitrag zur republikanischen Politik geleistet hatte, würden sie nur noch in Sack und Asche herumlaufen.

»Und«, fuhr er fort, »einige meiner Partner waren ziemlich beeindruckt, als ich den Artikel erwähnte und vorschlug, Sie heute morgen anzurufen und um einen aktualisierten Lebenslauf zu bitten.«

»Ich danke Ihnen, Mr. Spender. Aber ich glaube nicht, daß ich nach New York ziehen möchte.«

»Nein, nein, Miss Jansson. Die neue Kraft brauchen wir in unserem Büro in San Francisco.«

»Ich wußte gar nicht, daß Sie hier ebenfalls eine Zweigstelle unterhalten.«

»Kürzlich gegründet. Gegenwärtig noch ziemlich klein – im Grunde erst einmal nur eine Erweiterung unseres Büros in Los Angeles. Zwei Partner und vier Anwälte, aber wir haben vor, so schnell wie möglich weiter zu expandieren. Und natürlich wären wir bereit, Sie einzugliedern.«

»Mich einzugliedern?«

»Ihnen Ihre beiden Jahre bei Warneke anzurechnen.«

»In welchem Sinn?«

»Gehalt und Dienstrang«, sagte er in nachsichtigem Ton. »Ich glaube, unsere Leute bekommen im dritten Jahr etwa neunzigtausend. Im vierten Jahr geht es dann steil bergauf und immer so weiter, bis man im siebten Jahr Partner wird, *wenn* man Partner wird. Partner sind natürlich in einer ganz anderen Gehaltsklasse.«

Neunzigtausend Dollar! Und steil bergauf! Warneke,

Karrey, Liberman & Flish, die Kanzlei meiner linken Träume, hatte mir fünfundzwanzigtausendfünfhundert bezahlt, bevor sie gewissermaßen erlosch.

»Ich werde Ihnen den Namen einer Kontaktperson in unserer Kanzlei in San Francisco nennen«, fuhr Spender in dem gleichen nachsichtigen Ton fort. »Falls Sie sich dazu entschließen können, rufen Sie uns an.«

Und mit dem atemlosen Gehorsam einer Nancy Reagan hauchte ich ins Telefon: »Ich hole mir nur schnell einen Stift!«

Kapitel 2

»Mutter«, sagte ich vorsichtig, während ich beobachtete, wie sie die Kurbel eines Vervielfältigungsapparates drehte, den selbst ein Gutenberg gemieden hätte. »Ich glaube, heutzutage sollten Frauen endlich ihre rechtmäßige Position im männlich dominierten Machtgefüge einnehmen. Findest du nicht auch?«

Ihre mit Krampfadern durchzogenen Beine bewegten sich rhythmisch vor und zurück, während sie die schmutzigen Kopien ihres jüngsten Traktats herauszog. Sie hörte gar nicht richtig zu, in unserer Familie gelten liberale Empfindungen als Frequenzstörung.

Ich versuchte es weiter. »Besonders, weil –« – ja, warum? – »Immerhin stehen die Wahlen vor der Tür.«

Mutter hörte auf zu kurbeln und nahm die oberste Kopie von dem Stapel herunter. Ihre Finger waren rot beschmiert, mit geschürzten Lippen sah sie den Stapel durch. Wie gewöhnlich war alles vollkommen zerknittert. Die Flugblätter kündigten die Gründung einer weiteren Medienallianz – der *People's Media Alliance* – an.

»Deshalb habe ich einen neuen Job angenommen«, schloß ich etwas unbestimmt.

»›Macht Euch die Medien zunutze!‹« las meine Mutter laut. Wenn die Hippies ihr zwanzigjähriges Jubiläum feierten, würde meine ergraute Mutter immer noch an vorderster Front kämpfen.

»Ich habe einen neuen Job in einer Kanzlei, Mutter.«

Sie blinzelte. »Eine neue Firma? Legal Aid? Charles Garry?«

»Nicht so ganz.« Wie sollte ich ihr nur beibringen, daß

ich in Zukunft Banken und Konzerne statt Einwanderer und Gewerkschaften vertreten würde? »Aber ich habe den Job wegen meines Artikels über die Immigration bekommen.«

Die blauen Augen meiner Mutter leuchteten vor Stolz. »Das Agricultural Labor Relations Board! Aber das ist ja *wunderbar,* Schatz!«

»Also, nein. Was ich eben über Frauen sagte, die ihren Platz in der Machtelite einnehmen müssen ...« Ich sah mich in der spärlich möblierten und mit Kissen übersäten Wohnung um. Von jeder Wand blickten Poster auf mich herab, die mich aufforderten, den Hungrigen Brot zu geben und aus der Lektion, die Vietnam uns erteilt hatte, zu lernen. Ich seufzte. »Die Kanzlei nennt sich Wailes, Roth, Fotheringham and Beck.«

Mutter war irritiert: Alles jüdisch-protestantische Namen, keine renommierten Farbigen. Ob ich sie davon überzeugen konnte, daß Wailes ein afrikanischer Stammesname war? »Und welches Recht –?«

»Die Kanzlei vertritt ausschließlich Klienten aus dem Establishment, Mutter.« Ich sah, wie ihr die Kinnlade herunterfiel, und fuhr eilig fort. »Aber die Sache ist doch die. Seit über fünfzig Jahren ist dieser Bereich eine Bastion der alten Herren, und ich denke, es ist Zeit, daß auch Frauen anfangen ...«

Viel Geld zu verdienen, schloß ich im stillen.

Mutter legte ihr Flugblatt beiseite und richtete sich kerzengerade auf. Wenn sie sich an ihr Yoga erinnerte, bedeutete das unweigerlich Ärger. »Hat *er* dir diese Flausen in den Kopf gesetzt?«

Er hatte seit zwei Monaten nicht auf meine Anrufe reagiert. Seitdem man ihm wegen seines Verhaltens in einem Mordfall – dem Mord an meinem früheren Boß, Julian Warneke – eine mündliche Rüge erteilt hatte. Für mich jedoch hatte sich sein Fehlverhalten als Segen erwiesen: Lieutenant Don Surgelato vom Morddezernat in San Francisco hatte einen unbewaffneten Mordverdächtigen erschossen. Wenn der »Verdächtige« (sprich: der Mörder) überlebt hätte, so wäre die Verbindung meiner Mutter zu einer Untergrundorganisation ans Licht gekommen. Sie hätte im Gefängnis landen können.

Nicht, daß Mutter etwas dagegen gehabt hätte, ins Gefängnis zu wandern. Das tat sie einfach hin und wieder, um die Beziehung zu ihren Schützlingen zu intensivieren.

Ich war diejenige, der es nicht gefiel, wenn sie hinter schwedischen Gardinen saß, und meine Dankbarkeit dem Lieutenant gegenüber (die ich nie hatte zum Ausdruck bringen können, weil er, wie gesagt, meine Anrufe nicht entgegennahm) grenzte beinahe an unerwiderte Liebe.

Die Gesetzesmaschinerie San Franciscos reagierte allerdings völlig anders. Angeführt von meinem früheren Strafrechtsprofessor forderte sie energisch die Suspendierung des Lieutenants vom Dienst.

Und meine Mutter, verdammt soll sie sein, hatte höchst persönlich zwei »Suspendiert Surgelato«-Kundgebungen auf den Stufen der Hall of Justice organisiert.

»*Er* hat wahrscheinlich noch nie etwas von Wailes, Roth etc. gehört, Mutter!« Ich unterdrückte den Impuls, sie anzuschreien – das letzte, was ich jetzt gebrauchen konnte, war eine ihrer schrecklichen Vorträge über das Familien-*Chakra*.

»Ich bin es nur einfach leid –«

»Was? Meine moralischen Prinzipien?« Zorn rötete ihre Wangen.

»Die schlechte Bezahlung! Legal Aid, ACLU und Ag Board, die bezahlen noch nicht mal genug, daß man sich von dem Geld in einer Stadt wie San Francisco eine Busfahrkarte leisten könnte! Ich bin es leid, dermaßen unterbezahlt zu sein! Und ich bin es leid, dauernd erzählt zu bekommen, wie glücklich ich mich preisen kann, weil es Hunderte von Linken gibt, die sich nach diesem Job die Finger lecken würden!«

»Geld!« Es hörte sich an, als hätte sie »Rattengift!« gesagt. »Willa June, im Leben geht es um erheblich Wichtigeres als um – du mußt deinen Mitmenschen helfen! Glaubst du denn nicht –«

»Du meine Güte, die Welt wird schon nicht untergehen, wenn ich diesen Job annehme!« Ich kramte noch einmal mein einziges ideologisches Argument hervor: »Wir Frauen müssen endlich anfangen, das männlich dominierte Machtsystem zu unterwandern, Mutter!«

Einen Augenblick lang schien meine Mutter zu schwanken – immerhin hatte sie die Angewohnheit, die meisten meiner Verhaltensweisen zu billigen.

Unglücklicherweise jedoch war es nur allzu durchschaubar, wie sehr ich mir in die eigene Tasche log. Meine Mutter mochte ja vielleicht ein weiches Herz haben, keineswegs aber eine weiche Birne.

»Oh Wiiiilla!« stöhnte sie. »Du hast dich *verkauft!* Ich hätte niemals geglaubt, daß ausgerechnet *dir* so etwas passieren würde!«

Und dann bekreuzigte sie sich und betete leise für meine abtrünnige, schwarze Seele.

Kapitel 3

William K. Mott sah mit seinem stämmigen Körper, dem schwarzen, streng zurückgekämmten Haar und dem langen Gesicht voller Sorgenfalten aus wie ein Leichenbestatter. Er trug einen nachtblauen Anzug, ein weißes Hemd und eine bordeauxrote Fliege. Sorgfältig entfaltete er eine Halbbrille aus Horn, während er auf meinen Lebenslauf hinabblinzelte.

»Malhousie«, murmelte er mit leichter Verachtung in der Stimme. *Bloß* Malhousie – dieses Attribut wurde in Verbindung mit meiner alten Universität häufig benutzt – stand auf der Liste der »besseren« Universitäten an letzter Stelle. Es kam gleich nach Minnesota. Ganz gut, aber keineswegs zur Elite gehörend. Nicht Stanford, Harvard oder Yale – aber auch nicht Temple, Memphis State oder People's College.

Für neunzigtausend im Jahr konnte ich mich sogar mit der Schmähung meiner Alma Mater abfinden. »Ich war unter den ersten fünf meines Jahrgangs. Und ich habe ein paar Semester in Stanford studiert.« Und dann, weil Mott immer noch unbeeindruckt dreinblickte: »Außerdem habe ich eine Weile als Chefherausgeberin einer juristischen Fachzeitschrift gearbeitet.« Plötzlich plagten mich Schuldgefühle. Früher hatte ich mich über den glühenden Ehrgeiz jener, die sich um diesen Job rissen, nur lustig gemacht. Ich selbst hatte ihn nur durch eine Verkettung von Zufällen bekommen.

Mit der Halbbrille auf der Nase widmete sich Mott weiterhin meinem Lebenslauf. Nervös blickte ich mich in seinem Büro um. Es war ganz in Grau, Dunkelblau und Pflaume gehalten. An den Wänden hingen abstrakte Landschaftsbilder in passenden Farben. Hinter Mott prangte eine gerahmte Fotografie von Gerald Ford, die eine Bildunterschrift wie »Was, *ich* und Sorgen?« hätte tragen können. Auf seinem Schreibtisch lagen ein ordentlicher Stapel Akten und eine geöffnete Aktentasche. Die grauen, ledernen Bürostühle hatten wahrscheinlich mehr gekostet als die gesamte Einrichtung des Fünfraumbüros meines alten Chefs. Hinter Mott gaben zimmerhohe Fenster den Blick auf das farbige Treiben des Finanzdistrikts frei. Ganz im Hintergrund erhob sich – durch Scheinwerfer in strahlendes Licht getaucht – der Coit Tower. In meinem alten Büro hatte ich Ausblick auf ein paar Garagen gehabt.

Schließlich resümierte Mott: »Die ersten fünf, Chefherausgeberin, mm-hm, mm-hm. Und natürlich der Artikel, den Bud Hopper erwähnte. Sagen Sie, welche Art von Arbeit haben Sie für Mr. Warneke verrichtet?«

»Prozeßabwicklung.« Ich war froh, mich auf das konzentrieren zu können, *was* ich getan hatte – nicht, *für wen* ich es getan hatte. »Vornehmlich die Bearbeitung von Anträgen, aber auch von eidesstattlichen Erklärungen, Anhörungen des Verwaltungsausschusses, Vertragsverhandlungen –«

»Prozeßerfahrung?«

»Ein Geschworenenprozeß«, gab ich zögernd zu. Er hätte den Klagegrund nicht gutgeheißen. Und außerdem hatte ich verloren.

»Als Assistentin von Mr. Warneke?«

»Nein.« Ich konnte spüren, wie ich immer tiefer in das Leder sank. »Es war kurz nach seinem, hmm ... Tod.«

»Ah ja.« Er warf erneut einen grimmigen Blick auf meinen Lebenslauf, während er die Knöpfe seines futuristischen Telefons bearbeitete. Einen Augenblick später kam eine geklonte Lauren Hutton ins Büro. »Jaclyn, ich denke,

Robert wird Miss Jansson als nächster sehen wollen.« Mott schob den Stuhl zurück und verschränkte seine Finger auf dem Schreibtisch. Als ich mich zum Gehen erhob, erklärte er mir: »Ich halte mir dieses Büro nur für gelegentliche Spritztouren in den Norden. Mein Erstsitz ist unsere Kanzlei in Los Angeles. Robert LeVoq« – ein schwaches Lächeln – »ist in dieser Filiale der Seniorpartner.« Und dann fügte er grimmig hinzu: »Ich bin der *geschäftsführende* Partner!«

Der Blick, den er und Jaclyn miteinander tauschten, schien geradezu Funken zu sprühen.

Kapitel 4

Robert LeVoq sprach gerade in seine Gegensprechanlage – die Füße auf dem Tisch, einen Block voller geometrischer Kritzeleien vor sich. Er war etwa Mitte Dreißig, also in meinem Alter. Das braune, locker gefönte Haar und das pokkennarbige Gesicht, das an ein Streifenhörnchen erinnerte, vermittelten den Eindruck jungenhaften Charmes. Er trug einen gewagten hellen Anzug, gemusterte Socken in den gleichen Tönen und eine große, sportliche Uhr. In seinen dicht beieinander stehenden Augen glomm ein durchtriebener Funke.

»Marty, Marty! Aber nein!« bellte er die Gegensprechanlage an. Er winkte mich in das Büro, warf zunächst einen Blick auf meine Brüste, dann auf meine Beine, dann auf mein Haar und nickte schließlich wohlwollend: eine süße kleine Blondine. (Wenn er mich einstellte, würde er bald merken, daß er sich getäuscht hatte.) »Wir können diese Sache jederzeit weiterverfolgen!«

Eine jüdisch klingende Stimme mit New Yorker Akzent knackte aus dem Lautsprecher zurück: »Aber Bobby, welchen verdammten Unterschied soll das denn noch machen? Wenn du es jetzt erledigen kannst, wirst du es auch im nächsten Monat können! *Wenn* du es jetzt erledigen kannst!«

»Wenn!« ›Bobby‹ lachte, ein rollendes Glucksen, das wie einstudiert klang. »Sag deinem Klienten, daß er den Maserati genießen soll, solange er ihn sich noch leisten kann, Kumpel! Und vergiß die Verlängerung!« LeVoq blinzelte mir zu, als ich mich ihm gegenüber setzte. »Du mußt es mal so sehen, Marty – deiner Frau wird es in Italien sicher besser gefallen, wenn sie alleine fährt!« Er drückte auf einen Knopf und beendete damit das Gespräch. »*Wir* machen schließlich auch keine Ferien, nicht wahr?«

Keine Ferien? Ich hoffte, daß er Witze machte. »Ich bin Willa Jansson. Mr. Mott hat mich geschickt.«

Er schüttelte mir die Hand, hielt sie einen Augenblick zu lang fest und warf erneut einen Blick auf meine Brüste. »Bob LeVoq! Setzen Sie sich. Jackie«, sagte er zu der geklonten Lauren Hutton, »warte ein Minütchen!«

Während LeVoq die auf seinem Schreibtisch verstreuten Aktenordner zu einem Stapel aufschichtete, sah ich mich um. Das Büro war fast genauso groß wie das von Mott. Es war in Creme, Schwarz und Rot gehalten, wobei abstrakte Skulpturen weiblicher Torsos mit breiten Hüften einen besonderen Akzent setzten. Auch von hier aus konnte man den Coit Tower sehen.

LeVoq reichte Jaclyn den Aktenstapel. »Sei so nett und gib die an Melinda weiter! Und sag ihr, daß wir bei der Transport-Trust-Geschichte noch lange nicht in Verzug sind.«

Jaclyn nahm den Stapel. Ein leichtes Stirnrunzeln zeigte sich auf ihrem ebenmäßigen Gesicht. LeVoq gluckste erneut vor sich hin. Als Jaclyn sich zum Gehen wandte, beugte er sich über seinen Schreibtisch und streckte den Arm aus, als ob er ihr den Hintern tätscheln wollte. Im letzten Augenblick schnippte er statt dessen eine zerknüllte Papierkugel vom Tisch. Und lachte.

»Sooooo.« Seine Stimme nahm einen geschäftsmäßigen Ton an. »Erzählen Sie mir von Ihrem letzten Fall.«

Verdammt. »Ich habe einen Jungen verteidigt, der den Wehrdienst verweigert hat.«

Auf LeVoqs pausbäckigem Gesicht spiegelte sich weder Billigung noch Mißbilligung. Statt dessen schien er ganz wild darauf zu sein, mit mir über den Fall zu diskutieren. »Worauf baute Ihre Verteidigungsstrategie auf?«

»Ob eine Wehrdienstverweigerung durch moralische Einwände gerechtfertigt wird –«

»*Gesetzlich* gerechtfertigt? Das Gesetz sieht eindeutig vor, daß männliche Personen im Alter von achtzehn Jahren den Wehrdienst beginnen müssen! Punkt!« Seine Stimme dröhnte, seine Hand fuhr durch die Luft: Jetzt lief er eindeutig zu seiner Anwalts-Hochform auf. »Wer seinen Wehrdienst verweigert, verletzt eindeutig das Gesetz!«

»Das Gesetz sieht individuelle Gewissensentscheidungen nicht vor, das stimmt – aber die Geschworenen tun es, zumindest manchmal.«

LeVoq lachte. Er genoß diese Diskussion eindeutig mehr als ich. »Sie wollen also sagen, die rechtlichen Fakten standen gegen Sie? Aber Sie haben trotzdem weitergemacht?« Er beugte sich vor, wobei er die Arme auf einem Stapel Akten kreuzte. »Wissen Sie, Willa, ich sage meinen Leuten immer: Zur Hölle mit dem rechtlichen Sachverhalt! Wenn die Fakten gegen dich sprechen, zieh das Gesetz in Zweifel. Wenn das Gesetz gegen dich spricht, zieh die Fakten in Zweifel! Wer hat den Vorsitz geführt?«

»Richter Rondi.« Ich versuchte, ein Schaudern zu unterdrücken.

LeVoq gluckste. Scheinbar hatte auch er schon einmal mit dem alten Faschisten zu tun gehabt. »Oh, gut. Es sollte eigentlich keine Rolle spielen, wer die Verhandlung führt! Was wichtig ist –« Er blickte über meine Schulter, ein verschlagenes, fast geringschätziges Glitzern in den Augen. »Melinda! Darf ich dir Willa vorstellen!«

Ich drehte mich um. Eine große Frau in einem schwarzblauen Kostüm stand an LeVoqs Bürotür. Ihr braunes Haar war zu einem schulterlangen Bubikopf geschnitten, und sie trug – wie ich – kein Make-up. Sie schien eine intelligente, humorvolle Frau zu sein. Um ihren Mund – mit beträchtlichem Überbiß – zeigten sich jede Menge Lachfältchen. Aber im Augenblick zog sie ihre Augenbrauen zusammen, und ihr Kiefer arbeitete. »Hast du *irgend etwas* wegen Transport Trust unternommen?«

»Komm heute abend wieder. Dann überlegen wir uns was«, antwortete er munter.

Melinda wog den schweren Aktenstapel in ihrer Hand. »Ein sechzigseitiges Beweispapier, ein Antrag auf Einsicht derjenigen Unterlagen, mit deren Hilfe man Transport hochgehen lassen könnte, und nur *ein* Tag, um den Antrag abzulehnen.«

Mit der anderen Hand schlug sie auf die Akten. »Ich bitte dich seit Monaten, mir diesen Fall zu übergeben! Was hast du eigentlich davon, das Ganze in einen Papierkrieg zu verwandeln? Ich dachte, du wolltest Marty anrufen und ihn darauf ansetzen.«

»Er hat mich gerade um Verlängerung gebeten.« Wieder trat dieser verschlagene Ausdruck in LeVoqs Blick. »Ich dachte mir, zur Hölle, wenn *er* nicht fertig ist –! Dann sind wir doch im Vorteil! Wir werden die Sache schon rechtzeitig schaukeln, keine Sorge!«

»Wir? Was machst *du* denn heute abend, Bob?«

Er lächelte liebenswürdig. »Du kannst mich zu Hause erreichen, wenn du irgendwelche Fragen hast.«

Unattraktive rote Flecken bildeten sich auf ihrem Gesicht. Ihr Mund bewegte sich lautlos. Wenn ich ihre Lippen richtig las, erteilte sie sich selbst einen – angesichts der Situation völlig berechtigten – Tadel.

»Komm schon, sag Willa guten Tag!« schlug LeVoq gutgelaunt vor. Wenn er ihren stummen Fluch mitbekommen hatte, ließ er es sich jedenfalls nicht anmerken.

Die Frau blickte zu mir hinüber. »Ein Vorstellungsgespräch?«

»Ja.«

»Nun, ich hoffe inständig, daß sie Sie einstellen!« explodierte sie. »Wir brauchen wirklich dringend neue Leute!«

Kapitel 5

»Sie« entpuppten sich als zwei komplette Etagen in einem Hochhaus in Los Angeles – hundert Anwälte und ihre Mitarbeiter –, dic im allgemeinen nur als das »kalifornische Büro« bezeichnet wurden.

Während des Studiums hatten meine Kommilitonen immer über ganztägige Vorstellungsgespräche außerhalb der Stadt gestöhnt. Dabei beschlich mich regelmäßig ein Gefühl selbstgefälliger Überlegenheit: Ich hatte vom ersten Tage an gewußt, daß ich für Julian Warneke arbeiten würde. Julian hatte meine Eltern verteidigt, als sie in einen Militärstützpunkt eingedrungen waren, um die Raketenspitzen der Cruise Missiles mit einem Vorschlaghammer zu zerstören, und als sie den Haupteingang zu Dow Chemical besetzt hatten, um gegen deren Produktion von Napalm zu protestieren, und als sie das Unterlassungsurteil für Streikposten von Firmen mißachtet hatten, denen sie noch nicht einmal angehörten. Julian hatte meine Eltern so häufig verteidigt – oder besser gesagt: in ihrem Namen eine politische Show abgezogen –, daß er so etwas wie ein Onkel ehrenhalber für mich wurde.

Während meines Studiums hatte ich mitbekommen, wie Studenten kratzige Anzüge oder Kostüme anlegten und über ihren Lebensläufen brüteten, und immer hatte ich Erleichterung und sogar (wie ich zugeben muß) leichte Verachtung für sie empfunden. Und jetzt war ich an der Reihe, den ganzen Tag zu lächeln wie bei einem Schönheitswettbewerb, mich den hochmütigen Fragen meiner Gesprächspartner zu stellen, die nur dazu dienten, mich als Dummchen zu entlarven (wie es sämtliche Fragen über die

Artikel 7 und 9 des Uniform Commercial Code getan hätten), mich erklären zu lassen, warum ich erst im fortgeschrittenen Alter von dreiunddreißig meinen Abschluß gemacht hatte (ohne die Jahre zu erwähnen, die ich in Mokassins und mit Blumen im Haar umhergezogen war) und vor allem mich die Speichelleckerin spielen zu lassen, nur damit ich ans große Geld kam.

Ich hatte das Gefühl, mich langsam als Republikanerin zu entpuppen.

Am Ende des Tages wurde ich in einen Club eingeladen, der wie die Imitation eines römischen Tempels aussah und sich L.A. Athletic nannte. Begleitet wurde ich von vier Männern und einer Frau. Zwei der Männer sahen wie Bob LeVoq aus, nein, eigentlich sahen sie den Anwälten aus den Vorabendserien sogar noch ähnlicher als ihm. Sie protzten damit, daß sich in ihrer Anwaltslounge zwei Skilanglaufmaschinen befanden (Parris, Black im Stockwerk darunter hatten nur eine). Die beiden älteren Partner sahen etwas bodenständiger aus. Einer von ihnen, ein Mann mittleren Alters in roter Weste, erzählte mir von der Kanzlei in San Francisco, während die anderen voller Enthusiasmus über die Weinkarte diskutierten.

»Die Mehrheit der Fälle, die wir in San Francisco behandeln, stammen von der California Bank and Trust. Wir stellen ihnen im Jahr zirka – hmm – anderthalb oder zwei Millionen in Rechnung. Die Bank beklagt sich natürlich immer, aber sie wissen, daß wir es wert sind.« Er warf Milward Wie-auch-immer, dem ältesten Partner am Tisch, einen Blick zu.

Milward nippte an seinem Wasser (mit Eis und einem Limonenstück) und lächelte hölzern.

Die Frau, die links von mir saß, war locker in ungefähr hundert Quadratmeter Rohseide gehüllt (meinem Eindruck nach würde die wollverarbeitende Industrie pleite gehen, wenn sie sich auf Frauen aus L.A. verließ) und leckte etwas Salz von ihrem Margaritaglas ab. »Wie ich gehört habe, hat CBT einen besonders wichtigen Fall gerade Millet, Wray and Weissel übertragen.«

Jonathan Rotweste sah verärgert aus. »Wir befassen uns ja auch nicht mit *all* ihren Fällen – aber wir bekommen die meisten. Crosby hat mir gestern einen Fall übertragen, bei dem es um einen Inkassobescheid über mehrere Millionen Dollar geht. Man kann also mit Fug und Recht annehmen« – seine Stimme nahm einen sarkastischen Ton an –, »daß die Bank mit Bobs Arbeit zufrieden ist!«

Die Frau studierte ihre Karte. »*Hannah* ist ganz bestimmt zufrieden mit Bobs ... ›Arbeit‹.«

Einer der Lounge-Skifahrer kicherte.

Jonathan wog sein Buttermesser in der Hand, als ob er gegen die Versuchung ankämpfte, es ihr entgegenzuschleudern. »Bob ist ein *Regenmacher!* So jemanden brauchen wir einfach in unserer Kanzlei!« Er warf mir einen Blick zu. »Wir möchten, daß unsere Mitarbeiter in San Francisco sich auf den Kundenservice konzentrieren! Man erwartet von Ihnen, daß Sie unsere Kunden aktiv hofieren – Sie wissen schon, individuelle Verhandlungsvorbereitung, Klientenseminare, Geschäftsessen, solche Dinge.«

»Oh, natürlich«, stimmte ich begeistert zu und fand die Idee abscheulich. Dann hatte ich, weil alle mich weiter ansahen, das Gefühl, stärkeres Interesse heucheln zu müssen. »Ist Mr. LeVoq eigentlich der einzige Partner in der Zweigstelle in San Francisco?«

Einen Augenblick lang gab niemand eine Antwort. Die in Seide gehüllte Frau starrte Milward mit unverhohlener Neugier ins Gesicht.

Und Milward, scheinbar der Stammesälteste, antwortete: »Außer Bill Mott? Im Augenblick noch – ja!« Er sah sich am Tisch um, sein Blick duldete keinen Widerspruch. Die

Skiläufer und die Frau tauschten vielsagende Blicke. Ruhig wandte sich Milward wieder der Speisekarte zu.

Jonathan nickte zufrieden und fuhr fort: »Wir haben hier in S.F. einige gute Leute. Bob kommt von Boalt, Melinda von Georgetown, Aasgar ist hier aus der Gegend – University College Los Angeles, und dann noch die beiden neuen Leute.«

»Harvard und Columbia«, fügte die Frau hinzu.

Ohne mich anzusehen, fragte Milward: »Und wo kommen Sie her?«

»Malhousie.« Und in Windeseile fügte ich hinzu: »Unter den ersten fünf. Studiensemester in Stanford.«

Kapitel 6

Der Job brachte mir ein vierzig Quadratmeter großes Büro, vier Lederstühle, zwei Eichenschreibtische, einige Topfpflanzen und einen piekfeinen Sekretär namens Andrew McNee ein. McNee war ein muskulöser Mann von etwa fünfundfünfzig Jahren mit Bürstenschnitt, einem gestutzten Schnurrbart und einem gereizten Gesichtsausdruck. Ohne anzuklopfen betrat er mein taupe- und pfirsichfarbenes Büro und ertappte mich dabei, wie ich liebevoll meinen Ledersitz tätschelte.

»Willkommen bei Wailes, Roth etc., Miss Jansson.«

»Nennen Sie mich doch Willa.«

»Ich ziehe es vor, Mr. McNee genannt zu werden.«

Ich nahm an, daß er auch etwas dagegen hatte, unter mir zu arbeiten. »Gut.«

»Ich sollte vielleicht erwähnen, daß ich schwul bin«, fügte er mit mürrischer Würde hinzu.

Da ich nicht die Absicht hatte, mich in ihn zu verlieben, nahm ich die Neuigkeiten gefaßt entgegen. »Gut«, sagte ich wieder.

»Ich will bei meinen Kollegen nicht den Eindruck erwecken, daß ich es zu verbergen suche.« In seinem Tweedanzug, seiner einfachen wollenen Weste und den Straßenschuhen sah er wie ein reicher Landedelmann aus. Tatsächlich war er viel zu gut gekleidet, um als heterosexuell durchzugehen: So gut kleiden sich Männer für Frauen gemeinhin nie.

»Oh, hmm, danke. Wissen Sie vielleicht – ob es hier irgendwo eine Kaffeemaschine gibt?« Nach zweimonatiger Arbeitslosigkeit war es eine Qual gewesen, um sieben

Uhr in der Frühe aufzustehen. Wenn ich nicht bald meinen Kaffee bekam, würde ich schlichtweg vom Stuhl auf den Boden gleiten und einschlafen.

McNee deutete auf mein Telefon, das dem Cockpit eines Spaceshuttles glich. »Klingeln Sie Rhonda an. Sie wird Ihnen jedes Getränk oder Nahrungsmittel bringen, das Sie wünschen.«

Rhonda war McNees Sekretärin. McNee erledigte, wie es den Anschein hatte, sämtlichen Schriftverkehr, und Rhonda war für die Kopien und die Ablage zuständig. (Wahrscheinlich nannte sie McNee »Sir«.)

Ich fragte mich, was Mutter davon halten würde, daß mir eine Sekretärin Kaffee holte. Mutter achtete sehr auf die Würde der Angestellten. In Restaurants versuchte sie sich immer selbst zu bedienen. »Ich kann mir meinen Kaffee selbst holen, wenn –«

»Klingeln Sie Rhonda an«, wiederholte McNee und beendete so das Gespräch.

Eine Kanzlei mit Zimmerservice. Nun, damit konnte ich leben.

Ich schüttete mir gerade Kaffee aus meiner dritten Kanne an diesem Tag ein und las eifrig einige Kreditpapiere, als ein Mann mit schütterem Haar und vollkommener Körperhaltung mir einen Armvoll Akten hereinbrachte. »Neunzehn Konkursverfahren«, sagte er in blasiertem Ton. »Sozusagen eine ganze Ladung voll.«

Colin Aasgar war der drittälteste Anwalt der Kanzlei, nach Bob und Melinda. »Sehen Sie sie sich heute abend an, wir werden uns morgen früh darüber unterhalten.«

Es war schon halb acht abends. Ich hatte mir bereits meine Jacke übergezogen. Ich war am Verhungern, und noch dringender als Essen brauchte ich einen Joint. Ich dachte darüber nach, Aasgar darüber zu informieren, daß Bob und Melinda mich bereits mit einer ganzen Ladung voller

Fälle versorgt hatten. Aber ich erkannte an seinem Lächeln, daß Aasgar das bereits wußte. »Sollte nicht mehr als ein paar Stunden dauern, um sie durchzusehen«, sagte er gedehnt. »Kommen Sie morgen früh doch so um sieben in mein Büro.«

Er zögerte einen Augenblick. Scheinbar erwartete er, daß ich jetzt etwas sagte, das ich später bereuen würde. Ich schlüpfte wieder aus meiner Kostümjacke.

Während der folgenden drei Stunden las ich das Kleingedruckte, mit dem Banken ihre Tentakeln um das Vermögen ihrer Schuldner schlingen. Ich las Bankrotterklärungen. Ich las Beschwerdebriefe von Kreditoren, die keine Sicherheiten besaßen und angaben, ruiniert zu sein, wenn die Bank die Vermögenswerte ihrer Lieferanten, Großhändler oder Kunden zwangsvollstreckte. Ich las Beschwerdebriefe von Schuldnern, die behaupteten, daß die Bank ihrem Bankrott durch »rechtswidrige Geschäftsbehinderung und vorsätzlich überhöhte Tilgungspläne Vorschub geleistet habe«. Beschwerdebriefe von den Angestellten der Schuldner, die behaupteten, daß die Firma nur Bankrott mache, um die Gewerkschaft zu schädigen. Jeder verlangte einen Schadenersatz in Millionenhöhe von der Bank. Die Bank wollte nur eins, und zwar alles, was der Schuldner besaß.

Für neunzigtausend im Jahr würde ich alles tun, außer den Schuldnern die Daumen zu brechen.

Kapitel 7

Es war schon nach Mitternacht, als ich mich die Treppen meines Wohnhauses hinaufschleppte. Im ersten Stock steckte mein Vermieter den Kopf aus der Tür und gähnte übertrieben. Er öffnete die Tür weiter und enthüllte ein afrikanisches T-Shirt, das sich über seinem Bauch spannte, fadenscheinige Kordhosen, bei denen sich der Saum gelöst hatte, nackte Füße mit krummen Zehen und langes graues Haar, das ihm wirr bis auf die Schultern hinabhing. »Erdenfrau!« Er gähnte erneut. Seine siebzigjährige Haut hatte die Farbe rohen Fisches. »Komm doch auf 'nen Sprung rein.«

Ich betrat Ben Bubniaks Wohnung. Die Wände waren mit Schundpostern aus Science-fiction-Büchern tapeziert – fünfköpfige Ungeheuer, die von nackten Kriegern aufgespießt wurden, böse Riesinnen, die mit Stacheln versehene Metall-BHs trugen, kugelköpfige Weltraumpriester mit glühenden Augen –, und in jeder staubigen Ecke lagen stapelweise Sci-fi-Bücher herum. Ein Computer hatte sich inklusive sämtlicher Zusatzgeräte auf einem Büchertisch ausgebreitet. Hier und da, eingekeilt zwischen Kisten mit Flugblättern, standen ein paar Erbstücke, die absolut nicht zusammenpaßten. Ich setzte mich vorsichtig auf eine Couch, die mit dicken hölzernen Rosen verziert und (scheinbar) mit Ziegelstaub gefüllt war. Sicher war sie einmal für Torquemadas Wartezimmer entworfen worden. *Ganz* sicher war sie seitdem nicht mehr abgestaubt oder gesaugt worden.

Immer noch gähnend sagte Ben: »Ich habe mit deiner Mutter gesprochen.« Er setzte sich mir gegenüber, auf ein

Sofa, dessen Sprungfedern einen unvorsichtigen Gast unversehens zu sterilisieren vermochten.

Neben ihm stand eine hölzerne Kiste, die mit Pamphleten aus Bens Drucker gefüllt war: die Verschwörungen der Trilateralen Kommission; die geheime Landung des Neuen Jerusalem in der Mojawe-Wüste; der Beweis, daß George Bush ein Wolf im Schafspelz ist.

»Hast du Marihuana da?« Ich hatte keine große Lust, gleich über meine Mutter zu diskutieren.

Ben langte unter das Sofa und zog eine Büchse hervor. »Wir haben über diesen Lieutenant von der Mordkommission gesprochen.« Er öffnete die Büchse, fummelte zwischen den Säckchen herum und zog aus einem einen fest zusammengerollten Joint heraus. »Wußtest du, daß seine Familie stinkreich ist?«

»Also ist er eine gute Partie?« Ein Blick auf Bens Gesicht sagte mir, daß er das nicht gemeint hatte. »Beeil dich, mach endlich dieses Ding an!«

»Ihnen gehört die italo-amerikanische Bank«, fuhr er mißbilligend fort.

»Zünd die Zigarette an!«

Er blinzelte, von meinem Ton überrascht. Ich riß ihm den Joint aus der Hand und zündete ihn selbst an.

»Die italo-amerikanische Bank veranlaßte eine Zwangsräumung von alten Menschen aus dem Wohnheim –«

»Ist mir egal!« Ich atmete zu schnell aus, so daß meine Kehle vom heißen Rauch versengt wurde. »Es ist mir egal, und wenn den Surgelatos Soweto gehört! Der Lieutenant hat jemanden umgebracht, der um ein Haar *mich* getötet hätte! Und ihr Typen tut so, als sei das der schwärzeste Moment seit der Exekution Rosenbergs gewesen.«

Ben schüttelte traurig den Kopf und murmelte: »Erdenfrau!« Er rückte zur Seite und langte in eine Orangenkiste neben seinem Sessel. Er entnahm ihr ein Stück Papier, das beidseitig bedruckt und zweimal gefaltet war.

Ich blinzelte auf die Überschrift des Flugblattes. »Erzähl mir jetzt nicht, ihr glaubt, daß er mit der Trilateralen Kommission unter einem Hut steckt!«

»Ich glaube einfach nur, daß deine Einstellung im großen und ganzen genau das ist, was diese Kommission zu fördern versucht.«

»Was für eine Einstellung?«

»Wie es hier steht – hier, nimm eins! –, versucht die Kommission, unsere moralische Entrüstung über die Verletzung individueller Rechte zu unterwandern! Willa, verstehst du denn nicht? Die kriegen sich doch gar nicht mehr ein vor Freude, wenn Menschen wie du ihr Engagement aufgeben –«

»Engagement für was? Wofür sollte ich mich denn so sehr engagieren, daß jemand mich mit Fug und Recht umbringen darf?« Ich stand auf, die Zigarette zitterte in meiner Hand. »Ich bin Mutters Scheiße ganz schön leid!«

Ben sah mich streng an. Seine wäßrig-blauen Augen, sein weiß-graues Haar und das Gesicht, auf dem die Zeit tiefe Spuren hinterlassen hatte, konnten wirklich *beeindruckend* streng aussehen. »Vielleicht ist es ja auch deine eigene Scheiße, die du leid bist!«

Ich rannte aus seiner Wohnung und die Treppe hinauf, um im Schlaf Vergessen zu finden.

Kapitel 8

Unglücklicherweise lag mein Vater auf meiner Futon-Couch. Auf seinem Bauch balancierte er einen Stapel Bücher, gespickt mit Lesezeichen. Er legte sie auf meinem Beistelltisch ab. Ich konnte anhand der Umschläge erkennen, daß mir eine anstrengende Vorlesung bevorstand: Karl Marx, Eugene Debs, Michael Harringteon, Sweezy & Baron, Martin Luther King und sogar, Gott steh mir bei, Henry David Thoreau.

»Nein!« rief ich mit Nachdruck. »Du wirst jetzt weder *Walden* noch *Das Kapital* zitieren! Ich werde Banken vertreten! Ich werde einen Kredit aufnehmen! Ich werde mir eine vernünftige Couch kaufen! Und die Welt geht deshalb keineswegs zur Hölle – genausowenig, wie sie sich verbessert, weil Mutter aus ihrem Haus eine Herberge gemacht hat!«

Meine Mutter hatte ein Haus geerbt, das in dem schicksten Viertel der Stadt, in Marina, lag. Sie hatte es in eine Herberge für Verbrecher verwandelt, die auf Bewährung entlassen worden waren. »Kommune des Neubeginns« hatte sie sie getauft. Allem Anschein nach wurden nur solche Menschen aufgenommen, die eine gräßliche Straftat begangen hatten, ohne sie zu bereuen, oder die über den einen oder anderen Tick im Gesicht verfügten. Ein dämonisches Äußeres galt als Pluspunkt. (Man muß wohl nicht extra betonen, daß die Nachbarn wie wild Petitionen dagegen einreichten und sich bei all ihren einflußreichen Freunden beschwerten.)

Mein Vater stapelte seine Bücher ordentlich übereinander. Er sah aus, als ob er in der Sockenschublade seiner halbwüchsigen Tochter die Antibabypille gefunden hätte.

»Ich bin fünfunddreißig Jahre alt!« brach es aus mir hervor. »Ich habe schon an Millionen von Demos teilgenommen. Ich habe zwei Monate im Gefängnis gesessen. Ich habe fünfzigtausend radikale Flugblätter Korrektur gelesen. Ich habe in einer Kanzlei gearbeitet, die für die Gewerkschaft und die Linken arbeitete, und –«

»Und was hast du damit erreicht?« Mein Vater beugte sich auf dem Futon nach vorn und wäre fast hinuntergefallen, als die weiche Kante unter ihm nachgab. »Willa! Du kannst doch deine Leistungen nicht an Äußerlichkeiten messen!« Er öffnete ein eselsohriges Taschenbuch und räusperte sich, um mir vorzulesen.

»*Nein!* Es ist mir egal, was Martin Luther King dazu zu sagen hat! Ich habe *keinen* Traum! Es ist mir egal, was wir auf der geistigen Ebene erreicht haben!« Ich griff hinter mich und angelte nach meinem Aschenbecher im Bücherschrank. »Sieh dich doch mal um! Ronald Reagan ist Präsident! Marihuana ist immer noch nicht legalisiert! Die Dominotheorie ist wieder auferstanden!«

Ich drückte Bens Kippe aus und schloß: »Die Linken können sich auch ohne meine Hilfe wunderbar selbst zerstören! Ich will nur eins –«

»Eine neue Couch?« So wie mein Vater das sagte, war es der schändlichste aller Wünsche.

»Genau.« Ich dachte kurz darüber nach, ob ich ihm mitteilen sollte, daß ich auch einen Fernseher haben wollte, entschied dann aber, daß er schon schockiert genug war.

»Und es ist dir gleichgültig, was du dafür tun mußt, um eine zu bekommen.« Wann war sein hellblondes Haar weiß geworden?

»Daddy, glaub mir – Wailes, Roth etc. sind politisch neutral! Sie verklagen große Firmen, die mit ihren Krediten in

Zahlungsverzug gekommen sind! Man vertritt einen Kapitalisten gegen den anderen. Eigentlich alles nur Gerede, ein politisches Schicksalspiel. Es wird niemals –«

»Es wird niemals das Problem lösen, Willa!«

»*Nichts* wird das Problem lösen, Daddy!«

Er sank tiefer in den Futon hinein. »Hörst du eigentlich noch, was du sagst? Kriegst du eigentlich mit, welche Lügen du dir da selbst auftischst –«

»Lügen? Ich? Ihr Typen reagiert doch dermaßen reflexartig, daß ihr die Wahrheit gar nicht erkennen würdet, wenn sie – wenn sie –«

»Sie uns als Zwangsvollstreckungsbescheid ins Haus flattern würde.«

Kapitel 9

Als ich am folgenden Morgen um sieben Uhr an Colin Aasgars Bürotür klopfte, war ich immer noch leicht high. Vielleicht wäre zugedröhnt der passendere Ausdruck – denn an meinem Zustand war nichts Erhabenes. Ich war noch zwei weitere Joints lang aufgeblieben und hatte den Bücherstapel, den mein Vater zurückgelassen hatte, ignoriert. Ich fühlte mich wie der wandelnde Tod, und wahrscheinlich sah ich auch so aus. Aber ich war pünktlich, und ich war vorbereitet.

Aasgar jedoch war nicht am Platz. Aasgar trudelte, wie man mir sagte, keinen Tag vor halb zehn ein. In Warnekes Kanzlei hätte mich niemand Stunden zu früh bestellt. Plötzlich bekam ich Heimweh nach meinen alten Kollegen und nach meinem schmuddeligen, alten Büro.

Später am Tag fand ich Aasgar bei Bob LeVoq. Die beiden Männer lachten und verstauten gerade ein paar Akten im Schrank.

Ich berichtete Aasgar, daß einige der Fälle, die er mir gegeben hatte, sofortige Aufmerksamkeit verlangten, da die Verjährungsfrist bald abgelaufen sei. Ich versuchte, meine Stimme nicht vorwurfsvoll klingen zu lassen, einige der Fälle lagen der Kanzlei schon seit zwei Jahren vor, und Aasgar hatte in der ganzen Zeit nichts unternommen.

»Dann tun Sie das«, sagte er leichthin. Unverschämtheit, ihn mit Kleinigkeiten wie seiner eigenen Fahrlässigkeit zu belästigen.

Doch Bob LeVoq widersprach – zu meiner großen Überraschung – diesem Befehl. »Beschäftigen Sie sich zuerst mit den Fällen der California Bank and Trust!«

»Aber bei denen gibt es kein Verjährungsproblem. Die Mercantile –«

»Beschäftigen Sie sich mit CBT.«

»Aber bei Mercantile's verjährt –«

»CBT«, wiederholte LeVoq und warf Aasgar einen durchtriebenen Blick zu. Als ich an Melindas offener Bürotür vorbeiging, blickte sie auf und bedeutete mir, zu ihr zu kommen. Ich betrat ein Büro, dessen Wände mit gerahmten Diplomurkunden und Zertifikaten gepflastert waren. Die malvenfarbenen Passepartouts paßten zum Teppich. »Hat Aasgar Ihnen Arbeit gegeben?«

»Neunzehn Fälle.« Ich berichtete ihr von dem Verjährungsproblem. »Ich kann die Fälle der California Bank and Trust nicht zuerst bearbeiten und trotzdem die Ansprüche der Mercantile's noch rechtzeitig geltend machen. Ich brauche Hilfe«, fügte ich gereizt hinzu. »So beschäftigt sieht Colin gar nicht aus – er sitzt nur mit Bob herum und räumt Akten in den Schrank.«

Ich erwartete, daß Melinda über Colin und Bob verärgert sein würde. *Ich* war es jedenfalls ganz bestimmt.

Statt dessen schien sie beinahe einen Schock zu bekommen. Sie wurde sehr weiß, und rote Flecken breiteten sich wie verschüttete rote Tinte auf ihrem Gesicht aus. Sie saß einfach nur da und blickte durch mich hindurch. Schließlich murmelte sie: »Dieser schleimige Bastard.«

Ich hatte noch nie erlebt, daß jemand eine Verjährung so ernst nahm.

Ich wartete darauf, daß sie mir sagen würde, was ich tun sollte. Schließlich wirbelte sie in ihrem antiken Eichenstuhl zum Fenster und blickte auf den Verkehr im Bankenviertel hinunter. Dann tastete sich eine ihrer langfingrigen Hände zum Telefon vor und drückte ein paar Knöpfe. Sie befahl in den Lautsprecher: »Verbinden Sie mich mit Bill Mott.«

Während Bill Mott kontaktiert wurde, ging ich um den Schreibtisch herum, damit Melinda mich wieder sehen konnte. »Was soll ich denn jetzt mit der Mercantile machen?«

»Was? Oh, Sie sollten natürlich diesem Fall den Vorrang geben. Vergessen Sie, was Bob gesagt hat. Er ist nicht mehr wichtig.«

Eine Stimme ertönte knackend durch den Lautsprecher. »Ich habe Mr. Mott in der Leitung.«

Melinda ließ ihre Fingerspitze über dem »Sprechen«-Knopf schweben. Sie schien darauf zu warten, daß ich ging.

Auf dem Weg nach draußen hörte ich, wie sie stöhnte: »Bob und Colin *werden* uns verlassen – und sie glauben, daß sie CBT mitnehmen!«

Kapitel 10

Ich las gerade ein Buch mit dem Titel *Das Erwirken eines Haftbefehls*. Es war zwar nicht *Vom Winde verweht*, aber ich mußte noch vor dem Mittagessen einen millionenschweren Gegner dingfest machen. Ich fand die Geschichte einigermaßen unterhaltsam – es war das erste Mal, daß ich für einen Mercedes- und Jaguar-Händler eine Bedrohung darstellte. Voller Befriedigung sagte ich: »Da hast du's, du Kapitalistenschwein!«

Von der Tür ertönte ein Hüsteln.

Ich blickte auf und sah Melinda Karastatos dort stehen. »Ich hatte nicht vor, die Revolution zu unterbrechen, aber wir sind zum Mittagessen mit Hannah Crosby verabredet.« Als sie den Namen aussprach, strafften sich ihre Schultern automatisch. »Die nordkalifornische Vizepräsidentin der California Bank and Trust.«

Es fiel mir nicht allzu schwer, die Lektüre von *Das Erwirken eines Haftbefehls* zu unterbrechen.

Auf dem Weg nach draußen hielt Andrew McNee mich auf. Er sagte: »Da ist ein Anruf für Sie, Miss Jansson.«

Melinda umklammerte meinen Arm und zog mich an McNees Pult vorbei (lediglich ein überdimensionaler Mahagoni-Schreibtisch). Über die Schulter rief sie ihm zu: »Notieren Sie es bitte.«

McNee nickte leicht aufgebracht, als ob man ständig Unmögliches von ihm verlangte. Als wir an dem dreistöckigen Blumengebinde auf dem Marmortisch der Empfangsdame vorbeikamen, hörte ich, wie McNee einen Namen wiederholte. »Bud Hopper. Ja, ich werde sie bitten, Sie zurückzurufen. Danke«, sagte er forsch.

Der geheimnisvolle Republikaner. Ich befreite mich eine Sekunde zu spät aus Melindas Griff. McNee hatte bereits aufgelegt. Und Melinda sagte. »Glauben Sie mir, es ist nicht ratsam, Hannah warten zu lassen!«

Bald verschmolzen wir mit der Menschenmenge, die unentwegt von den riesigen Bankgebäuden ausgespien wurde. Die Maîtres erschienen in den Eingängen der Restaurants wie vornehme Türsteher, und der Geruch von Essen mischte sich mit der kühlen Brise, die vom Wasser herüberwehte. Ich wurde von wollenen englischen Anzügen angerempelt, und italienische Lederschuhe traten mir auf die Füße. Fetzen von Gesprächen über das neue Kindermädchen und das Solarium im Bay Club drangen an mein Ohr, und ganz am Rande nahm ich den tosenden Verkehr, die Designerklamotten in den Geschäften (jetzt konnte ich sie mir leisten!) und die alabasterfarbenen Fassaden der Bankgebäude wahr. Melinda berichtete mir, daß Hannah Crosby eine Mischung aus christlich-zivilisierter Prinzessin und heidnischer Göttin war.

Dann zerrte sie mich abrupt in ein Restaurant.

Ich betrachtete die zartrosa Tischtücher und die exotischen Blumenarrangements. Und ich wußte plötzlich, wo ich war.

Ich blieb stehen und versuchte, mich ihr zu entziehen. Melinda sah verärgert aus. Und erregt. Sie ging achselzukkend weiter und erwartete offensichtlich, daß ich ihr folgen würde.

Und das mußte ich natürlich. Ich folgte ihr bis zu einem reich verzierten Pult, wo eine Frau im Abendkleid die Reservierungsliste bewachte. Das Buch war in fuchsienrotes Leder eingebunden und mit silbernen Lettern verziert, die den Namen des Restaurants kundtaten: *René's*.

Die Frau sprach kurz mit Melinda, dann verwies sie uns an einen Maître, der einen Stock verschluckt zu haben schien. Er bahnte sich einen umständlichen Weg durch kleine Tische hindurch, scheinbar nicht besonders daran interessiert, ob wir ihm folgten oder nicht. Ringsum zerlegten smokingbekleidete Kellner gegrillte Forellen und reichten den Gästen Weinkorken, damit sie daran riechen konnten.

Abgesehen von der Entschlossenheit, mit der sie ihre Homosexualität zur Schau stellten, kam mir nichts an ihnen bekannt vor.

Keiner von ihnen wußte oder kümmerte sich darum, daß ich an den Ort zurückgekehrt war, an dem Julian Warneke ermordet worden war.

Es war erst weniger als fünf Monate her, daß mein früherer Boß, wie es seine Gewohnheit war, die Garnierung seines Desserts mitgegessen hatte – und auf die harte Tour entdecken mußte, daß es sich um giftigen Schierling handelte.

Ich hielt an einem Tisch inne, wo sich sechs Geschäftsleute über ihre Rippchen beugten. An diesem Tisch hatten wir gesessen, Julian und ich und seine drei Partner. Wir hatten einen Fünfhundert-Dollar-Lunch genossen, während wir uns über die schlechten Arbeitsbedingungen in einer Konservenfabrik unterhielten.

Einer der Geschäftsleute warf mir einen lüsternen Blick zu. Ich ging hastig weiter und holte Melinda und den Maître wieder ein. Ein paar Tische weiter saß eine vollbusige Frau in einer grauen Seidenbluse, die Melinda heftig zuwinkte. Sie hatte hohe Wangenknochen, große, schwarze Augen und eine feingeschwungene Nase, alles dick mit Make-up verspachtelt. Als sie sich nach vorn beugte, um ihre Aktentasche auf den Boden zu stellen, sah ich, daß das schwarze Haar, das von einer perlenbesetzten Spange zusammengehalten wurde, ihr fast bis zur Taille reichte.

Melinda winkte zurück und murmelte mit einem Lächeln auf den Lippen: »Nutte!«

Dieses Mittagessen würde also das reine Vergnügen werden, na gut.

Bei Evian-Wasser und einem Lachssoufflé erfuhr ich, daß Hannah Crosby sich in der Rechtsabteilung der California Bank and Trust nach oben gearbeitet hatte. In den letzten drei Jahren hatte sie die Position der Vizepräsidentin der Northern California innegehabt und war insbesondere mit Rechtsfragen betraut gewesen. Aufgrund des Umfanges der CBT-Verfahren hatte Hannah die meisten an unsere Kanzlei weitergegeben. »Natürlich behalte ich die Dinge im Auge«, informierte sie mich.

Was immer Melinda von ihr dachte, Hannah Crosby fand sich selbst offenbar großartig. Das zeigte sich in der Herablassung, mit der sie die Augenbrauen hochzog, wenn sie mit dem Kellner sprach, in ihrer gedehnten Redeweise, wenn sie über ihren Job sprach, und darin, daß sie aus heiterem Himmel auf Bob LeVoqs Frau zu sprechen kam und sie eindeutig zu diskreditieren suchte, indem sie betonte, daß sie lediglich »*Hausfrau*« sei, »und das *heutzutage*«.

Melinda ließ eine gute halbe Stunde verstreichen, in der Hannah Crosby mir alles über sich berichten konnte. Melinda unterbrach sie nur durch Fragen, die dazu angetan waren, Hannah ein noch stärkeres Gefühl der Bedeutsamkeit zu geben.

Deshalb war ich überrascht, als Melinda beim Kaffee eine Spur zu unschuldig bemerkte: »Ich habe gehört, daß William Mott sich heute abend mit Pablo Villa-Fuentes trifft.«

»Oh?« Hannah Crosby preßte eine Orangenscheibe an die Lippen. (Um die Säure des Kaffees zu mildern, wie der Kellner erklärt hatte. Schande auf mein Haupt – ich

Banausin hatte meine beiseite gelegt, Säure hin oder her.)

»Ja«, fuhr Melinda in verbindlichem Ton fort. »Ich glaube, sie gehen zusammen ins Konzert.«

Hannah nahm ein paar gezierte Schlucke zu sich, wobei sie Melinda über den Rand ihrer Tasse hinweg beobachtete. Ihre Stirn war leicht gerunzelt.

Melinda lächelte. »Bill war Wissenschaftler in Rhodes, wissen Sie. Er hat sein auswärtiges Jahr in Spanien zugebracht – er spricht fast perfekt Spanisch. Kastilisch, um genau zu sein.« Sie wandte sich mir zu. »Pablo Villa-Fuentes ist der Präsident der CBT. Ein echter Charmeur.« Ein kaltes Licht glomm in ihren Augen. »Sie werden ihn in unserem Domizil auf dem Land kennenlernen.«

Ich hatte keine Ahnung, worum es sich bei diesem »Domizil auf dem Land« handeln mochte. Ich stellte mir vor, wie ich durch Schlamm und Kuhdung dorthin watete. Aber ich murmelte: »Großartig!«

Melinda wandte sich wieder an Hannah. »Bob wird dieses Jahr nicht ins Domizil fahren. Bill hielt es für besser, statt dessen mich und Willa hinzuschicken.«

Hannahs Augen weiteten sich. Mit einem klirrenden Geräusch stellte sie die Tasse auf den Unterteller. Ein Porzellansplitter hüpfte auf das Tischtuch. »Ich dachte immer, das Domizil sei ausschließlich für Kunden und *Partner* bestimmt.«

»Bei der nächsten Aktionärshauptversammlung werde ich zur Partnerin befördert.« Sie lächelte und errötete leicht.

Hannah lächelte zurück. Bei der Anstrengung wäre ihr fast das Make-up geplatzt. »Und Willa? Sicherlich ist *sie* ...?«

Melinda richtete ihre Antwort an mich. Ihre Stimme klang leicht amüsiert. »Ein neuer Kunde hat ausdrücklich darum gebeten, daß Willa ebenfalls dabei ist.«

Ich schüttelte den Kopf. »Ich glaube nicht, daß ich irgendeinen Ihrer Kunden –«

»Er heißt Bud Hopper. Er hat sich gerade aus den Regierungsgeschäften zurückgezogen – aus dem Innenministerium, glaube ich –, um wieder in das Familienunternehmen einzusteigen. Scheinbar hat Hopper einen Ihrer Artikel gelesen, und jetzt will er Sie kennenlernen.«

»Ich hätte nicht geglaubt, daß überhaupt jemand diese studentischen Rechtsartikel liest.« Ganz besonders nicht ein republikanischer Bürokrat. Und schon gar nicht Artikel, die eine Aufhebung der Einwanderungsbeschränkung sowie eine landesweite Vollbeschäftigung und die obligatorische Einführung von Gewerkschaften forderten.

Melinda zuckte die Achseln. »Das habe ich zumindest gehört. Wie auch immer, es ist eine Ehre, eingeladen zu werden.«

In einem plötzlichen, scheußlichen Anfall von Paranoia wurde mir klar, daß es nicht *der Artikel* sein konnte. Solche Arbeiten schufen normalerweise keine Fans. Es mußten die Morde sein. Mein Name war in den Nachrichten schon zweimal in Verbindung mit mehrfachem Mord genannt worden. Bud Hopper (wer zum Teufel das auch sein mochte) mußte meinen Namen in Verbindung mit diesen Mordfällen gehört haben – und hatte sich dafür eingesetzt, daß Wailes, Roth etc. mich einstellten. Und jetzt hatten sie mich sogar ins Feriendomizil der Kanzlei geladen. *Warum?*

»Wer *ist* dieser Bud Hopper überhaupt?«

»Keine Ahnung. Das werden Sie im Domizil schon herausfinden.« Melinda hatte kein Interesse an Bud Hopper. Sie beobachtete Hannah.

Hannah Crosby warf ihrer Leinenserviette einen grimmigen Blick zu und faltete sie dann zu einem festen, kleinen Viereck zusammen. Ihre Finger bewegten sich steif und zornig.

Melinda bemerkte mit Krokodilstränen in der Stimme: »Wie schade, daß Bob nicht dabeisein kann!«

Kapitel 11

Bob LeVoq verschwand. Er kam tagelang nicht mehr ins Büro – Tage, während derer sich William Mott in San Francisco aufhielt und mit Melinda Karastatos konferierte. Mein Sekretär, Mr. McNee, vertraute mir in einem seltenen Anfall von Geschwätzigkeit an, daß Bobs Abwesenheit auf die Arbeitsabläufe in der Kanzlei nur wenig Auswirkungen hatte. Bobs Sekretärin habe immer nur wenige Sachen zu erledigen, und normalerweise schicke er seine Mitarbeiter zum Gericht, um Verhandlungen abzuwikkeln.

Bud Hopper (wer das auch sein mochte) verschwand ebenfalls. Als ich die Telefonnummer in Washington D.C. anrief, die er McNee hinterlassen hatte, wurde mir gesagt, daß er geschäftlich nach Südafrika verreist sei. (Ich hoffte nur, daß meine Eltern nicht irgendwann erfuhren, daß ich meinen Job einem Befürworter der Apartheid verdankte.)

Währenddessen wurde ich lebendig unter meiner Arbeit begraben. Ich hatte kaum Zeit, für meinen Aufenthalt im Partner/Klienten-Domizil zu packen, das als luxuriöses »Konferenzzentrum in der Wildnis« bezeichnet wurde und in der Nähe des Yosemite-Nationalparks lag. Die Partner waren des Pebble Beach und Cabo San Lucas überdrüssig geworden. So hatten sie beschlossen, das Mariposa Estates Hotel zu mieten.

Ich hatte schon vom Mariposa gehört und wußte, daß ich angemessen beeindruckt hätte sein sollen. Mein Zimmer, eines der billigsten, kostete die Kanzlei $174 pro Nacht. Es war mit geöltem Pinienholz verkleidet und mit

Reproduktionen alter amerikanischer Möbel ausgestattet. Teppiche und Bettüberwurf bestanden wie die Gardinen aus Navajo-Tuch. Die Seniorpartner und Klienten wohnten in mahagoniverkleideten Penthouse-Suiten mit kunstvoll geschnitzten Öfen, voll ausgestatteten Bars und einem grandiosen Ausblick auf die Wälder. Mein Zimmer im Erdgeschoß hatte Ausblick auf einen Weg, auf dem mit Wäsche beladene Dienstmädchen hin und her hasteten. Dahinter lagen die Tennisplätze der Wildnis.

Die Speise- und Konferenzsäle waren gleichermaßen beeindruckend – Klein-Versailles im Ethnolook. Große Hallen waren mit Webteppichen der Hopi geschmückt. In kathedralenhohen Alkoven standen Irokesen-Körbe, gefüllt mit Mariposa-Streichholzbriefchen, auf denen die Vorzüge eines Erlebnisurlaubs in der Wildnis gepriesen wurden. Beim Anblick der Berge, die ich aus sämtlichen Fenstern sehen konnte, beschlichen mich Schuldgefühle, weil ich kein Bedürfnis nach dem einfachen, naturverbundenen Leben verspürte. Aber selbst wenn ich mich an den Busen der Natur hätte begeben *wollen*, es wäre gar nicht möglich gewesen. Ich hatte mir eine Aktentasche voller Arbeit mitgebracht.

Melinda drängte mich, die Arbeit liegenzulassen. »Sie haben nur noch drei Jahre, bis Sie sich als Partnerin bewerben können! Ich werde Sie so lange unter meine Fittiche nehmen, bis Sie jeden kennen! Denken Sie an Ihre Aussichten. Schaffen Sie sich Verbindungen!«

»Eine Versäumnisklage durch Mercantile wird meinen Chancen nicht gerade förderlich sein. Ich werde meine Verbindungen beim Abendessen ausbauen.«

Beim Abendessen stellte ich fest, daß ich den geheimnisvollen Bud Hopper überhaupt nicht kennenlernen würde. Ich saß mit einigen Partnern aus L.A. zusammen – mit dem Muskelpaket und Lounge-Skifahrer Sean Kowalski, mit

Jonathan Seeder, der LeVoq als Regenmacher bezeichnet hatte, mit Bill Mott, der in seiner schwarzen Fliege wie Machiavelli höchstpersönlich aussah, und mit Milward Kael, Bills buchstäblichem Zwillingsbruder in Sachen republikanische Blasiertheit. Außerdem saßen noch Hannah Crosby, Melinda Karastatos und ein Mann von Coast Factors (mit welchen Faktoren er auch immer handeln mochte) am Tisch. Melinda flüsterte aufgeregt, daß wir in Gesellschaft von drei der wichtigsten Partner aus der kalifornischen Zweigstelle waren: Mott, Kael und Seeder. Deshalb hatte ich den ganzen Abend lang dagesessen, aufrecht und stocksteif, so daß mir mittlerweile der ganze Rücken weh tat. Ich war die einzige Frau in dem riesigen Speisesaal, die ein Kostüm trug. Die einzige, die weder Busen noch Schultern zeigte. Die einzige, deren Haare nicht zu einer trutzig-feierlichen Mähne aufgetürmt waren. Erlebnisurlaub in der Wildnis. Ich lächelte unaufhörlich, so daß ich fast einen Krampf in den Wangen bekam. Viel lieber hätte ich mich nach draußen geschlichen und mir einen Joint geraucht.

Wie bequem war doch die Arbeit für Julian Warneke gewesen. Ich hatte ihn fast mein ganzes Leben lang gekannt. Und er hatte mir nicht genug bezahlt, um mich zum Lächeln zwingen zu können, wenn ich es nicht wollte.

Wer seine Seele verkauft, verkauft wahrscheinlich seine Wangenmuskeln gleich mit.

Neben mir nippte William Mott an seinem Mineralwasser und neigte seinen Kopf Hannah Crosby zu. Sie saß sehr gerade, die Schultern von einer Kaskade aus Rüschen umhüllt, und beklagte sich gerade, daß ihr eine unserer Rechnungen »ziemlich überzogen« vorgekommen sei. Ihr unerschütterliches Lächeln konnte niemanden hinters Licht führen – und sollte es auch gar nicht.

Zu meiner anderen Seite richtete sich Melinda Karastatos steif auf. Mit einer beruhigenden Geste in Richtung Melinda antwortete Mott an ihrer Stelle: »Ich habe diese Sache letzte Woche mit Pablo durchgesprochen. Die Rechnung ist tatsächlich recht hoch – Bobs Honorar übersteigt das unserer Anwälte bei weitem. Aber soweit ich weiß, geschah es doch auf Ihren ausdrücklichen Wunsch, daß Bob diesen Fall übernahm, nicht wahr? Ich habe mich Pablo gegenüber entgegenkommend gezeigt. Aber er weiß, daß es keinen Zweck hat, bei Fällen, in denen es um etliche Millionen Dollar geht, Kompromisse einzugehen.«

Mrs. Crosbys Lächeln war jetzt verkniffen. »Der Fall liegt in meinem Zuständigkeitsbereich. Pablo versteht von diesen Dingen nicht soviel wie ich.«

»Oh, wir haben aber« – Mott drückte die Zitronenscheibe über seinem Mineralwasser aus – »sehr detailliert über die Angelegenheit gesprochen.«

Hannah Crosby strich Butter auf ihr Brot. Es sah aus, als schärfe sie eine Klinge.

Sean Kowalski kam auf die Kajak-Tour zu sprechen, die er plante. Wie es schien, wollte er mich unbedingt dazu überreden mitzukommen. Ich lächelte unverbindlich. Meine Vorstellung von einem Abenteuer in freier Wildbahn beschränkte sich momentan noch auf das Warten auf die Straßenbahn.

Ich trank Gin-Cocktails. (Ich hatte gehört, daß viel Gin die gleiche Wirkung hatte wie schwaches Mescalin.) Als die Kellner die Suppe servierten, hatte ich mir schon einiges an flüssigem Mut angetrunken. Genug, um Bill Mott zu fragen: »Ist Bud Hopper nicht hier?«

Mott hatte seine Halbbrille durch eine Vollbrille ersetzt. Seine vergrößerten Augen verliehen ihm ein übernatürlich intelligentes Aussehen. »Soweit ich weiß, hat er es jetzt doch nicht geschafft herzukommen.«

»Kennen Sie ihn gut?«

»Hopper? Nein. Ich habe von ihm *gehört*, ihn aber nie selbst kennengelernt.«

»Sie haben bislang nur telefonisch mit ihm gesprochen?«

Mott zwinkerte mir zu. Ich hörte, daß Melinda fest entschlossen war, John Seeder über die Jugendmannschaft des Fußballvereins seines Sohnes auszufragen. Mott antwortete: »Nie persönlich. Man hat mir jedoch gesagt, daß Sie ihn recht gut kennen.«

Ich schüttelte den Kopf. »Als Ihre Kanzlei mich anrief, habe ich den Namen zum ersten Mal gehört.«

Kowalski unterbrach uns, um mit Mott über Golf zu reden. Aber Milward Kael, der ebenso gehemmt wie übellaunig aussah, brachte das Gespräch wieder auf Hopper. Von der gegenüberliegenden Tischseite murmelte er zu mir herüber: »Ich habe erfahren, daß Hopper in unserer New Yorker Kanzlei ein gutes Wort für Sie eingelegt hat.« Er sprach leise, seine Lippen bewegten sich kaum. Aber plötzlich senkten alle ihre Stimmen, als ob keiner riskieren wollte, ihn zu übertönen.

»Das hat man mir gesagt.«

Mott wandte sich an Kael. »Er wollte Willa hier im Domizil kennenlernen.«

Kael zog die Augenbrauen hoch. »Jammerschade, daß er es nun nicht geschafft hat, herzukommen.«

»Ich kenne ihn nicht«, wiederholte ich. »Ich bin etwas überrascht, daß er soviel Interesse –«

Kael sah plötzlich dermaßen erstaunt aus, daß ich verstummte. Einer nach dem anderen auf seiner Seite des Tisches hörte auf zu reden. Hannah Crosby lächelte.

Ich wandte mich um und mußte feststellen, daß Bob LeVoq sich einen Weg durch den Saal bahnte. Er schlug Klienten auf den Rücken, blieb stehen, um Partner zu begrüßen, warf den Kopf zurück, brach in Gelächter aus.

Ich sah Mott an. Er beobachtete LeVoq mit kühlem, abschätzigen Blick. Hoffentlich würde er niemals *mich* auf diese Weise ansehen.

Melinda blickte grimmig auf ihren Salatteller hinab.

Bob ließ sich auf einen leeren Stuhl an einem Tisch fast auf der anderen Seite des Saales fallen. Die meisten Menschen an diesem Tisch sahen geschniegelt und gebügelt aus: Anwälte und Bankangestellte, außerdem ein paar Vorstandsmitglieder der Filmgesellschaft Excelsior Motion Pictures. Ich hatte Melinda nach ihnen gefragt, weil einige selbst wie Filmstars aussahen. Bob plauschte mit einer Excelsior-Dame mit tief ausgeschnittenem Dekolleté. Er sah so entspannt und wohlgelaunt aus wie eh und je, sprach mit den Brüsten der Frau und sah sich mit einem »Wen-haben-wir-denn-hier-noch-so«-Blick um. Als er uns entdeckte, lächelte er und winkte uns zu. Dann wandte er sich in aufgeräumter Stimmung wieder an den Excelsior-Auschnitt.

Eine Armee von Kellnern lenkte uns ab, als sie die Suppen- und Salatteller abräumte. William Mott beantwortete Sean Kowalskis Fragen zu seinem Golfspiel, als ob er sie erst vor einer Sekunde gestellt hätte. Jonathan Seeder nippte an seinem Wein und beobachtete Melinda – um die Lippen ein boshaftes Lächeln der Befriedigung. Melinda, die Motts Wink verstanden hatte, begann, Seeder alles über das Dinner mit ein paar wichtigen Richtern der Stadt zu berichten. Hannah Crosby flirtete mit dem Mann von Coast Factors und lachte laut über alles, was er sagte – was ihn offensichtlich überraschte. Milward Kael starrte Bob LeVoqs Rücken an, als ob er für Voodoo-Nadeln Maß nehmen wollte.

Als die Kellner unsere Kaffeetassen herumdrehten, bemerkte ich, daß Bob LeVoq aus dem Speisesaal eilte. Während der nächsten fünfundvierzig Minuten ertrugen wir die vor Wortwitz nur so sprühenden Willkommensreden von Jonathan Seeder und den anderen Partnern aus L.A. und ebenso launige »Wie-bin-ich-doch-froh-hier-sein-zu-dürfen«-Reden von einigen Bankern. Zu den Rednern gehörte auch Hannah Crosbys reizender und fremdländisch aussehender Boß Pablo Villa-Fuentes. (Hannah Crosby war die einzige Frau im Saal, die während seiner Rede nicht bewundernd zu ihm emporlächelte.)

Schließlich erhoben sich die Gäste, und man begann, sich zu unterschiedlichen Grüppchen zusammenzufinden. Manche bewegten sich auf die Pianobar zu, andere gingen zu dem See, dem Brunnen oder dem Miniwasserfall hinüber, wieder andere zogen sich in die Alkoven zurück, um ein Spiel namens Pictionary zu spielen. Melinda beugte sich über William Mott und sprach leise und heftig gestikulierend auf ihn ein. Dann bemerkte sie, daß ich mich davonschlich. Sie verstummte augenblicklich, und ihre Hände sanken hinab.

Ich schoß aus dem Saal, bevor sie mich zu überreden versuchte, weitere Verbindungen zu knüpfen. Ich hatte nur noch einen Wunsch: mich auf mein Zimmer zurückzuziehen und einen Joint zu rauchen.

Aber als ich die Tür aufschloß, mußte ich feststellen, daß Bob LeVoq mit nacktem Oberkörper auf meinem Bett lag.

Kapitel 12

»Bob! Soviel ich weiß, ist das hier mein Zimmer.«

LeVoq gluckste. »Ich weiß.« Er stand auf und durchquerte den Raum, um hinter mir die Tür zu schließen, die ich offen gelassen hatte. Er hatte sich umgezogen und trug nun eine graue Freizeithose und Turnschuhe ohne Socken. Seine schmale Taille und seine harte Brust sowie die muskulösen Arme zeugten von regelmäßigem Fitneßtraining. Dieser durchtrainierte Körper paßte ganz und gar nicht zu seinem jungenhaften Gesicht.

Ich fragte mich, ob er mich jetzt bitten würde, nach Hause zu fahren, damit er mein Zimmer haben konnte. Aber weit gefehlt. Er schlang seine Arme um mich und begann an meinen Lippen zu saugen.

Ich drückte seine Brust heftig von mir fort und wich mit einem lautstarken »*mmmph*« zurück. Die Berührung von nacktem Fleisch – wem auch immer es gehören mochte – ekelte mich im Augenblick an.

LeVoq ließ sich nicht entmutigen. Er begann mich auf eine Weise zu begrapschen, die mich an mein erstes und einziges Rendezvous mit einem Jungen aus einer schlagenden Verbindung aus Stanford erinnerte.

Ich wußte nicht, wie ich in diese Lage hineingeraten war, und hatte keine Ahnung, wie ich mich wieder aus ihr befreien sollte. Ich hatte keine Angst, aber die ganze Sache war verdammt lästig. Und dumm.

Es gelang mir, mein Gesicht wegzudrehen und zu sagen: »Hören Sie auf, mich zu begrapschen! Sonst schreie ich –«

Er dachte aber gar nicht daran, sondern machte ein paar

Schritte rückwärts und ließ seinen Körper nach hinten fallen. Wie plumpsten aufs Bett, ich oben, er unter mir.

Meine Gegenwehr war ebenso banal wie effektiv: Ich rammte ihm das Knie zwischen die Beine.

Dann kam ich auf die Füße und beobachtete, wie er sich in der üblichen Knie-zwischen-den-Beinen-Position zusammenkrümmte. »Was haben Sie in meinem Zimmer zu suchen?«

Er versuchte sich hinzusetzen. Offensichtlich fiel es ihm schwer, nicht sein edelstes Teil zu umklammern und loszuheulen. »Ich dachte – Hopper hat gesagt –«

»*Bud* Hopper?« Ich sah auf ihn hinab, bereit, ihm noch eins zu verpassen, falls er irgendeine plötzliche Bewegung machte. »Wer zur Hölle *ist* Bud –«

»Er hat gesagt, Sie hätten, nun ja, durchaus etwas übrig für –«

Er war hochrot im Gesicht, und nicht nur dort, auch am Hals und auf der Brust. Schämte er sich etwa? »Nun, übrig für, Sie wissen schon, für mich«, schloß er mit schwachem Hoffnungsschimmer in der Stimme.

»*Was!?*« Am liebsten hätte ich ihm wegen dieser Bemerkung das Knie noch einmal zwischen die Beine gerammt. »Haben Sie noch nie von sexueller Belästigung gehört? Sie müssen vollkommen übergeschnappt sein! Und wer verdammt noch mal *ist* dieser Bud Hopper überhaupt? Woher will er denn wissen, wen ich –«

»Er sagte, sie mögen –«

»Warten Sie. Haben Sie persönlich mit diesem Mann gesprochen?«

»Nein, nur am Telefon. Wir haben über D.C. gesprochen. Er sagte, er würde ein gutes Wort für mich einlegen bei ... Wie auch immer, Mott und Spender verbürgen sich für ihn, also –«

»Aber Sie haben ihn noch nie gesehen?«

Er schüttelte den Kopf.

»Und Sie befolgen den Rat eines Menschen, den Sie noch nie in ihrem Leben gesehen haben? Sie gehorchen einer Stimme am Telefon, die ihnen empfiehlt, sich auf eine bestimmte Frau zu stürzen?«

LeVoq stand auf und schlängelte sich zur Tür. Im Vorbeigehen schnappte er ein Lacoste-T-Shirt von einem Stuhl neben dem Bett. »Mann-o-Mann, ist das verrückt. Ich dachte wirklich –«

Ich schob meinen Körper zwischen LeVoq und die Tür. »Erzählen Sie mir genau, was Hopper über mich gesagt hat.«

LeVoqs Haar fiel zerzaust in seine feuchte Stirn. Die Pokkennarben auf seinen Wangen blieben trotz der heftigen Rötung blaß. Er zog sich das T-Shirt über den Kopf und murmelte: »Nun, wir sprachen über – Washington. Die Mädels in Washington. Und er, hmm, er sagte, daß er Sie ganz gut kennt. Sagte, daß er schon mit Ihnen über mich gesprochen hätte, genaugenommen.« Er schien sich zu winden. »Also, ohne zu deutlich werden zu wollen, er sagte, hmm, Sie wüßten einen aggressiven Annäherungsversuch zu schätzen.«

Ich gab die Tür frei.

Auf dem Weg nach draußen berührte LeVoq mich absichtlich noch einmal, als hoffe er, daß seine muskulöse Männlichkeit mich doch noch umstimmen könnte.

Ich kochte vor Zorn, als ich die Tür hinter ihm zuschlug. Und ich fragte mich, was von all dem der Wahrheit entsprach und was er erfunden hatte, um sein rüpelhaftes Verhalten zu entschuldigen.

Und *wer*, wer *zum Teufel* war Bud Hopper?

Kapitel 13

Am nächsten Morgen rief ich als erstes bei der Polizei von San Francisco an und ließ mich mit der Mordkommission verbinden. Man sagte mir, daß Lieutenant Don Surgelato nicht zu erreichen sei. Für mich war er bereits seit zweieinhalb Monaten nicht mehr zu erreichen gewesen. »Ist Inspektor Krisbaum da?«

Daniel Krisbaum war für die Ermittlungen im Fall Julian Warneke zuständig gewesen. Ich kannte ihn flüchtig. Er war übergewichtig und schluffig und keineswegs besonders klug oder freundlich. Aber er war immerhin kein Fremder. Einem Fremden wäre diese Geschichte einfach *nur* dumm vorgekommen.

»Hier Krisbaum.« Sogar seine Stimme war schluffig, weder Tenor noch Bariton.

»Hier spricht Willa Jansson.«

Schweigen.

»Sie erinnern sich doch an mich, oder?«

»Klar! Wie geht's?«

»Beschissen!«

Er gluckste in sich hinein. »Und wie geht es *Ihnen* heute, Danny?«

»Tschuldigung. Ich habe geglaubt, Ihre Frage wäre ernst gemeint.«

»Okay, jetzt frag' ich wirklich. Wie geht's Ihnen?«

»Ich bin im Mariposa Estates Conference Center, dem Feriendomizil meiner Kanzlei für Partner und Klienten. Wenn ich mich nicht irre, plant mein Boß, die Firma zu verlassen und der Kanzlei ihren dicksten Kunden wegzuschnappen. Einige der anderen Partner haben sich gegen ihn verschworen, und jetzt ist er hier aufgetaucht, obwohl es nicht geplant war, und letzte Nacht ist er in mein Zimmer gekommen –« Ich hielt inne, um Atem zu schöpfen. »Das ergibt nicht allzuviel Sinn, oder?«

»Ist ein Verbrechen verübt worden? Hat dieser Boß Ihnen etwas angetan, oder –«

»Nein, noch nicht. Ich meine, er wird mir wohl auch niemals etwas antun, aber – sehen Sie – er sollte eigentlich gar nicht hier sein. Wo dieser Mann auftaucht, entstehen *Spannungen*, und ich mache mir Sorgen ...« Plötzlich war ich froh, daß ich nicht Surgelato mit meinen nebulösen Vorahnungen belästigt hatte.

»Sie glauben, daß jemand ihm den Garaus machen will?« Krisbaums Seufzer klang entnervt, aber nicht ohne Mitgefühl. »So etwas erleben wir immer mal wieder. Jemand wird in einen Mordfall verwickelt, und wenn es dann mal einen Familienkrach oder etwas Ähnliches in seiner Umgebung gibt, macht er sich vor Angst ins Hemd. Solche Leute glauben gleich, daß jemand umgebracht wird. Die Psychos behaupten, daß der Streß bei einem Mord latente Paranoia hervorruft –«

»Nein. Ich mache mir nicht nur Sorgen wegen der alten Geschichte mit Julian.« Ich hielt inne und rieb mir die Augen. Vielleicht hatte Krisbaum recht. Vielleicht hatten mich meine schlechten Erfahrungen gelehrt, einen Mord zu erwarten, wann immer ich mit starken negativen Gefühlen konfrontiert wurde. »Am meisten Sorgen macht mir dieser Bud Hopper –« Ich keuchte, aufgeschreckt durch ein Klopfen an meiner Tür. »Können Sie dran bleiben? Da ist jemand an der Tür.«

Ein Mann vom Zimmerservice übergab mir einen weißen Umschlag, auf dem meine Zimmernummer stand. Ich dankte ihm, suchte nach meiner Handtasche und gab ihm drei Dollar Trinkgeld (zum Teufel, ich konnte es mir leisten!).

Als ich wieder am Apparat war, stellte ich fest, daß Krisbaum mich zur Zentrale zurückgestellt hatte, weil er ein anderes Gespräch annehmen mußte. Ob man meine Nummer notieren sollte, damit der Inspektor mich zurückrufen konnte?

Ich gab der Frau in der Zentrale die Nummer, die auf meinem Telefon stand. Während sie sie wiederholte, öffnete ich den Umschlag. Ein glänzendes Rechteck fiel mir in den Schoß.

»Warten Sie eine Minute – legen Sie nicht auf!« unterbrach ich sie.

Mir war sofort klar, worum es sich handelte: um die Rückseite eines Fotos.

Ich drehte es um. Jemand hatte es von dem Weg der Dienstmädchen und Kofferträger aus aufgenommen.

Das Foto war unscharf, eine Aufnahme von außen, erhellt nur durch das Licht im Innern des Raumes. Auf beiden Seiten befanden sich schwarze Streifen, scheinbar die beiden Hälften des nicht vollständig geschlossenen Vorhangs. Das Bild war grobkörnig und dunkel, aber für jemanden, der bereits wußte, was es zeigte, konnte es keinen Zweifel geben. Es handelte sich um mich und Bob LeVoq, wie wir auf meinem Bett lagen.

»Hören Sie«, sagte ich zu der Frau. »Ich *muß* dringend mit Lieutenant Surgelato sprechen! Es ist äußerst dringend!«

»Es tut mir leid, der Lieutenant ist nicht in seinem Büro. Wenn Sie vielleicht mit einem der anderen –«

»Hinterlassen Sie ihm eine Nachricht, *bitte.* Sagen Sie ihm, daß er sofort zum Mariposa Conference Center kommen muß. Es liegt nördlich des Yosemite Parks. Ich bin im Haupthotel. Zimmer vierzehn. Sagen Sie ihm ... sagen Sie ihm, Willa ist in Not. Bitte.«

»W–i–l–l–a, sagten Sie?« wiederholte sie ruhig. »Darf ich fragen, worum es sich handelt?«

»Ich habe das bereits Inspector Krisbaum erklärt.«

»Gut. Danke. Einen schönen Tag noch.«

Kapitel 14

Aber es war nicht Don Surgelato, der gleich nach dem Mittagessen an meine Tür hämmerte. Es war Danny Krisbaum.

Er trug ausgebeulte graue Freizeithosen und eine zerknitterte braune Sportjacke. Sein Ledergürtel hing über der Schlaufe. Die Farben seiner gestreiften Krawatte bissen sich mit seinem lachsfarbenen Hemd. Seine Hängewangen waren feucht, und ein paar wenige Haarsträhnen klebten auf dem kahl werdenden Kopf fest.

Ich hatte nach Don gefragt, und ich hatte Krisbaum bekommen. Ich wandte dem Inspektor der Mordkommission den Rücken zu.

Ich war schließlich nicht meine Mutter. Ich versuchte keineswegs, Surgelato in Schwierigkeiten zu bringen. Er hätte wenigstens anrufen können. Er hätte wenigstens so tun können, als ob er sich Sorgen machte.

Ich hörte, wie Krisbaum hereinkam und die Tür hinter sich schloß. Er ging an mir vorbei und ließ sich in einen breiten Sessel fallen, der mit einem Muster im Neo-Navajo-Stil bedruckt war. »Bin einen heißen Stiefel gefahren«, war sein Kommentar.

Ich fischte den Schnappschuß aus der Brusttasche meiner Bluse. »Ich bekam es mit der Angst zu tun, als ich das hier sah. Deshalb habe ich die Nachricht hinterlassen.« Ich war verlegen. Ob er sich wohl fragte, warum ich ausdrücklich nach Don gefragt hatte?

Sachlich streckte Krisbaum die Hand nach dem Foto aus.

Ich gab ihm das Bild, dann setzte ich mich aufs Bett. Es

war mit Kreditverträgen und Anträgen übersät. Ich hatte sie als Vorwand benutzt, um nicht mit Melinda zum Mittagessen gehen zu müssen, und später noch einmal, um nicht gezwungen zu sein, mit dem hartnäckigen Sean Kowalski eine Kajak-Tour zu machen. Ich hatte sie den ganzen Morgen über angestarrt, aber meine Gedanken waren bei Bob LeVoq gewesen.

»Die Frau sind Sie, nehme ich an?« Krisbaum schielte erst auf das Bild, dann auf das Bett. »Genau hier aufgenommen?« Er drehte sich um und spähte zum Fenster hinaus. »Von draußen. Woher haben Sie das?«

»Der Zimmerservice hat's gebracht. Der Mann ist mein Boß, Bob LeVoq. Ich habe Ihnen von ihm erzählt.«

»Sie sagten, er habe Sie angegriffen.« Krisbaum hielt das Bild in die Höhe. »Haben Sie *das* damit gemeint?«

»Er hat behauptet, von Bud Hopper dazu ermutigt worden zu sein.« Ich fuhr mir mit den Fingern durchs Haar und wünschte, der Zimmerservice würde noch eine Kanne Kaffee bringen.

»Und Bud Hopper ist *wer?*«

»Woher zum Teufel soll ich das wissen? Keiner, mit dem ich bisher sprach, hat ihn je zu Gesicht bekommen! Er hat mir diesen Job verschafft, und er hat die Kanzlei gebeten, mich ins Feriendomizil mitzunehmen. Dann hat er meinem Boß den Rat gegeben, in mein Zimmer zu kommen und mich zu bespringen. Und keiner hat ihn jemals persönlich kennengelernt! Er ist für all diese Leute nur eine Stimme am Telefon!«

»Halt mal. Wovon reden wir hier eigentlich? Von Vergewaltigung? Erpressung?«

»Keines von beidem. Warum ist der Lieutenant nicht gekommen?«

Krisbaum sah leicht mitgenommen aus. »Fragen Sie lieber, warum überhaupt jemand gekommen ist! Dieser Ort hier liegt zufällig vier Stunden Autofahrt von unserem Zuständigkeitsbereich entfernt. Außerdem –« Er lockerte seinen Schlips und öffnete den obersten Kragenknopf. »Die vorrangige Aufgabe des Lieutenant besteht keineswegs in der Aufklärung von Mordfällen. Er gehört dem Verwaltungsstab an. Was er damals getan hat, bei der Sache an der Uni und mit Warneke, war unüblich. Das waren größere Fälle, deshalb hat er sich darum gekümmert, vielleicht mehr, als ein Verwaltungsbeamter es tun sollte. Aber normalerweise sind wir, das Fußvolk, für die Kleinarbeit zuständig. Zumindest wenn wirklich ein Mord vorliegt, was hier nicht der Fall zu sein scheint.« Er blickte sich im Zimmer um, als wolle er sich davon überzeugen, daß die Leichen durch Abwesenheit glänzten. »Also kein Verbrechen, und sie können froh sein, daß *überhaupt* jemand gekommen ist.«

»Der Lieutenant erwidert meine Anrufe nicht.«

Der Inspektor zuckte mit den Schultern. »Ich bin nicht für seine Terminkoordination zuständig, Miss Jansson. Ich schreibe ihm nicht vor, wen er anrufen muß. Ich habe Ihre Nachricht erhalten, und ich bin gekommen.« Er lächelte schwach. »Und ich würde mich erheblich willkommener fühlen, wenn Sie den Zimmerservice anriefen und mir ein kaltes Bierchen bestellten.«

Ich wählte die Nummer des Zimmerservice und zuckte zusammen, als Krisbaum ein Coors wollte. »Joseph Coors ist ein Reaktionär. Wußten Sie, daß er die Rechten unterstützt? Und wußten Sie, daß er seine Angestellten veranlaßt hat, sich einem Test durch den Lügendetektor zu unterziehen, und ihre Gewerkschaft hat hochgehen lassen –«

»Ich trinke sein Bier, Miss Jansson, ich habe nicht vor, seine Tochter zu heiraten. Oh, vergessen Sie's. Blasen Sie das mit dem Bier ab. Sagen Sie mir einfach nur, was Sie für ein Problem haben.«

Ich legte wieder auf und begann, Krisbaum von Bud Hopper und von dem Artikel zu erzählen, der wohl kaum dazu angetan war, ein Mitglied der Reagan-Administration zu beeindrucken (zumindest hoffte ich das!). Ich erzählte ihm von William Mott, der die Vorherrschaft über die Kanzlei in San Francisco beanspruchte, von Melindas Vermutung, daß LeVoq vorhatte zu kündigen und der Firma ihren dicksten Klienten wegzuschnappen, mit dessen Vizepräsidentin er offenbar ein Verhältnis hatte. Davon, daß Mott sich beim Boß von LeVoqs Geliebter einzuschmeicheln versuchte, von LeVoq, der im Domizil aufgetaucht war, obwohl Mott es ihm untersagt hatte, und der dann in mein Zimmer eingedrungen war, weil Bud Hopper ihm empfohlen hatte, er solle es tun. Und wer zum Teufel *war* dieser Bud Hopper überhaupt?

Krisbaum sah aus, als ob er sagen wollte: »Und *dafür* bin ich den ganzen weiten Weg hierher gefahren?«

»Erkennen Sie denn nicht, daß hier etwas ganz und gar nicht stimmt?« Ich kauerte mich neben seinem Sessel nieder. »Es *gibt* diesen Bud Hopper gar nicht! Es ist einfach nur ein Name, den jemand benutzt hat, um mir diesen Job zu verschaffen und mich in dieses Hotel zu locken! Und um Bob LeVoq in mein Zimmer zu lotsen.«

»Miss Jansson, wollen Sie meine ehrliche Meinung hören?«

»Ich hätte lieber Ihr geheucheltes Mitgefühl! Sehen Sie, die California Bank and Trust ist unser größter Klient; soweit ich sehen kann, lebt das Büro in San Francisco von ihm.«

»Das ist ja alles gut und schön, aber –«

»Es ist *eine* Sache, wenn Mott LeVoq aus der Firma zu drängen versucht. Eine Menge Leute wäre glücklich darüber. Aber wenn LeVoq CBT mitnimmt, dann wendet sich das Blatt ganz gehörig!«

»Okay, ich verstehe, worauf Sie hinauswollen! Aber lassen Sie uns die Sache doch mal nüchtern betrachten: Wenn Anwälte ein geschäftliches Problem haben, dann verklagen sie einander, aber sie bringen sich nicht gegenseitig –«

»Aber nehmen wir einmal an, daß jemand Bob LeVoq *tatsächlich* umbringen will. Sehen Sie nicht, in was für eine Lage mich das bringt? Das wäre dann der dritte Mordfall, in den ich verwickelt werde! Niemand würde mir glauben, daß ich nichts damit zu tun habe! Besonders nicht, wenn die Cops mein Zimmer durchsuchen und *das* hier finden!« Ich warf das Foto aufs Bett. »Sie würden annehmen, daß wir ein Liebespaar waren!«

Krisbaum rieb den Punkt zwischen seinen Augenbrauen (meine Mutter hätte diese Stelle als sein »drittes Auge« bezeichnet – vorausgesetzt, sie ging davon aus, daß Polizisten so etwas überhaupt besitzen konnten). »Warum nur habe ich vorhin das Bier abbestellt?«

»Verstehen Sie, was ich meine?«

»Schauen Sie, in jeder Firma, in der es mehr als nur einen Vorgesetzten gibt, kommt es zu Machtkämpfen. Das ist einfach menschlich. Aber zwischen größeren Intrigen und der Ermordung von Menschen liegen –« Er schüttelte den Kopf. »Um die Wahrheit zu sagen, ich sehe keine Gefahr. Nicht nach dem, was Sie mir erzählt haben.«

»Und was ist mit diesem Bud Hopper? Warum sollte jemand LeVoq sagen –«

»Sie nehmen also an, daß LeVoq Ihnen die Wahrheit erzählt hat. Vielleicht hat der Kerl ja auch nur versucht, sich aus einer unangenehmen Situation herauszuwinden. Sie sind eine gutaussehende Frau, vielleicht wollte er einfach nur sehen, wie weit Sie –«

»Selbst wenn es tatsächlich einen Bud Hopper gibt –«

»Das kann ich nachprüfen.«

»– schließt das nicht aus, daß jemand seinen Namen benutzt hat, um LeVoq in mein Zimmer zu manövrieren. Jemand möchte ihn umbringen und den Anschein erwekken, daß wir ein Paar waren.« Ich betrachtete Krisbaums Gesicht. »Glauben Sie das nicht auch? Wenigstens ein bißchen?«

»Wissen Sie, wie diese ganze Sache in meinen Ohren klingt, Miss Jansson?«

»Ich habe Angst, Sie danach zu fragen.«

»Vielleicht *wollen* Sie ja unbewußt wieder in einen Mordfall verwickelt werden.« Er erhob sich langsam, wobei er sich mit beiden Händen am Sessel abstützte. Die Fotografie flatterte auf den Boden. »Es geht mich ja nichts an, aber ich habe das bestimmte Gefühl, daß Sie für unseren Lieutenant etwas übrig haben.«

Ich beugte mich vor und hob den Schnappschuß vom Boden auf, hauptsächlich, um Krisbaum nicht ins Gesicht blicken zu müssen. Ich wollte *keineswegs* wieder in einen Mordfall verwickelt werden – wie zutreffend es auch sein mochte, daß ich für den Lieutenant etwas »übrig« hatte. Ich wedelte ihm mit dem Foto vor der Nase herum. »Und wie erklären Sie sich das da?«

»Sie sagen, daß LeVoqs Geliebte auch hier ist?«

»Ja. Sie ist die Vizepräsidentin der Bank, die unser größter Kunde ist.«

»Dann wette ich zehn zu eins, daß sie auch so ein Bild bekommen hat. Was Sie hier in Händen halten, ist meines Erachtens der klare Versuch, ein Verhältnis hochgehen zu lassen. Irgendwer versucht, Ihren Boß als Schweinehund dastehen zu lassen.«

»Er *ist* ein Schweinehund.«

»Also war es um so leichter, ihn hereinzulegen. Dafür kommt nur jemand in Frage, der ihn kennt wie seine Westentasche. Und derjenige konnte ihn dazu bringen, in

Ihr Zimmer einzubringen und sich mit Ihnen auf dem Bett herumzuwälzen. Konnte sich da draußen aufstellen« – er deutete auf das Fenster – »und ein paar Aufnahmen machen. Damit bringt man die Freundin auf die Palme, und ehe man sich's versieht, hat sich das Problem von selbst gelöst, richtig? Er ist raus aus der Firma, und sie geht nicht mit. Kein Bedarf, jemanden umzubringen.«

Ich war nicht sicher, ob ich erleichtert oder wütend sein sollte. Nur eines wußte ich mit Sicherheit: Frauen in meinem Alter sollten eigentlich nicht mehr erröten.

»Jetzt müssen Sie den ganzen Weg nach San Francisco zurückfahren.«

»Ich werde die Nacht in Merced verbringen, denke ich.« Er schien bei dieser Aussicht nicht gerade Luftsprünge zu machen. Ich kenne das Nest, bei dem Gedanken daran macht niemand Luftsprünge.

»Es war nett von Ihnen vorbeizukommen.«

Er zuckte die Achseln.

Ich begleitete ihn durch die Lobby, und auf dem Rückweg ging ich an der Rezeption vorbei, um meinen Kaffee, den ich vor längerer Zeit bestellt hatte, zu reklamieren. Als ich mich umdrehte, bemerkte ich einen Mann, der sich aus einem Stuhl erhob. Er wurde halb durch ein großes Arrangement aus Trockenblumen verdeckt, die den Wartebereich abtrennten.

Ich blieb stehen. Ich hätte ihn nachts im Tunnel erkannt.

Eins neunzig groß, zu viele Muskeln, die seinen Anzug zu sprengen schienen, schwarzes, aus der Stirn gekämmtes Haar, das ihm borstig vom Kopf abstand, dicke Augenbrauen, die die tiefliegenden Augen beschatteten, die gekrümmte Nase, das Grübchen im Kinn.

Er ging seitlich um das Blumenarrangement herum. Er stand einfach nur da, vier Meter von mir entfernt.

Endlich war er da.

Kapitel 15

Ich schloß die Zimmertür hinter uns. Was zum Teufel sollte ich jetzt sagen? Nachdem ich Krisbaums Meinung gehört hatte, hielt ich meine Paranoia ja selbst für leicht neurotisch.

Aber irgend etwas mußte ich schließlich sagen. Worte wie »Nimm mich in die Arme, du Narr« würden mir jetzt wohl kaum etwas nützen. Das wurde mir klar, sobald Lieutenant Don Surgelato knurrte: »Ich habe Ihre Nachricht erhalten, Miss Jansson.« (Und sein Blick fügte hinzu: Gott steh dir bei, wenn es nicht wichtig ist!)

Er setzte sich nicht. Er blieb an der Tür stehen. Sein Anzug war zerknittert. Vier Stunden Fahrt, hatte Krisbaum gesagt. Surgelato war dünner, als ich ihn in Erinnerung hatte.

Es war leichter, seinen Anzug zu betrachten, als ihm ins Gesicht zu blicken.

Er sagte: »Ich habe gewartet, bis Danny fort war.«

»Er hat meine Nachricht auch bekommen.« Ich warf ihm einen Blick zu. Autsch. Blickte wieder weg. Er billigte es ganz und gar nicht, daß ich Inspektoren von seinem Morddezernat abzog.

»Also, was ist los?«

Ich war mir nicht sicher, nicht mehr.

Er wandte sich ab. Ging ans andere Ende des Zimmers. Fuhr sich mit der Hand über das Haar und sah aus dem Fenster.

Dann fragte er: »Was wollen Sie? Schon wieder einen kleinen Gefallen?«

Meine Mutter wußte nicht zu schätzen, was er für sie

getan hatte. Und seine Karriere war ein Scherbenhaufen.

Er drehte sich um und sah mich an. Seine Silhouette hob sich gegen das helle, nachmittägliche Sonnenlicht ab. »Offensichtlich sind Sie wieder auf die Füße gefallen, stimmt's? Wahrscheinlich machen Sie hier das große Geld, was?«

»Neunzigtausend.«

»Allmächtiger!«

Er war gerade alt genug (fünfundvierzig?) und Macho genug (früher war er in irgendeiner Mannschaft Quarterback gewesen), daß es ihm etwas ausmachte, wenn eine Frau mehr Geld verdiente als er.

Ich hatte immer geglaubt, daß meine Mutter und diese ganze Warneke-Geschichte uns voneinander trennten. Aber in Wirklichkeit war es viel mehr als das.

Meine Augen wanderten zum Nachttisch hinüber. Unter der Bibel lag eine Viertelunze Haschisch. Ob er wohl verstand, daß ich jetzt einen Joint brauchte, illegal oder nicht?

»Ich habe befürchtet, daß es Ihnen leid tut«, sage ich.

»Leid! Leid beschreibt auch nicht im entferntesten –« Er runzelte die Stirn dermaßen heftig, daß seine Augen im Schatten verschwanden. »Es ist ja nicht der politische Sturm. Damit lernt man fertigzuwerden. Es ist das, was ich getan habe.« Und dann ruhiger: »*Warum* ich es getan habe.«

Von Krisbaum wußte ich, daß der Lieutenant damals zum ersten Mal jemanden erschossen hatte.

»Don – Lieutenant. Ich wäre beinahe getötet worden. Es fällt mir schwer, Mitleid –«

»Mitleid! Das denken Sie? Daß ich erst einem armen kleinen Mörderlein das Lebenslicht auspuste und dann nicht darüber hinwegkomme?« Der Zorn ließ seine olivfarbene Haut unnatürlich blaß erscheinen. »Ich bin Polizist. Ich soll Beweise sichern und Verbrechen verhindern. Die Aussage dieses armen kleinen Mörders hätte uns vielleicht den Weg zu einer Untergrundorganisation gewiesen, ist Ihnen das klar?« Er sah aus wie ein Mann, der das Lieblingsspielzeug seines Vorgesetzten kaputtgemacht hat. »Mein Gott! Wer weiß, was wir noch alles an Informationen herausbekommen hätten, wenn wir ihn hätten verhören können –« Er schwieg. Vielleicht wußte er, daß er sich selbst betrog. Warnekes Mörder hätte der Polizei verdammt noch mal gar nichts erzählt. »Aber ich bin nicht hergekommen, um mit Ihnen *darüber* zu sprechen.«

Vielleicht war ein Polizist, dem es leid tat, jemanden erschossen zu haben, nicht gut genug für seinen Job. Für einen Cop war es wohl besser, der verpaßten Gelegenheit, Informationen aus einem Verdächtigen herauszuprügeln, nachzutrauern.

Was die Mentalität von Polizisten betraf, war ich keine Expertin. Was zum Teufel sollte ich ihm antworten?

Ich sagte: »Krisbaum hat mich wie eine Idiotin dastehen lassen. Unsere Kanzlei ist in einer schwierigen Lage. Und wahrscheinlich bin ich immer noch ziemlich schreckhaft. Ich dachte – Krisbaum sagt, daß ich mich täusche. Es hat keinen Zweck, Sie auch noch damit zu belästigen.« Meine Güte, ich war den Tränen nahe. Was waren wir doch für ein Paar: der Machopolizist und die blonde Heulsuse. Ich biß mir auf die Innenseite der Wange. Zwang mich zur Härte. Und meine Tränen in ihre Kanäle zurück. »Es tut mir leid, daß Sie den ganzen Weg hierher gefahren sind.«

Immer noch ruhte sein grimmiger Blick auf mir. »Danny war ganz schön lange bei Ihnen.«

Ich zuckte mit den Schultern. »Es dauert halt seine Zeit, bis man mich zur Vernunft gebracht hat.«

Sein Blick wurde weicher. »Was genau ist denn das Problem?«

Der Schnappschuß von LeVoq lag neben ihm auf dem Tisch. Wahrscheinlich wies ihm mein unwillkürlicher Blick den Weg, denn er sah darauf hinab.

Dann nahm er das Foto in die Hand. Betrachtete es genau. Sah auf das Bett. Wandte sich um und blickte zum Fenster hinaus. Betrachtete das Bild erneut.

»Wer ist der Kerl?«

»Mein Boß.«

»Was hat dieses Bild zu bedeuten?«

»Er hat mich angegriffen.«

Wütend ballte Surgelato die Faust und kam stirnrunzelnd auf mich zu. Ich war nicht sicher, ob er auf mich oder auf LeVoq wütend war. Eilig fuhr ich fort: »Ich konnte ihn aufhalten, aber unterdessen hat jemand dieses Bild hier aufgenommen. Wir haben nur ganz kurze Zeit so auf dem Bett gelegen.«

Surgelato blieb etwas von mir entfernt stehen.

»Warum?«

»Krisbaum glaubt, daß jemand versucht hat, LeVoq – Bob LeVoq, meinen Chef – reinzulegen. Er denkt, daß jemand dieses Bild gemacht hat, um es anschließend LeVoqs Freundin zu zeigen. Seine Geliebte arbeitet in leitender Position für einen der größten Kunden der Kanzlei. Die Firma versucht, glaube ich, LeVoq loszuwerden – und den Kunden zu halten.«

»Woher haben Sie das Bild?«

»Zimmerservice.«

Er schüttelte den Kopf. »Krisbaum ist auf dem Holzweg. Warum sollte jemand das Foto ausgerechnet *Ihnen* geben?«

»Ich denke – oder dachte jedenfalls –, daß jemand LeVoq töten und den Anschein erwecken wollte, daß ich ein Verhältnis mit ihm hatte.«

»Warum?«

»Um mir etwas anzuhängen.«

»Nein, ich meine, warum haben Sie das gedacht?«

Ich seufzte, kehrte zum Bett zurück und setzte mich erschöpft hin. Ich konnte förmlich spüren, wie die Verjährungsfrist verstrich.

Es war eine lange Geschichte. Ich hatte noch nichts gegessen und verzehrte mich geradezu nach Kaffee. Und vor Liebeskummer.

»Ich bin das alles schon mit Krisbaum durchgegangen. Er hat mich davon überzeugt –«

»Dann gehen Sie es jetzt eben noch einmal mit mir durch.«

Ich merkte, wie sich etwas in mir sträubte. Er hatte mich in den vergangenen Jahren ein paarmal zu häufig vernommen.

»Nein! Ich glaube, Krisbaum hat recht. Ich war dumm. Es kommt alles nur von den Spannungen, denen man in diesem Job ausgesetzt ist! Ich habe die anderen für schlimmer gehalten, als sie tatsächlich sind. Ich habe Mordkomplotte gesehen, wo es gar keine gibt! Gott sei Dank!« An meiner Tür klopfte es. Wenn mein Kaffee jetzt nicht bald kam, würde ich anfangen zu schreien. Auf dem Weg zur Tür sagte ich: »Ich war paranoid! Das hat Krisbaum mir klargemacht!«

Meine Augen befanden sich in Höhe der Taille meines Gegenübers, als die Tür sich öffnete. Zuerst blinzelte ich, als ich den flachen Bauch in grauen Wollhosen sah. Wo zur Hölle war das Kaffeetablett?

Ich blickte hinauf in Melinda Karastatos' Gesicht. Sie sah aus wie ein Zombie, ein Zombie in einem teuren Hosenanzug, mit vorstehenden Zähnen und Flecken im Gesicht. Ihre Lippen hatten eine leicht bläuliche Färbung angenommen.

Sie sagte: »Bob ist tot.«

Ich spürte einen Luftzug, als Surgelato durch den Raum zu uns herüberkam. Die eine Hälfte meines Bewußtseins nahm wie benommen die Nachricht über Bob LeVoq auf, hörte sie, ohne sie glauben zu können.

Die andere jubelte, weil Don Surgelato mich berührte. Er stand neben mir und hatte den Arm um mich gelegt.

Melinda blinzelte, dann sah sie mir wieder ins Gesicht. »Bob ist tot«, wiederholte sie. »Jemand hat Bob umgebracht.«

Kapitel 16

»Es war Bud Hopper!« beharrte ich. Nach wie vor betrachtete ich Bud Hopper als finsteren Urheber all meiner Probleme. »Er hat dafür gesorgt, daß ich angestellt wurde! Er hat die Firma veranlaßt, mich hierher einzuladen! Er hat Bob LeVoq Lügengeschichten über mich erzählt!«

Surgelato konferierte mit dem Sicherheitspersonal des Hotels und wartete auf die Polizei aus Merced. Ich stand zusammen mit Daniel Krisbaum in der Ecke eines mit Kirschbaumholz und Ziegelsteinen verkleideten Konferenzsaales. Krisbaum hatte Polizeifunk in seinem Auto. Er hatte dem Funk von Merced gelauscht und sofort kehrtgemacht, als er die Neuigkeiten über LeVoq hörte. Ihm und Surgelato schien es peinlich zu sein, hier aufeinanderzutreffen.

Krisbaum runzelte die Stirn und warf einen Blick auf Surgelatos Rücken. Surgelato beugte sich über einen Konferenztisch. Eine Hand lag auf der gewachsten Oberfläche, mit der anderen schien er einen vor ihm sitzenden Hotelwachmann erstechen zu wollen. Der Wachmann, ein blöde vor sich hin stierender Jüngling in der gebügelten Uniform eines Rangers, blickte den Lieutenant mit ehrfurchtsvollem Staunen an. Ein weiterer »Ranger« schrieb alles auf, was Surgelato sagte.

Ich zupfte Krisbaum am Ärmel. »Sie sollten dafür sorgen, daß niemand das Hotel verläßt!«

Er würdigte mich nur eines geistesabwesenden Blickes. »Wird schon niemand entkommen, keine Sorge.«

»Sie sollten alle zusammen in einem Zimmer festhalten, bis die Polizei von Merced da ist!«

»Wir spielen hier nicht *Mord im Orientexpreß*, Miss Jansson. Vertrauen Sie mir. Wir wissen schon, was wir tun!«

»Und wenn jemand die Flucht ergreift, um sich der hiesigen Rechtsprechung zu entziehen?«

»Sie wissen doch mit Beweiswürdigung Bescheid!«

»Flucht kann vor Gericht als Schuldgeständnis gewertet – oh.«

»Oh«, wiederholte er.

»Wir sind alle vom Fach. Damit sage ich Ihnen wohl nichts Neues.«

»Bingo.«

»Wird die Polizei die Leute im Hotel vernehmen?«

»Sie werden jeden vernehmen, den sie vernehmen wollen.«

»Werden Sie und der Lieutenant mit von der Partie sein?«

»Wir sind doch hier nicht Mädchen für alles. Schließlich haben wir unseren eigenen Zuständigkeitsbereich.«

»Wie lange muß ich hier bleiben?«

»Das kann ich nicht bestimmen.«

»Und Sie können mir auch nicht den geringsten Hinweis geben –«

»Nein! Nein, das kann ich nicht!« Seine Stimme dröhnte vor väterlicher Verärgerung. Es war schließlich nicht das erste Mal, daß ich ihn nach Details über LeVoqs Tod fragte. Alles, was ich bis jetzt auf meine Frage: »Vermutet man ein Verbrechen?« erhalten hatte, war ein knappes Ja gewesen.

In der Halle vor dem Konferenzsaal ging irgend etwas vor sich. Ein weiterer Angestellter des Mariposa (seine Uniform suggerierte die Zugehörigkeit zum Native West Department in Neiman-Marcus) steckte seinen Kopf herein und machte einem Wachmann ein Zeichen. Der Wachmann trottete hinüber und beriet sich mit ihm. Einen

Augenblick später verließ Surgelato die Möchtegern-Ranger und kam zu uns herüber.

Er nahm mich am Arm und bedeutete Krisbaum mit einer Kopfbewegung, uns zu begleiten. »Wir haben nur noch ein paar Minuten, bis die Polizei von Merced eintrifft.«

Auf dem Weg zur Tür wandte Krisbaum vorsichtig ein: »Sie werden die ersten sein wollen, die alle Anwesenden verhören – einschließlich Miss Jansson.«

Woraufhin Surgelato sarkastisch antwortete: »Meine Güte, Danny! Vielleicht ist mir die Polizei von Merced hinterher sogar *böse!*«

Krisbaum gluckste vor sich hin.

Mit der Hand auf meinem Kreuz schob mich Surgelato aus dem Hotel und einen blankgefegten, gepflasterten Weg entlang, vorbei an Anwaltsgrüppchen in grellbunter Freizeitkleidung.

Wir gingen unter dicht bewachsenen Bäumen an der Rückseite des Hotels entlang. Dann stieß Surgelato mich über ein kleines Feld, ehe wir an einer mit Baumstämmen übersäten Stelle an einem Bach innehielten. Mir wurde klar, daß wir hier vom Hotel aus nicht gesehen werden konnten.

Mittlerweile war es später Nachmittag und viel zu heiß für jemanden in Kordrock und langärmeliger Bluse. Die Luft roch nach staubigen Blättern und war erfüllt vom Rauschen des Baches. Ich saß auf einem umgestürzten Baumstamm und hoffte, daß das Mariposa einen Reinigungsservice besaß.

Surgelato tuschelte kurz mit Krisbaum, dann hockte er sich vor mich hin. Ein Windstoß zerzauste sein Haar. »Heute morgen haben Sie vermutet, daß Robert LeVoq ermordet werden sollte. Deshalb haben Sie mich im Revier angerufen, nicht wahr?«

»Ja.«

»Ich möchte wissen, warum Sie das angenommen haben.« Er blinzelte, obwohl die Sonne ihm in den Rücken schien. »Ich will Einzelheiten. Alles, was Sie Danny erzählt haben. Mehr, wenn möglich. Alles, woran Sie sich erinnern können.«

»Was ist mit Bob passiert?«

»Nein. Sie zuerst. Nachträglich werden sich ohnehin die einen oder anderen Details in Ihre Geschichte einschleichen – das kann man gar nicht vermeiden. Aber ich will das Risiko so stark wie möglich begrenzen.«

Das kam mir vernünftig vor, also fügte ich mich. Ich berichtete ihm alles, was ich Krisbaum erzählt hatte. Vielleicht ein bißchen mehr.

Surgelato hörte aufmerksamer zu als sein Kollege. Ebenso aufmerksam beobachtete er mein Gesicht. (Ich fragte mich, ob zwei Monate frustrierter Arbeitslosigkeit mich hatten altern lassen.)

Schließlich kam ich stotternd zum Schluß.

Krisbaum räusperte sich und ging ein Stück den Bach entlang, als ob er die Aussicht genießen wollte.

Surgelatos Gesicht war nur wenige Zentimeter von dem meinem entfernt. Es war grob und sah nicht besonders intelligent aus, aber er selbst war jedenfalls weder das eine noch das andere. Aber was er nun in Wirklichkeit *war*, wußte ich auch nicht.

Er sagte: »Robert LeVoq ist vergiftet worden.«

»Vergiftet? Wie?«

Er legte die Hände auf meine Schultern. Dann öffnete er den Mund und schüttelte den Kopf, als ob die Worte einfach nicht herauskommen wollten. Und ich wußte es, auch ohne daß man es mir sagte.

»Schierling«, sagte ich. »Genau wie bei Julian Warneke.«

Kapitel 17

Nicht ganz wie bei Julian Warneke. Mein früherer Boß war in dem kultivierten Ambiente eines französischen Restaurants vergiftet worden. Bob LeVoq hatte man auf einem sumpfigen Trampelpfad mit einer verschmutzten Schierlingspflanze im Mund gefunden.

Ich wich vor dem Grünzeug zurück, das sich über meinen Baumstamm schlängelte. Ich hätte Schierling nicht von Hibiskus unterscheiden können, und im Augenblick kamen mir sämtliche Pflanzen unheimlich vor. »Jemand hat ihn *veranlaßt,* es zu essen? Direkt vom Boden?«

»Vielleicht. Oder jemand hat ihm die Pflanze in den Mund gestopft, nachdem er schon tot war. Warneke brauchte immerhin ein paar Stunden – na ja, wie auch immer. Bei manchen Menschen wirkt Schierling schnell, bei anderen wiederum dauert es mehrere Stunden, bis er zum Tode führt. Es ist auch nicht auszuschließen, daß LeVoq ihn freiwillig zu sich genommen hat, ohne zu wissen, daß er Schierling aß. Wir haben das schon ein paarmal erlebt. Manche halten ihn für eine psychotrope Pflanze –«

»Sie glauben allen Ernstes, daß Bob den Schierling *versehentlich* zu sich genommen hat? Um *high* zu werden?«

»Das habe ich nicht gesagt. Ich will einfach nur wissen, ob Sie es für möglich halten, nach dem, was Sie von ihm wissen.«

»Nein! Selbst wenn LeVoq mit Drogen auf dem laufenden war« – Surgelato schien sich über meine Wortwahl zu amüsieren –, »hätte er ausschließlich hervorragend verarbeitete Drogen zu sich genommen. Kokain oder irgendeine

Designerdroge. Ich kann mir nicht vorstellen, daß er das Unkraut durchkämmt hätte.«

Krisbaum watschelte wieder ins Blickfeld. Er sah aus wie ein aufrecht stehender Bär. Er beugte sich mühsam vor, hob ein paar Steine auf und ließ sie über das Wasser hüpfen.

»So wie LeVoq aussah, als er gefunden wurde, ist es gut möglich, daß man ihm das Zeug erst in den Mund gestopft hat, nachdem er schon tot war«, überlegte Surgelato. »Aber trotzdem kann man wohl definitiv davon ausgehen, daß er vergiftet wurde.«

»Vielleicht hatte er ja einen Herzanfall oder so was?« Meine Stimme klang, als ob ich ihn um einen Gefallen bitten wollte.

Surgelato erhob sich und reichte mir die Hand, um mir aufzuhelfen. »So sah es meiner Meinung nach nicht aus, und ich habe schon *einige* –« Er brauchte nicht hinzuzufügen »Leichen gesehen.«

Ich legte meine Hand in die seine, obwohl ich keine Hilfe beim Aufstehen brauchte.

Krisbaum kam zu uns herüber und sagte: »Ich habe ihn mir angesehen. Die Ranger – oder was zum Teufel sie auch darstellen wollen – sind vernünftig und halten die Leute fern. Aber, Himmel noch mal, sie hatten nichts Besseres zu tun, als den Kerl durch die Gegend zu schleppen!«

Ich hätte gern gewußt, wo LeVoq gestorben war und wo sein Leichnam jetzt lag. Aber ich fragte nicht. Grimmig und mit ungeduldig zusammengezogenen Brauen sah Surgelato auf seine Uhr. Das Verhör war beendet.

Es wurde Zeit, daß ich mich der Polizei von Merced zur Verfügung stellte.

Kapitel 18

Ich brauchte vier Stunden, um der Polizei von Merced die Situation zu erklären. Ein pausbäckiger Detective unterbrach meine Litanei über Bud Hopper beständig, um mir Fragen darüber zu stellen, wie ich den Morgen verbracht hatte. Später begleitete mich ein stämmiger Polizist in Baseball-Kluft zu meinem Zimmer, damit ich ihm den Schnappschuß von LeVoq zeigen konnte. Ich gab ihm den weisen Rat, den Zimmerservice zu fragen, ob noch jemand anders im Hotel ein ähnliches Päckchen erhalten habe. Der Detective hatte jedoch scheinbar niemals Agatha Christie gelesen und folglich nichts übrig für brillante Amateurdetektive wie Miss Marple.

Als die Polizei endlich mit mir fertig war, machte ich mich auf die Suche nach Surgelato und Krisbaum. Aber zwei Waldnymphen gleich schienen sie wie vom Erdboden verschluckt zu sein. Ich kehrte in mein Zimmer zurück und starrte immer noch auf das mit Schriftstücken übersäte Bett, als Melinda Karastatos an meine Tür klopfte. Sie stakste herein und brach auf meinem Navajo-Sessel zusammen.

Dann stöhnte sie: »Ich habe gegen ihn intrigiert, aber ich *mochte* ihn. Ich meine, wenn er nicht mein Boß gewesen wäre, hätte ich ihn gemocht.«

Sorgfältig sammelte ich die Dokumente ein und stopfte sie in meine Vinyl-Aktentasche. Ich wollte einen ledernen Aktenkoffer, plötzlich wünschte ich mir *wirklich* einen.

»Ich habe ihm doch nicht den *Tod* gewünscht!« fuhr Melinda fort und öffnete die Schleife an ihrer weißen Seidenbluse.

Ich beobachtete sie. Warum mußten die Menschen immer über so etwas reden? Warum konnten sie ihren Kummer – *meinen* Kummer – nicht einfach ruhen lassen? »Wer... hat ihn gefunden?«

Sie umklammerte die Enden ihrer losen Schleife. »Ich weiß es nicht. Ich war in der Lobby, als sie ihn hereingetragen haben. Er sah aus – über und über *schmutzig!*« Ich hatte noch nie gehört, daß jemand dieses Wort auf eine solche Weise aussprach. Es klang, als sei sie durch den erschütternden Anblick LeVoqs bis in die Untiefen des Abscheulichen hinabgetaucht.

»Was hatte er an?«

»Was er *an*hatte?« Sie schien leicht verärgert zu sein. Schließlich waren wir hier, um den großen Cäsar zu preisen, nicht um über Kleidung zu diskutieren. »Ein rotes Hemd, glaube ich.«

Ich setzte mich neben meine Aktentasche auf das Bett. Als ich Bob LeVoq zum letzten Mal gesehen hatte, hatte er sich gerade ein rotes Polohemd über den Kopf gezogen. Hatte er mein Zimmer verlassen und war dann direkt zu seinem Schöpfer gegangen?

Giftiger Schierling kann Stunden brauchen, um sein Opfer zu töten. Julian Warneke war nach seinem tödlichen Mittagessen in sein Büro zurückgekehrt und hatte noch bis fünf Uhr nachmittags gearbeitet.

Zwei Chefs vergiftet. Das machte sich sicher großartig in meinem Lebenslauf.

Als ich Melinda wieder ansah, weinte sie. Ihre Schultern und ihre Brust zuckten. Sie weinte lautlos, machte allerdings keine Anstalten, ihr tränenüberströmtes Gesicht zu verbergen. Jeder wisse doch, daß sie Bob gemocht habe, kommentierte ich lahm. Und wurde Gott sei Dank durch ein Klopfen an der Tür unterbrochen.

Auf dem Flur stand Hannah Crosby. Ihre feinen Züge

waren unter der Make-up-Schicht ganz weiß geworden. Ein paar Haarsträhnen hatten sich aus der schildpattfarbenen Spange gelöst – mit einer liebevollen und zärtlichen Geste strich sie sie zurück. Sie trug ein gepunktetes Kleid, das von einem Gürtel gehalten wurde und einer Marilyn Monroe sicher besser gestanden hätte. Sie betrat das Zimmer, schlug die Tür hinter sich zu und zitterte mit einem Mal am ganzen Leibe. Ihre Stimme war so schrill, als würde sie bei lebendigem Leibe gekocht. Hannah kreischte: »Es wird nicht funktionieren!«

Ich nahm an, daß sich ihre Bemerkung auf ihre Unfähigkeit bezog, den Schmerz zu unterdrücken. Deshalb war ich überrascht, als sie drei wütende Schritte durch das Zimmer machte und dann in bedrohlicher Pose vor Melinda stehenblieb. »Es *wird nicht funktionieren!*« wiederholte sie. »Pablo ist kein Narr!«

Melinda schien zu wissen, wovon Hannah sprach, denn sie gab zurück: »Bill ebensowenig!«

Was unsere jeweiligen Chefs damit zu tun haben sollten, war mir schleierhaft, aber schließlich hatte ich ja auch keine Ahnung, wovon überhaupt die Rede war.

Hannah setzte sich plötzlich ebenfalls auf das Bett, als habe Melinda dies per Telekinese bewirkt. Sie sagte: »Ich *weiß*, warum es geschehen ist!«

Melinda wischte sich die Tränen ab und erwiderte scharf: »Sie wissen immer alles!«

»Er und Colin –«

Es klopfte an die Tür, und William Mott gab sich lauthals zu erkennen. Eine merkwürdige Gesellschaft hatten wir da zusammen. Bill Mott hatte uns gerade noch gefehlt.

In seinen Madrashosen und einem marineblauen Designerjackett sah er immer noch würdevoll aus. »Ist Melinda hier?« fragte er – eine reine Höflichkeitsfrage, denn Melinda war vom Gang aus eindeutig zu sehen.

Ich hatte gar nicht die Zeit, ihm zu antworten, da war Melinda schon an mir vorbeigeflogen – direkt in Motts Arme.

Sie war acht Zentimeter größer und mindestens zwanzig Jahre jünger als Mott, aber ihre Umarmung war mehr als nur kollegial.

Ich wandte mich ab. Der Ausdruck auf Motts arrogantem Gesicht, während er sie mit fest geschlossenen Augen an seine hohle Brust preßte, machte mich verlegen.

Ich warf Hannah Crosby einen Blick zu. Sie starrte das Paar mit ungekünstelter Überraschung an. Dann sah sie mich an. Als sich unsere Blicke trafen, taten wir etwas beschämend Taktloses. Wir kicherten.

Melinda und Mott ließen sich auf der Stelle los, als ob wir einen Gartenschlauch auf sie gerichtet hätten.

Mott murmelte etwas von einer Besprechung, und beide eilten aus dem Zimmer.

Ich schloß die Tür und wandte mich erneut Hannah Crosby zu. Wir lachten uns immer noch halbtot – ein neurotisches Lachen –, als mein nächster Gast das Zimmer betrat.

Kapitel 19

Der Neuankömmling sah aus wie eine Art Konfekt – angefangen von ihren karamelfarbenen Locken bis hin zu ihrem Rüschenkleid, das mit Zuckerguß fixiert zu sein schien.

Hannah Crosby schluckte den letzten Ton ihres unziemlichen Gelächters hinunter und wischte sich die Tränen und das Make-up aus dem Gesicht.

»Mrs. LeVoq!«

Ich stand inmitten des Raumes, hatte einen Schluckauf und blinzelte die Frau an, die soeben meine Tür aufgerissen hatte.

Mrs. LeVoq, deren Zunge weniger liebreizend war als ihr Äußeres, spie hervor: »Sie *hinterlistiges Luder!* Ich hätte wissen müssen, daß Sie hier sind!«

Offensichtlich war der jungen Witwe bekannt, welcher Natur Hannahs Beziehung zu LeVoq gewesen war. Ich hoffte, daß sie nicht vorhatte, in meiner Gegenwart näher darauf einzugehen.

Ich trat dichter an sie heran und entdeckte die Schmollfältchen, die sich in ihre Stirn und um ihren Mund gegraben hatten. Ihre kornblumenblauen Augen blitzten, aber nicht vor Tränen.

»Ich heiße Willa Jansson.« Ich versperrte ihr die Sicht auf Hannah Crosby und streckte ihr meine Hand entgegen. »Sie müssen doch vollkommen durcheinander sein. Kann ich Ihnen etwas bestellen –«

Sie schob sich an mir vorbei. »Sie dachten, daß ich über Sie und Bob nicht Bescheid wüßte!«

Nach Hannahs Gesicht zu urteilen, hatte Mrs. LeVoq recht.

»Nun, ich wußte es aber!« Die Stimme der Witwe sagte: *Da hast du's!* »Ich wußte über *all* seine Frauen Bescheid!« *Und das auch noch!*

Hannah Crosby sah geringfügig bekümmert aus, nicht mehr. Sie rutschte auf ihrem Stuhl hin und her und strich über die Pünktchen, um die Knitterfalten ihres Kleides zu minimieren. »Sind Sie schon lange hier?« fragte sie höflich. »Ich habe sie gestern abend beim Essen gar nicht gesehen.«

Mrs. LeVoq schien die Luft auszugehen. Langsam fiel sie in sich zusammen, bis schließlich auch sie sich auf meinem Bett niederließ. Über den ganzen Raum hinweg nahm ich den Geruch des Talkumpuders wahr, der von ihr ausging. »Ich konnte erst heute morgen einen Babysitter bekommen.«

Kinder. Vielleicht war Bob LeVoq ein guter Vater gewesen, ausgelassen und voller Unsinn im Kopf. Vielleicht war er aber auch viel zu egozentrisch gewesen, um seinen Sprößlingen irgendwelche Aufmerksamkeit zu schenken. Wie auch immer, wahrscheinlich liebten sie ihn. Ich lehnte mich gegen die Wand und betete, daß Mrs. LeVoq nicht weiter über sie sprechen würde.

Hannah Crosby teilte, wie es schien, meinen Wunsch keineswegs. »Ist für die Kinder gesorgt?« forschte sie mit der Reserviertheit einer Sozialversicherungsangestellten nach.

»Natürlich!« Mrs. LeVoqs weingummiblaue Augen blitzten vor Zorn. »Bob war immer sehr gut zu –«

»Wahrscheinlich war er gut versichert?«

Ich mußte Hannah bewundern. Wie sehr ich auch immer davon geträumt hatte, wie Miss Marple zu sein, niemals hätte ich es gewagt, meinem Gegenüber eine solche Frage zu stellen. Dadurch, daß sie anderen ständig den Gerichtsvollzieher auf den Hals hetzten, waren Bankangestellte offensichtlich abgehärtet.

»Unter anderem!« Mrs. LeVoqs Handtasche glitt von ihrem in pfirsichfarbenen Satin gehüllten Schoß. Ich war überrascht, als ich sah, daß die Tasche aus Vinyl war. Hatte LeVoq sie etwa kurzgehalten? »Haben Sie ein ruhigeres Gewissen, wenn Sie das wissen?«

»Gewissen?« Hannah lächelte leicht, als ob schon der Gedanke daran sie amüsierte. »Ich habe mir lediglich Gedanken gemacht. Als Freundin –«

»Als Freundin! Sie schimpfen sich meine –«

»– von Robert. Wailes, Roth etc. haben die übliche Versicherung für ihn abgeschlossen, nehme ich an? Eine Viertelmillion bei Unfalltod und die doppelte Versicherungssumme, wenn der Unfall im Zuge der Tätigkeit für die Kanzlei –«

»Das geht Sie einen feuchten Kehricht an!« Mrs. LeVoqs Stimme zitterte. Sie war wütend, wozu sie durchaus ein Recht hatte. »Was *glauben* Sie eigentlich, wer Sie sind?«

Für wen auch immer Hannah Crosby sich halten mochte, sie schämte sich dessen nicht. »Das ist die Standardpolice. Vielleicht ist Wailes ja sogar großzügiger.«

Mrs. LeVoq runzelte die Stirn, als habe sie soeben eine neue Spezies der Küchenschabe entdeckt. »Wenn Sie glauben, Sie könnten einen Teil der Versicherungssumme einkassieren oder so was –«

»So pleite bin ich noch lange nicht, Betty.«

»Bonnie – als ob Sie das nicht wüßten!«

»Bonnie« – sie warf einen Blick über die Schulter, als eine Gruppe Kellner an meinem Fenster vorbeiging –, »mir kommt es so vor, als wären Sie nicht allzu unglücklich.«

»Zur Hölle – ich nehme an, damit wollen Sie sagen, daß *Sie* mehr trauern als ich!«

Hannah lachte, ein kurzes, unfrohes Lachen. »Sie haben absolut recht, Betty-Bonnie. Wenn wir nach dem äußeren Schein urteilen, dann ist es Melinda Karastatos, die Bob am meisten betrauert!«

Kapitel 20

Ich bekam eine Gänsehaut, wenn ich an diesen ganzen Haufen dachte: Der verschrumpelte William Mott stellte Melinda nach. Hannah Crosby behandelte LeVoqs Witwe mit dem Takt eines Freddy Krueger. Die L.A.-Partner trafen sich im Schwimmbad, um eine Notiz zu verfassen, daß »trotz des traurigen und sinnlosen Verlustes eines hochgeschätzten Partners« die sozialen Aktivitäten einschließlich der Kajak-Touren weitergehen würden.

Ich wollte nur noch eins: nach Hause.

Melinda, die sich gerade einmal nicht in Gesellschaft ihres alternden Geliebten befand, versuchte, mich davon abzubringen. »Wir stehen jetzt im Rampenlicht. Wir brauchen L.A.'s Wohlwollen jetzt mehr denn je!« Sie lehnte an meinem Fenster und blickte in die schwarze Wildnis der Nacht hinaus. »Zunächst einmal sind wir nur eine ganz kleine Kanzlei – ein Ableger.« Sie wandte sich zu mir um, wobei sie voller Ingrimm den Staub aus dem Vorhang schüttelte. »Wenn sich ihr Engagement – oder das unserer Klienten – jetzt abkühlt, sind wir geliefert. Wir müssen nach unten gehen und denen aus L.A. zeigen, daß wir wertvolle Mitarbeiter für sie sind!« Ihre Wangen brannten, und sie runzelte die Augenbrauen unter ihrem zerzausten Pony. »L.A. muß uns einfach dabei helfen, unseren Kundenstamm auf ein sicheres Fundament zu stellen – Bill Mott tut sein Bestes, aber er braucht Hilfe. Von heute abend an müssen wir L.A. beweisen – von heute abend an! –, daß wir es wert sind. Daß die Partner in San Francisco den Mumm« – das letzte Wort sprach sie in Großbuchstaben – »haben, die Kanzlei zum absoluten Knüller zu machen!«

Ich hatte das Gefühl, für die Marine rekrutiert zu werden. Aber für wie unmotiviert man mich auch halten mochte, meine billige Papiereinkaufstasche von Macy's war bereits gepackt und würde gepackt bleiben. Und wenn es mir je gelingen sollte, Don Surgelato und Danny Krisbaum (ich hatte das Hotel bestimmt schon vierzig Mal nach ihnen abgesucht!) zu finden, würde ich sie bitten, mich nach Hause zu fahren. Wenn es hart auf hart kam, würde ich eben auf den morgendlichen Greyhound-Bus warten. Aber keinesfalls würde ich den Abend nach dem Mord an meinem Boß damit verbringen, mir Verbindungen zu schaffen!

»Sie wissen doch«, fügte Melinda mit heiserer Stimme hinzu, »daß sie uns auch einfach nur eine Abfindung zahlen und dann in die Wüste schicken können.«

»Sie würden doch nicht –«

»Wir sind nur eine kleine Kanzlei«, wiederholte sie. »Und Bob war der Manager – zumindest offiziell.«

Ich dachte an meine neunzigtausend im Jahr. An die neue Couch und den Fernseher, die zu kaufen ich noch keine Zeit gehabt hatte. An die Aktentasche aus Leder.

»Wir sind an einem kritischen Wendepunkt angelangt, Willa. *Genau jetzt,* glauben Sie mir!« Ihre Stimme bebte vor aufrichtigem Eifer, niemand hätte ihre Worte anzweifeln können. »Dieses Wochenende werden sie sich entscheiden – zumindest unbewußt –, ob sie uns den Strom abdrehen sollen oder nicht!«

Zwei Chefs hintereinander ermordet. Ich würde nie wieder einen Neunzigtausend-Dollar-Job finden.

»Was können *wir* also tun?« murmelte ich mißmutig.

»Sie verblüffen. Runtergehen zum Abendessen und uns angemessen zerknirscht und gedämpft verhalten, sie aber trotzdem mit unserer Brillanz und unserem festen

Willen konfrontieren, diese Kanzlei zu einer absolut lukrativen Geschichte zu machen.«

Na, wenn das nicht nach einem *richtig* entspannenden Abend klang.

Melinda schien zu spüren, daß ich schwankte. Also schlug sie unter die Gürtellinie. »Man muß ja schließlich auch an unsere Angestellten denken. Wenn *wir* gehen müssen, dann auch Jaclyn, Rhonda, Brigid und McNee.«

Ich fluchte innerlich vor mich hin, packte meine Einkaufstasche wieder aus und strich mein einziges Seidenkleid glatt.

Kapitel 21

Ich saß zwischen William Mott und einem korpulenten Mann, der sich als Geschäftsführer von World Financial Network vorstellte. Mott schien es ganz besonders wichtig zu sein, daß der Mann ausgerechnet neben mir saß. Dessen umherschweifenden Blicken nach zu urteilen hätte er es wohl vorgezogen, neben den Frauen der Excelsior Productions Platz zu nehmen – die weder Rückgrat noch Vorbau besaßen.

Mott erklärte ihm: »Willa wird Melinda in Ihrem Fall assistieren, Hugo.«

Ich lächelte Hugo an – verführerisch und strahlend, wie ich hoffte.

Und er sah mich an, wie mich schon früher Julian Warnekes Lastwagenfahrer-Klienten angesehen hatten. Fast glaubte ich, daß er die Äußerung eines Gewerkschaftlers wiederholen würde: Und diese Schnalle soll meine *Anwältin* sein?

Liebenswürdig fuhr Mott fort: »Der Fall wird besonders für Sie sehr interessant sein, Willa. Im Laufe des letzten Jahres hat WFN der juristischen Fakultät von Malhousie einen Kredit in Höhe von nahezu fünfzehn Millionen Dollar gewährt.« Er wartete darauf, daß ich angesichts des Namens meiner Alma Mater eine Reaktion zeigte. Ich tat es nicht. »Wie Sie vielleicht wissen, will Malhousie ein paar Wohnheime in Tenderloin abreißen, um an deren Stelle einen neuen Bibliothekskomplex errichten zu lassen.«

»Läuft da nicht ein Verfahren, weil jemand den Abbruch verhindern will?«

Meine Eltern und ihre Verbündeten aus Linken, Gewerkschaftlern und radikalen Klerikern hatten die Zwangsräumung der Wohnheime – die in der Hauptsache von alten Menschen oder Flüchtlingen bewohnt wurden – verhindert, bis eine entsprechende Klage eingereicht werden konnte. Und zwar auf die übliche Art und Weise, nämlich, indem sie sich auf die Türschwellen der Häuser und auf die Straßen von Tenderloin gelegt hatten.

»Könnte ein Jahr dauern, bevor die Sache geregelt ist«, brummelte Hugo übellaunig. »Natürlich müssen sie schon vorher mit der Kreditrückzahlung beginnen.«

Sozialer Darwinismus in Reinkultur. »Ich habe gehört, daß Malhousie das Geld behalten will, bis man mit dem Bau der Bibliothek beginnen kann?« Ich trank einen Schluck Wein. Er schmeckte wie saure Erde. Auf der gegenüberliegenden Seite des Tisches gerieten zwei der Partner über den Wein in Verzückung, und das, obwohl es sich um eine »preiswertere Sorte« von nur vierzig Dollar pro Flasche handelte.

Hugo zuckte mit den Schultern. »Sie haben die Gegenklage eingereicht. Wie nicht anders zu erwarten war.«

»Soweit ich weiß, nimmt Melinda am Mittwoch eine eidesstattliche Erklärung von Dekan Grenville auf«, warf Mott ein.

Ich verschluckte mich an meinem Wein. »Milton Grenville?«

World Financial Network fand das Gespräch ganz offensichtlich ziemlich langweilig und wandte sich dem Tischnachbarn zu seiner Linken zu. Mott murmelte: »Haben Sie bei ihm studiert?«

»Strafverfahrensrecht.« Der Rotwein, an dem ich mich verschluckt hatte, brannte in meiner Eustachischen Röhre. Milton Grenville, einer der aufgeblasensten und beliebtesten Professoren in Malhousie (was angesichts der Konkurrenz eine ganz schöne Auszeichnung darstellte), leitete zudem noch eine Bürgerbewegung, zu der paradoxerweise auch wiederum meine Eltern gehörten: Wenn er nämlich grade mal nicht damit beschäftigt war, Asylanten aus den Tenderloin-Wohnheimen zu vertreiben, stand er dem Suspendiert-Surgelato-Komitee vor.

Sean Kowalski, nach einem Tag auf dem Kajak ganz braungebrannt, rief mir über den Tisch hinweg zu, daß man später noch tanzen gehen wolle. Ich hasse tanzen. Ich bewege mich absolut nicht elegant, und es ärgert mich, daß ich nicht führen darf.

Es war schon deprimierend, wenn ich daran dachte, daß also das Abendessen der »amüsante« Teil meines Abends sein würde.

Ich saß am Kopftisch des von Kerzen erleuchteten Speisesaals, und mein Rücken war der Gesellschaft zugewandt, aber ich konnte spüren, wie die Leute mich anstarrten. Wann immer ich über meine Schulter sah, wandte jemand den Blick ab. Einmal bemerkte ich, wie jemand am anderen Ende des Saals auf mich deutete. Sie fragten sich vermutlich, ob ich Bob LeVoq getötet hatte.

Ungeachtet der Ermahnungen Melindas rannte ich, gleich nachdem das Abendessen beendet war, auf mein Zimmer und packte meine Tasche erneut.

Am nächsten Morgen würde ich nach Hause fahren. Zur Hölle mit den neunzigtausend im Jahr.

Kapitel 22

Ich hätte wissen müssen, was mich zu Hause erwartete. Ein paar vorwitzige Journalisten hatten entdeckt, daß ich für Bob LeVoq gearbeitet hatte. Es war erst sechs Monate her, seit mein vorheriger Boß auf ähnliche Weise verschieden war, und unglücklicherweise (zumindest in bezug auf meine momentane Lage) war Warnekes Mörder erschossen worden, bevor die Medien sich an einem gräßlichen Mordprozeß hatten ergötzen können. Jetzt suchten die Reporter nach mir, um endlich jenes blutrünstige Drama zu bekommen, um das sie zuvor betrogen worden waren.

Sie klopften an meine Tür, sie bombardierten mich mit Telefonanrufen, sie kampierten auf meiner Vordertreppe ebenso wie auf der Hintertreppe und sie interviewten meinen Vermieter (der keine Zeit verlor, sie über die Perfidie der Trilateral Commission ins Bild zu setzen). Ich wußte, daß ich vorübergehend irgendwo um Asyl bitten mußte.

Im Haus meiner Eltern war mein altes Zimmer unverändert geblieben mit den Postern, die für einen würdigen Tod plädierten oder vor den Machenschaften des Big Brother warnten. Viele Nächte im Monat verbrachte ich normalerweise auch heute noch dort.

Ich warf einen Blick auf den Bücherstapel, den mein Vater auf dem Beistelltisch in meiner Wohnung hatte liegen lassen. Diese wacklige Konstruktion repräsentierte den Versuch meiner Eltern, mich auf subtile Weise zu überzeugen. Ihre Wohnung war mit Regalen vollgestopft, auf denen die Taschenbuchausgaben der Revolutionäre ihr Dasein fristeten. Ein Freund hatte diese Regale einmal als die Bibliothek des Kreml bezeichnet. Und dieser Bibliothek würden meine Eltern mich, wenn ich mich bei ihnen einnistete, aussetzen wie einer chinesischen Wasserfolter – ein Epigramm hier, ein dialektischer Spruch da und so fort. Sie (insbesondere meine Mutter) würden sich verpflichtet fühlen, mich aus den düsteren Gefilden der Respektabilität zu befreien. Mit dem Eifer von Missionaren, die ausziehen, um die Seelen ihrer Schäfchen zu retten, würden sie sich darum bemühen, mein politisches Empfinden wieder auf den Pfad der Tugend zurückzuführen.

Ich wollte keine Gehirnwäsche. Ich wollte mich einfach nur in aller Ruhe verkaufen dürfen.

Ich stöberte in einer Schreibtischschublade voller Wechselgeld und auslaufender Kugelschreiber herum, bis ich fand, wonach ich suchte: den Zweitschlüssel für Julian Warnekes Haus. Als meine Mutter das Haus erbte, waren wir eigentlich darauf gefaßt gewesen, daß Warnekes Kinder das Testament anfechten würden. Bis jetzt war jedoch nichts passiert. Die Nachbarn hingegen waren um so militanter gegen uns vorgegangen. Nur vor dem Einsatz von Bomben schreckten sie noch zurück. Nachdem ich aber die auf Bewährung entlassenen Soziopathen, denen Mutter dort Unterschlupf gewährte, kennengelernt hatte, konnte ich es ihnen noch nicht einmal verdenken.

Trotzdem beschloß ich, mein Glück in Mutters neuer »Kommune« zu versuchen. Das war sicher immer noch besser, als mit der Zweierbande meiner Eltern fertig werden zu müssen.

Zumindest nahm ich das an, bis ich dort anlangte.

Kapitel 23

Es handelte sich um einen zweistöckigen, grau-weiß verputzten Bau mit Flachreliefs zwischen den Fenstern. Ein renoviertes, viktorianisches Gebäude stand auf der einen und ein holzverkleideter, moderner Bau auf der anderen Seite des Hauses. Einige Meter weiter, jenseits des wirbelsturmartigen Verkehrs, befand sich eine künstlich angelegte Rasenfläche, die die Bucht vom Marina District trennte.

Die Menschen in San Francisco lieben ihre Bucht – als Aussicht von den Pacific Heights oder vom Telegraph Hill. Aber man sieht sie nur selten dicht davor stehen. Sie ziehen es vor, höflich Abstand zu wahren, treiben sich in den Bars des Marina District herum, die Beine fest auf dem Boden aus polierter Eiche, während sie Austern aufpulen oder den Nebelhörnern lauschen. Meistens sind es Touristen, die über den Grünstreifen schlendern oder darauf Frisbee spielen oder ihre windgepeitschten Familien vor dem Verkehr auf der Brücke fotografieren. Aber irgend etwas an dieser Gegend – vielleicht der Blick auf die Bucht vom obersten Stockwerk aus, möglicherweise aber auch die Dollars der Touristen oder das Nachtleben der Schickimickis – hatte Julian Warnekes bescheidenes Haus (das nunmehr meiner Mutter gehörte) aufgewertet, so daß man jetzt gut und gern eine Dreiviertelmillion dafür hätte bekommen können.

Ich zerrte meine Einkaufstasche Warnekes – Mutters – Alabastertreppen hinauf und drückte auf die Klingel. Eine Messingplatte warnte mich, daß ich auf der Schwelle zu einer »Kommune des Neubeginns« stand. Einer der Kommunenbewohner meiner Mutter (»Nicht *Mieter*, Schatz! Du weißt doch, daß ich niemals eine *Vermieterin* sein könnte!«) riß die Tür auf. Er sah mich grimmig an, die Fäuste geballt, die Gesichtsmuskeln zuckend. Kein Wunder, wenn die Nachbarn forderten, daß dieses Viertel in Zukunft ausschließlich Einfamilienhäusern vorbehalten sein sollte.

»Mr. Poat? Ich heiße Willa Jansson. Wir haben uns vor ein paar Wochen kennengelernt.«

Ich hatte meiner Mutter geholfen, die Papiere auszufüllen, die der Bewährungshelfer von Justin Poat haben wollte. Nachdem er sechs Jahre lang als Kassierer bei einer Bank gearbeitet hatte, hatte er eines Tages in seiner Aktentasche eine Rohrbombe mit zur Arbeit genommen. Als die Bombe nicht wie vorgesehen explodierte, hatte er sie aus der Tasche geholt und hatte eine Bankangestellte damit angegriffen. Die Angestellte kam, wie meine Mutter mich voller Bitterkeit informierte, mit ein paar Stichen an der Kopfhaut davon. Der »arme Justin« jedoch wurde wegen schwerer Körperverletzung zu sieben Jahren Zuchthaus verurteilt.

Jetzt stand er vor mir: Die grauen Säcke unter seinen Augen pulsierten, seine Unterlippe war steif nach vorn geschoben, und ohne daß er es so recht zu merken schien, gestikulierten seine Hände wild vor sich hin, als ob sie mich verscheuchen wollten. Es war eindeutig, warum meine Mutter ihn vom ersten Augenblick an ins Herz geschlossen hatte.

Einigermaßen nervös fügte ich hinzu: »Erinnern Sie sich an mich? June Janssons Tochter?« Ich verlagerte meine Einkaufstasche leicht nach vorn und streckte ihm die rechte Hand entgegen.

Doch Poat machte keine Anstalten, sie zu schütteln. Hastig und mit den Armen rudernd wich er von der Tür zurück. In seinen Augen, dem einzig Beeindruckenden an dem sehnigen kleinen Mann, brannte ein Feuer wie in denen eines Fernsehpredigers. »Was wollen Sie hier?« Schmutziges braunes Haar fiel ihm struppig in die Stirn. »Wer hat Sie geschickt?«

Eine Frau im Kaftan glitt an seine Seite. Wahrscheinlich war sie das einzige menschliche Wesen in einem Umkreis von hundert Meilen, das noch bleicher war als Poat. Ihr langgezogenes, unscheinbares Gesicht war an der Stirn von Narben verunstaltet, von denen eine ihre dünne Augenbraue kräuselte. Ihre Augenlider und ihre Nase waren rot. Amanda McGuire hatte vor kurzem zwei Jahre wegen schwerer Kindesmißhandlung verbüßt.

»Hi, Mandy«, sagte ich. »Sie erinnern sich doch an mich, nicht wahr?«

Sie nickte unterwürfig. Ich denke, Sie hätte allem zugestimmt, was ich sagte. Ich hatte selbst zwei Monate im Gefängnis von San Bruno verbracht und erlebt, daß das Gefängnis auf viele Frauen eine ähnliche Wirkung hatte.

»Das dritte Schlafzimmer ist im Augenblick doch frei, nicht wahr?« Ich trat ein. »Ich muß hier für ein paar Tage untertauchen.«

Poat zuckte, Mandy blinzelte.

»Ich werde Sie nicht stören«, versprach ich. Ich fragte mich, was sie sich für heute abend ursprünglich vorgenommen hatten – Thorazin-Cocktails für zwei?

Poat stotterte: »Ich ru–rufe Ihre Mutter an!«

Mandy machte ein paar mühsame Schritte auf mich zu und nuschelte: »Sie haben bestimmt Hunger. Ich mache Ihnen ein Abendessen zurecht.« Sie klang wie eine 45er Schallplatte, die man bei 33er Geschwindigkeit abspielt.

Bevor ich sie davon abhalten konnte, schlafwandelte sie schon in Richtung Küche davon.

Poat machte erneut eine seiner »Hau-ab«-Pantomimen. Seine Lippen kräuselten sich, als ob er gerade von etwas

Giftigem gekostet hätte. Krampfartig schüttelte er den Kopf hin und her und gab Laute von sich, die wie »Gnaah! Gnaah!« klangen. Ich bezweifelte ernsthaft, ob ich willkommen war.

Schließlich drehte er sich abrupt um und rannte den Flur hinab.

Ich ließ meine Einkaufstasche von Macy's fallen und sah mich um. Als Warnekes Witwe hier noch gewohnt hatte, hatten die Holzböden nur so geglänzt, und das klösterlich anmutende Mobiliar war immer sorgsam arrangiert und gewachst gewesen.

Jetzt fing sich der Sonnenstrahl, der durch das Fenster zur Bucht hereinfiel, in einem vom Sofa aufsteigenden Staubwirbel. Die Eichenböden waren blindgescheuert. An den Wänden hingen keine Bilder, außer ein paar auf Küchentücher gedruckten Kalendern. Darauf waren wahlweise Rotkehlchen oder schlittenfahrende Männer, die wie Gentlemen des 19. Jahrhunderts gekleidet waren, abgebildet. Diese Art von Wandschmuck entsprach so ganz und gar nicht dem Stil meiner Mutter, wahrscheinlich gehörte er Amanda. Auf einem Intarsientisch standen zwei rotäugige Chinapanther in Jagdpose, die im Jahre 1959 in jedem Haushalt zu finden gewesen waren; dazwischen befand sich eine billige Bonbonschüssel, die mit steinharten Bonbons und Wechselgeld gefüllt war. Auf dem Boden neben einem Lehnstuhl, aus dem bereits die Sprungfedern hervorlugten, lagen mehrere Ausgaben der Fernsehzeitschrift *TV Guide*. Doch es gab keinen Fernseher im Zimmer. Insgesamt beschlich mich der Eindruck, als ob hier ein paar defekte Androiden lebten, die »Wir wohnen in einem Haus« spielten.

Poat kam zurück. »Ihre Mutter sagt, daß Sie hierbleiben können.«

Mandy, die plötzlich in der Tür stand, brach in Tränen aus.

»Hör auf!« befahl Poat.

Sie hörte auf und wischte sich die Tränen mit dem Ärmel ihres ostindischen Kaftans ab. »*Meine* Tochter lassen sie hier nicht wohnen.«

»Du schlägst sie ja auch, sobald du sie siehst!« sagte Poat scharf. Dann brummelte er etwas von mangelnder Glaubwürdigkeit in seinen Bart. Ich fühlte mich an meinen Job erinnert.

»Lassen Sie sich von mir nicht stören!« wiederholte ich beharrlich. »Ich werde sowieso die meiste Zeit im Büro verbringen. Ich habe einen Hausschlüssel, so daß Sie mir noch nicht einmal aufzumachen brauchen –«

»Ich halte Ihr Abendessen warm«, sagte Mandy zerknirscht.

»Nein! Wirklich nicht. Ich esse meistens noch im Büro zu Abend –«

»Sie haben wohl viel Streß.« Sie blinzelte besorgt. »Wenn man unter Streß steht, ist man anfälliger für Viren.«

»Ich bin schon in Ordnung.« Die Streßmenge würde wahrscheinlich rapide abnehmen, sobald ich morgens das Haus verließ.

»Sie arbeiten doch wohl nicht bei der Bank, oder etwa doch?« fragte Poat mißtrauisch.

»Nein!« Ich beschloß, nicht zu erwähnen, daß ich als Anwältin in der Hauptsache Banken vertrat.

»Wollen Sie wissen, was die in den Banken tun?« Poat kam näher, ich konnte seinen Atem riechen, er war scharf und sauer.

»Vielleicht nachdem ich ausgepackt habe!« Ich schoß in den Korridor und dann die Treppenstufen hinauf. Glücklicherweise hatte Mutter die Möbel für den dritten, immer noch unbewohnten Schlafraum ausgesucht. Sie waren in einem fröhlichen lateinamerikanischen Stil gehalten: Ein gewebter Bettüberwurf aus Guatemala lag auf einem klobigen alten Bett. An den Wänden hingen stilisierte Bilder von Vögeln – Temperamalerei auf Birkenrinde. Eine spanisch-englische Grammatik und eine Bibel in spanischer Sprache lagen auf dem Nachttisch.

Und da ich meine Mutter kannte, wußte ich nun, warum das Zimmer noch leerstand. Sie hatte gar nicht die Absicht, eine dritte auf Bewährung entlassene Person hier aufzunehmen. Sie hatte das Zimmer für einen Flüchtling aus San Salvador reserviert, der den Einwanderungsbehörden durchs Netz geschlüpft war. Ich fragte mich, ob Mandy und Justin von Mutters Plan wußten – ob ihnen klar war, daß sie sich strafbar machten, wenn sie mit einem illegalen Einwanderer unter einem Dach lebten und daß sie dadurch ihre Bewährung aufs Spiel setzten.

Kapitel 24

Eine ungemütliche Nacht in dem klobigen Bett und Hausgenossen, die bis in die frühen Morgenstunden hinein aufblieben, um wahlweise auf und ab zu laufen (wie Justin) oder die Böden zu scheuern, hatte beinahe zur Folge, daß ich mich auf den nächsten Arbeitstag freute.

Zumindest bevor ich Colin Aasgar traf. Er thronte auf dem Empfangstisch, einem vier Meter langen Halbkreis aus rosafarbenem Marmor. Der Tisch stand voller Gestecke, deren Blumen in dieser Jahreszeit überhaupt nicht blühten, und Aasgar hatte eine Stelle neben Jaclyns Stuhl freigeräumt. Auf Jaclyns Schoß ruhte ein Beautycase von Louis Vuitton. Wie sie da so zwischen den Blumen hockten, sahen sie aus wie Braut und Bräutigam auf dem Sprung.

Ich blickte auf eine Karte, die in einem der silbernen Körbe mit Gladiolen steckte. *In tiefer Trauer über den Verlust eines hervorragenden Anwalts und guten Freundes.* Gezeichnet Marty Wein, Florenz, Italien.

Jaclyn wies auf das Offensichtliche hin: »Die sind für Bob.« Ihr Gesicht war ganz starr vor Anstrengung, nicht in Tränen auszubrechen. Der Größe ihres Beautycase nach zu urteilen hätten Reparaturen ja auch viel Zeit gekostet.

Aasgar machte sich nicht die Mühe, mich zu begrüßen. Er beobachtete einen Mann im Overall, der auf uns zukam und einen Transportkarren mit jeder Menge Aktenkisten vor sich her schob.

»Bobs Unterlagen?« Ich war deprimiert, als ich sah, wie LeVoq auf so profane Weise aus der Kanzlei verschwand.

»Meine«, erwiderte Aasgar gedehnt. Dann lauter zu dem Mann. »Bleiben Sie stehen!«

»Ihre! Wird die Kanzlei –«

Aasgar schnaubte. »Welche Kanzlei? Bob *war* die Kanzlei!«

Am anderen Ende des Vorzimmers pflanzte sich William Mott plötzlich vor dem Transportkarren auf. Er hob den Deckel der obersten Kiste mit einem Ruck in die Höhe und befahl dem Arbeiter dann mit einer schnellen, zornigen Geste, die Kisten in Aasgars Büro zurückzuschaffen.

Aasgar murmelte: »Nur über meine Leiche!« und ging Mott entgegen. Als sie in der Mitte des Raumes voreinander stehenblieben, waren sie von soviel grünem Teppich umgeben, daß man den Eindruck gewinnen konnte, es handele sich um ein Duell auf grünem Rasen.

Mott sagte hölzern: »Die Akten der Klienten verbleiben in dieser Kanzlei, und zwar bis zu dem Zeitpunkt – *falls* er jemals eintritt –, da der Klient mich instruiert, seinem neuen offiziellen Anwalt eine Kopie – eine *Kopie* und nicht das Original – zu übersenden.«

»Derlei Verzögerungstaktiken werden Ihre Aktien bei der Transport Trust auch nicht steigen lassen. Und keine Sorge – Sie *werden* von ihnen hören!«

Durch einen Wink mit dem Zeigefinger bedeutete Aasgar Jaclyn, ihm zu folgen, und stürmte aus dem Empfangszimmer hinaus. Mit gesenktem Kopf schulterte Jaclyn ihren Beautycase und folgte ihm.

Mott wandte sich um und warf Brigid, Rhonda und McNee einen grimmigen Blick zu. Dann verließ er den Empfangsbereich. Die beiden jungen Sekretärinnen taten sehr beschäftigt. McNee ging munter zu Jaclyns Schreibtisch hinüber und drückte auf einen Knopf an ihrem Telefon, das sofort zu klingeln begann. »Rechtskanzlei«, sagte er mit melodischer Stimme in den Hörer. Und dann: »Kein Kommentar.« Er drückte einen weiteren Knopf und sagte dasselbe. Das geschah noch drei- oder viermal, bevor ich mich aufraffte, um mit Melinda zu sprechen.

Ich ging an den Büros zweier anderer Anwälte der Kanzlei vorbei, einer ein träger Harvardianer, der jede Unterhaltung mit einem überheblichen Glucksen zu beginnen pflegte, der andere ein pausbäckiges Jüngelchen aus Columbia, der glaubte, sich einen besonderen Bonus verdienen zu können, indem er die Verordnung zur Mietpreisbindung anfocht. Ihre beiden Bürotüren standen offen. Keine Bücher in den Regalen, keine Papiere auf den Schreibtischen. Leer.

Als Julian Warneke ermordet worden war, hatte niemand das sinkende Schiff verlassen. Wir hatten Julians Klienten untereinander aufgeteilt und hatten uns für sie abgeschuftet. Und dafür bekamen wir kein Heidengeld wie die Leute hier. Waren sie wirklich dermaßen empfindlich? Oder waren sie so gefragt, daß sie sich um gar nichts kümmern mußten als nur um ihre eigene berufliche Bequemlichkeit?

Mir kam noch eine dritte Möglichkeit in den Sinn. Vielleicht nahmen sie an, daß ich eine notorische Massenmörderin war, die – wo immer sie arbeitete – ihren Tötungsorgien frönte. Vielleicht hatten die beiden jungen Anwälte ja Angst vor mir.

Ich klopfte an Melindas Tür. Eigentlich hatte ich erwartet, daß Mott bei ihr sein würde, aber sie war allein. Sie saß an ihrem Schreibtisch und blätterte mit einer Geschwindigkeit ein paar Akten mit Plädoyers durch, als ob sie einen Schnell-Lese-Rekord aufstellen wollte. Obwohl es in ihrem Büro durch die Klimaanlage einigermaßen kühl war, schwitzte sie. Ihr Pony klebte feucht an ihrer Stirn, und sie hatte ihre Leinenbluse am Hals und an den Gelenken aufgeknöpft.

Sie warf mir einen Blick zu. »Gott sei Dank, daß Sie endlich da sind.«

Es war gerade mal halb neun. »Die Büros sind leer.«

»Die Babyanwälte« – ihre Bezeichnung für Anwälte, die frisch von der Uni kamen – »haben sich dieses Wochenende aus dem Staub gemacht.«

»Wegen –«

»LeVoq!« Sie spie das Wort geradezu hervor. »Er hat jedem erzählt, daß die Kanzlei dichtmacht! Er hatte die Stirn« – ihre Stimme senkte sich zu einem angespannten, männlich-tiefen Raunzen – »zu versuchen, uns im Domizil World Financial abspenstig zu machen! Direkt vor unserer Nase!«

»Haben die Babyanwälte ihren Wechsel offiziell bekanntgegeben?«

Sie schüttelte den Kopf. »Melvin ist heute morgen zu Pillsbury, Madison gewechselt – mein Gott, die haben einander verdient! Und Goren hat irgendeine andere Anstellung aufgetan. Wissen Sie, wie ich's rausgefunden habe?« Sie zerrte eine kleinformatige, weiße Zeitschrift unter ihrem Aktenstapel hervor. »Der *American Lawyer.*«

Der *American Lawyer* ist eine Kreuzung zwischen dem *Wall Street Journal* und dem *National Enquirer.* Ein renommiertes Klatsch-und-Skandalblättchen für den Insider. Melinda schlug die Seite auf, auf der eine Artikelüberschrift verkündete: DIE KANZLEI WAILES, ROTH ETC. IN SAN FRANCISCO IN NOT – SECHS-PERSONEN-KANZLEI SCHRUMPFT AUF ZWEI PERSONEN ZUSAMMEN.

»Wie konnten Sie das mit Bob so früh herausfinden, um das drucken zu –«

»Das haben sie nicht. Der Artikel geht davon aus, daß Bob noch am Leben ist – und eine eigene Kanzlei mit Colin Aasgar eröffnet!«

Ich nahm ihr die Zeitung aus der Hand und überflog den Artikel. Die Babyanwälte hatten dem Blatt die entsprechenden Zitate und Informationen geliefert. Die langjährige Anwältin von Wailes, Roth etc., so sagten sie, habe ihre Zeit damit vergeudet, sich mit den Partnern herumzustreiten und die Klienten zum Mittagessen auszuführen. Das Ergebnis sei gewesen, daß den jüngeren Anwälten die ganze Arbeit aufgehalst wurde. Durch die Einmischung der Partner in Los Angeles jedoch, von denen einige versucht hatten, die Kanzlei aus der Ferne »wie durch Zauberhand« zu leiten, sei die Zweigstelle in S.F. geradezu manövrierunfähig gemacht worden. Die Anwälte selbst hätten nie sicher sein können, wer in einer bestimmten Angelegenheit nun das Sagen hatte. Und das Schlimmste war – der Bitterkeit ihres Tons zufolge – die Tatsache, daß ihnen auch noch eine neue Anwältin (ich) vor die Nase gesetzt worden war, »was die Aussicht, früher zum Partner befördert zu werden, erheblich minderte«. Diese neue Anwältin, so beklagten sie sich, verfüge über keinerlei Erfahrung im Bankrecht, sondern habe sich bislang lediglich mit »armseligen Mietstreitigkeiten und der Rechtsberatung sozial Minderbemittelter befaßt«. (Diese gottverdammten, verzogenen Hätschelkinder!)

Kein Wunder, daß Melinda geradezu mordlustig dreinblickte. »Warum haben sie ihren Wechsel nicht einfach nur bekanntgegeben? Warum dieses schmutzige Interview geben und sich dann im Dunkeln davonschleichen?«

Sie sah mich an. Sie mußte es nicht aussprechen.

LeVoq.

»Sie glauben, daß Bob sie dazu angestiftet hat?«

»Ich habe heute morgen einen Freund bei Pillsbury angerufen«, stieß sie hervor. »Bob hat Melvin ein Zeugnis ausgestellt! Er hat davon *gewußt!*« Sie schnappte mir das Blatt aus der Hand und knallte es auf den Schreibtisch. »Es hat Bob nicht genügt, uns die Klienten vor der Nase wegzuschnappen. Er wollte die ganze Kanzlei hochgehen lassen!«

»Aber warum? Er war ein Partner! Er hätte sich damit begnügen können, sein Gehalt zu kassieren und jedermann die Arbeit für sich tun zu lassen.«

»O nein«, rief Melinda gehässig. »Er war ein faules Stück Scheiße, und inzwischen hatten das die richtigen Leute mitbekommen! Das Exekutivkomitee trifft sich nächste Woche – einer der Tagesordnungspunkte war Bobs Entlassung.«

»Einen Partner feuern?« Partner waren sozusagen unantastbar – sie hatten den sichersten Job, den man sich vorstellen konnte.

»›Einen Partner feuern?‹« äffte Melinda mich nach. »Ich würde eher sagen, die Pestilenz ausräuchern!« Sie errötete bis zu den Haarwurzeln. »Tut mir leid! Ich vergesse ständig, daß er...!« Sie legte das Gesicht in beide Hände, und ihre Schultern bebten, ob vor Erschöpfung oder vom Weinen, konnte ich nicht sagen.

Durch ihre Finger hindurch murmelte sie: »Wo zum Teufel habe ich nur diese verdammten Transport-Akten hingetan?«

Ich erinnerte mich daran, daß Bob LeVoq Melinda am Tag meines Vorstellungsgesprächs den Transport-Trust-Fall aufgehalst hatte. Seitdem hörte ich sie beständig klagen, daß sie vierzig Stunden in der Woche allein an diesem Fall saß. Ich glaubte nicht, daß sie das, was ich zu sagen hatte, gutheißen würde. »Die Akten wurden soeben in Bill Motts Büro gefahren.«

Sie ließ die Hände von ihrem Gesicht gleiten. Keine Tränen. »Gefahren?«

»Auf einem Karren. Colin hat den ganzen Kram hinausschaffen lassen –«

»Colin? Transport ist mein Fall!« Wütend drückte sie ein paar Knöpfe auf ihrem Telefon. »Hast Du Colin Bescheid gestoßen, Bill?« bellte sie in den Hörer. »Sind die Transport-Trust-Unterlagen in deinem Büro?«

Ein kurzes Schweigen. Dann in mißtrauischem Ton: »Ja.«

Mit einer Handbewegung scheuchte mich Melinda aus dem Zimmer. Bevor ich die Tür öffnete, hörte ich, wie Mott ihre Tirade gegen Colin unterbrach.

»Ich habe gerade mit dem Klienten gesprochen, Melinda. Transports Vorstand hat sich gegen unsere Kanzlei als Rechtsbeistand ausgesprochen.« Ich hielt die Tür lang genug geöffnet, um ihn hinzufügen zu hören: »Das war schon letzte Woche. Sie haben die Kanzlei von LeVoq und Aasgar mit ihrem Fall betraut. Sie waren überrascht, daß Bob uns das nicht gesagt hat.«

Kapitel 25

»Können wir uns treffen?«

Don Surgelato antwortete nicht sofort. Ich drückte den Hörer noch fester ans Ohr. Ich konnte ihn nicht atmen hören. Vielleicht hatte er ja erneut die Wartetaste gedrückt.

»Steht diese Bitte in direkter Verbindung zu den Ermittlungen im Fall LeVoq?«

In direkter Verbindung – er klang wie ein gottverdammter Richter. »In indirekter Verbindung. Kanzleiklatsch.«

»Der Fall LeVoq fällt nicht in meinen Zuständigkeitsbereich. Sie sollten die Polizei in Merced anrufen.«

»Das ist ein Ferngespräch.«

»Das fünfzig Cent kostet. Sie machen immerhin neunzig Riesen im Jahr.«

»Nicht mehr lange. Die Kanzlei ist in der Auflösung begriffen. Darüber will ich ja mit Ihnen reden.«

»Merced«, sagte er im gleichen Tonfall. »Vorwahl zwei null neun. Dann drei acht fünf sechs neun eins zwei.«

»Ich will nicht mit Merced sprechen.«

»Dann werde ich die dortige Polizei veranlassen, Sie anzurufen.« Er legte auf.

Er war doch in Mariposa bereit gewesen, mit mir zu reden. Was zur Hölle war seitdem geschehen?

Andrew McNee schlüpfte in mein Büro wie der perfekte Butler. Er machte sich gar nicht die Mühe anzuklopfen. Er deponierte einen Stapel Briefe auf meinen Schreibtisch und legte den Telefonhörer, den ich auf das Löschpapier geknallt hatte, sachte wieder auf die Gabel. »Der Mann von der Zeitarbeitsfirma, der am Empfang sitzen soll, ist angekommen«, sagte er ziemlich streng. »Wenn er Ihre Telefongespräche falsch weiterleitet, informieren Sie mich bitte, damit ich es der Zeitarbeitsfirma mitteilen kann. Nicht«, fügte er hinzu, »daß es wahrscheinlich wäre, daß wir heute noch jemand Besseren fänden.« Er beugte sich vertraulich, fast schon ein bißchen tuntenhaft zu mir vor. »Keine unserer sonstigen Zeitarbeitskräfte konnte bewegt werden zu kommen!«

»Warum nicht?« Trauer um LeVoq? Furcht vor Publicity? Das Bewußtsein, daß die Telefone ohnehin heißlaufen würden?

Er zuckte die Achseln. »Die Reporter, nehme ich an.«

»Werden sie langsam lästig?«

McNees Lippen kräuselten sich – doch als Lächeln konnte man das noch nicht bezeichnen. »*Etwas* Positives läßt sich über unsere derzeitige Zeitarbeitskraft durchaus sagen: Er hat sie bis jetzt sehr effizient abgewimmelt. Gott sei Dank, finde ich.«

Ein paar Stunden später klingelte Rhonda bei mir an und richtete mir in ehrerbietigem Ton aus, daß William Mott mich sehen wollte. »Er möchte, daß Sie sofort kommen, wenn Sie nicht gerade in irgendeiner Besprechung sind.«

Während ich den riesigen grünen Teppich überquerte, warf ich einen Blick auf unsere Zeitarbeitskraft an der Rezeption. Er war jung, recht stämmig und hatte ein gerötetes Gesicht. Ich blieb stehen und beobachtete, wie er eine telefonische Nachricht notierte.

Er hieß Kelly. Ich wußte das, weil er mich vor einigen Monaten verhört hatte, und zwar in Verbindung mit dem Mord an Julian Warneke. Er gehörte der Mordkommission von San Francisco an. Soviel zu Surgelatos Gewäsch über Zuständigkeitsbereiche.

Kelly sah, daß ich ihn beobachtete. Er wartete teilnahmslos ab, was ich wohl tun würde. Unverbindlich wie eine Fremde nickte ich ihm zu und ging weiter.

Ich hatte kaum bei Mott angeklopft, da öffnete er auch schon die Tür. Seine Augen sahen ohne die vergrößernden Brillengläser geradezu winzig aus.

Seine Augenbrauen waren zusammengezogen, und nervös rieb er sich den Hals. Ich fragte mich, ob er wußte, daß der Mann am Empfang ein Polizist war.

Außerdem fragte ich mich, ob Kelly dort stand, um uns zu schützen oder um uns zu überwachen.

Mott faßte mich am Ellbogen und zog mich in sein Büro. Er schien erleichtert zu sein, die Tür schließen zu können. Er bedeutete mir, mich zu setzen, während er kurz am Türknauf herumfummelte. Einen paranoiden Augenblick lang glaubte ich, er habe die Tür verschlossen. Aber als ich ihn durch das Zimmer auf mich zukommen sah, verwarf ich diesen Gedanken wieder. Seine Schultern waren gebeugt, so daß seine schrumpelige Brust vollkommen eingefallen wirkte. Im hellen Sonnenlicht, das durch die Fensterwand hereinfiel, sah es so aus, als stünde ihm der kalte Schweiß auf der Stirn. Er wirkte alt und erschöpft. Das einzig Bedrohliche an ihm mochte sein Intellekt sein.

Er trat hinter seinen Schreibtisch. »An welchem Fall arbeiten Sie momentan?«

»Peninsula Mercedes-Jaguar hat einen Gerichtsbeschluß erwirkt, der die Bank zwingt –«

»Lassen Sie ihn ruhen.« Er ließ sich in seine Lederwolke sinken und rieb sich mit den Handknöcheln über die Oberlippe. Als »Manager« unter den Partnern stand mit dem Erfolg der Kanzlei in San Francisco auch sein Ruf auf dem Spiel. Ihre Auflösung würde seine Chancen in L.A. und auch in New York wohl noch stärker minimieren als der Mord an LeVoq. Kein Wunder, daß er nicht in Höchstform war. »Ich möchte, daß sie den World-Financial-Fall übernehmen.«

»Gegen Malhousie?« Ich versuchte, nicht hysterisch zu klingen, aber ich hatte absolut keine Ambitionen, gegen meine alte Universität anzutreten. Ich wollte meine Professoren nicht wiedersehen. Insbesondere nicht jetzt, da ich in einen weiteren Mordfall verwickelt war.

Und was würde meine Mutter sagen, wenn sie herausfand, daß ich für die Bank arbeitete, die Malhousie das Geld zum Abriß der Wohnheime und zum Bau der Bibliothek geliehen hatte? Und ob ich nun aus anderen Gründen im Namen der Bank gegen Malhousie klagte oder nicht, meine Mutter würde mich eindeutig als Repräsentantin der gegnerischen Seite betrachten.

»Ist das nicht Melindas Fall?« fragte ich hoffnungsvoll.

»Doch.« Er warf einen Blick auf die geschlossene Bürotür. »Es *war* ihr Fall. Ich will, daß Sie ihn übernehmen.«

»Sie meinen, daß ich mit ihr zusammenarbeiten soll?«

»Sie werden die alleinige Verantwortung dafür tragen.«

»Wird Melinda dann wenigstens die Verhandlung leiten? Es handelt sich immerhin um einen Fünfzehn-Millionen-Dollar-Fall, nicht wahr?«

»Das ist die Höhe des Kredits. Aber Malhousie erhebt eine Schadensersatzforderung von hundert Millionen, weil die Bank sich geweigert hat, den Kreditrahmen zu erweitern.« Er ließ mir Zeit, um die Information zu verarbeiten: kein Fünfzehn-Millionen-Dollar-Fall – ein Hundert-Millionen-Dollar-Fall! »Aber Sie haben ja Verhandlungserfahrung –«

»Eine einzige Verhandlung! Bei der es um einen recht simplen Rechtsstreit ging.« Ich konnte einfach nicht glauben, daß Mott mich bei diesem Hundert-Millionen-Prozeß ganz allein ins kalte Wasser werfen wollte. »Ich habe keine Erfahrung in Wirtschaftsprozessen! Absolut überhaupt gar keine!«

»Sie machen das schon.« Seine Worte klangen unpersönlich. Er hatte sie ohne jede Betonung gesprochen, als ob er gar nicht meinte, was er sagte, sich aber verpflichtet fühlte, es trotzdem auszusprechen.

»Sie werden eine Nachtschicht einlegen müssen – ich fürchte, Sie haben morgen eine Anhörung. Der Dekan und Schatzmeister von Malhousie –«

Ich stöhnte hörbar. Dekan Milton Grenville hatte früher das Fach Strafverfahrensrecht gelehrt (ohne daß es ihm jemals gelungen wäre, seinen Studenten wirklich etwas *beizubringen*). Ich hatte drei Monate damit verbracht, ihm dabei zuzuhören, wie er durch die Rhetorik konservativer Fallanalyse seine linken Ansichten zur Frage bürgerlicher Freiheit zu verschleiern suchte. Außerdem war er bekannt für seine wissenschaftlichen Aufsätze, in denen er die Todesstrafe aufgrund rechtlicher (nicht moralischer) Gegebenheiten verdammte.

Abgesehen davon, daß er ein Liberaler in der Maske eines Konservativen war, saß er dem Suspendiert-Surgelato-Komitee vor, dem er den notwendigen juristischen Rückhalt gab. Sein zorniges Habichtskonterfei mit der Fliege darunter erwies sich als ausgesprochen telegen.

William Mott schob mir einen Stapel Akten und Kopien über seinen Schreibtisch zu. »Nach der Anhörung werden wir eine Buchprüfung beantragen. Unser Hauptanliegen besteht darin, Grenvilles Aussage über das, was er mit den WFN-Geldern gemacht hat, zu protokollieren. Bevor wir vor Gericht gehen, werden wir Malhousie eine Armee von Wirtschaftsprüfern auf den Hals hetzen. Sie brauchen sich also bei dieser Anhörung noch keine Gedanken darüber zu machen, wie sie ihm Unterschlagung und Veruntreuung nachweisen können. Für den Augenblick reicht es aus, wenn Sie versuchen, Grenville festzunageln, damit er sich in Widersprüche zu der späteren Buchprüfung verwickelt. Die Tatsache, daß Sie eine seiner Studentinnen waren, könnte ihn dazu verleiten, ein bißchen Wind zu machen und zu bluffen – uns aber gleichzeitig auch zu unterschätzen und mehr zu sagen, als er eigentlich will.« Mott sah nicht allzu überzeugt aus. »Zumindest sollten wir ihn dazu verleiten auszusagen, daß er kein Geld veruntreut hat ...«

Aufmerksam studierte er mein Gesicht, wie auf der Suche nach Anzeichen von Intelligenz. Sein Mund wurde hart, als ob jemand an ein paar unsichtbaren Schrauben gedreht hätte. Er schüttelte leicht den Kopf. Wenn er nicht glaubte, daß ich der Aufgabe gewachsen war, warum übergab er den Fall dann mir?

»Hat Melinda denn zu viele andere Aufgaben zu erledigen?«

»Wir haben vier Anwälte verloren«, sagte er düster. »Ich werde versuchen, ein paar Leute anzuwerben, aber ...« Er sank noch tiefer in seinem Sessel. »Eine Menge hängt von der California Bank and Trust ab. Ob sie bereit sind, weiterhin bei uns zu bleiben.«

Kapitel 26

Ich näherte mich Malhousie nur zögernd. Eine feine Staubschicht bedeckte die Alabasterstufen und bildete in den Ecken einen klebrigen Belag. Auf der anderen Straßenseite wuselten anstelle des düsteren Wohnheims, das ich in Erinnerung hatte, Bulldozer zwischen Stahlstreben herum, und Rammböcke dröhnten und pochten wie das verräterische Herz. Scheinbar war es Malhousie doch gelungen, Teile des World-Financial-Geldes auszugeben.

In der dunklen Vorhalle zeigte ich einem uniformierten Wachmann meinen Ausweis von der Anwaltskammer. Hinter ihm drängten sich Studenten in die Cafeteria. Sie murmelten und lachten und stopften ihre Aufzeichnungen in ihre *Kommentierte Entscheidungssammlung*. Der Geruch alten Bratfetts waberte über sie hinweg.

Ich drängte mich durch die Menge in Richtung Treppe und blieb vor einer Reihe gravierter Tafeln stehen, die an der Wand angebracht worden waren. *Unsere ERSTEN*, verkündeten sie feierlich. Hier waren die Namen derjenigen Studenten verzeichnet, deren Notendurchschnitt sie zu den besten zehn Prozent zählen ließ. Ich ging an einer Unzahl klein geprägter Namen aus achtzig Jahren vorbei, bevor ich meinen eigenen fand: Willa June Jansson, 1985. Julian Warneke hatte darauf bestanden, daß ich unter die ersten zehn Prozent kam, damit er diejenigen Partner überzeugen konnte, die der Meinung waren, daß die Kanzlei sich eigentlich keinen weiteren Anwalt leisten durfte. Ich erkannte noch andere Namen auf der Liste: in der Hauptsache Kommilitonen, die ich nicht gemocht hatte – Streber und Angeber. Und jetzt war ich selbst eine

Anwältin, die die großen Banken vertrat. Es war, als ob ich meinen Namen auf einer Gedenktafel für Vietnam-Veteranen gefunden hätte.

Ich stieg die Treppe hinauf. Das Gedränge der Studenten, der Geruch nach Deo, das nach einem Squash-Spiel aufgetragen worden war, das Scharren der Reeboks und hochhackigen Pumps auf den Transportbändern, die Namen der Professoren, über die man sprach – eine Welle der Erleichterung spülte über mich hinweg. Was auch immer mir noch passieren mochte, zumindest das Studium war ein für allemal vorüber.

Oben stellte ich fest, daß Dekan Grenvilles Empfangszimmer bis zum Rand voll mit meinen alten Professoren war.

Voller Entsetzen verharrte ich an der Tür. Meine Dozenten für Kreditrecht und Eigentumsrecht drängten sich an mir vorbei, ohne von mir Notiz zu nehmen. Zurück blieben die für Beweiswürdigung, Zivilprozeßrecht und Steuerrecht (bei deren Anblick meine linke Gehirnhälfte von einer Woge des Schmerzes erfaßt wurde).

Die Männer standen vor einem unbesetzten Pult und sprachen gleichzeitig aufeinander ein, während sie sich gegenseitig mit Ausgaben einer dünnen Zeitung, die ich als *Malhousie Law News* erkannte, vor der Nase herumwedelten. Mein Professor für Beweiswürdigung warf mir einen Blick zu. Dann versuchte er erneut, mit seiner schneidenden Stimme das Bellen des Zivilprozeßrechtlers und das heisere Schnarren des Steuerrechtlers zu übertönen. Er sagte gerade: »Eine Klage wegen Verunglimpfung ist ein zweischneidiges Schwert! Nicht nur, daß man sich damit Gegner in der Studentenschaft schafft –« Er schwieg, wirkte einen Augenblick lang verblüfft und blickte mich dann erneut an.

Wie ein flinkes Wiesel ergriff der Steuerrechtler das

Wort: »Malhousie wird doch wohl kaum die journalistischen Ergüsse der Regenbogenpresse sponsern –« Er folgte dem erstaunten Blick des Professors für Beweiswürdigung und verstummte.

Blieb nur noch der Zivilprozeßrechtler, der in die plötzliche Stille hineindröhnte: »Die Meinung der Studenten steht nicht zur Debatte! Der Direktorenstab ist es, den wir –« Beweiswürdigung ergriff seinen Arm und deutete mit dem Kopf zu mir herüber.

Bei meinem Anblick hatte es den Juraprofessoren die Sprache verschlagen – ich wünschte, ich hätte diese Macht schon vor Jahren gehabt.

»Ist Dekan Grenville da?«

»Sie sind Willa Jansson«, grunzte Beweiswürdigung mißtrauisch.

Er schien eine feindselige Antwort zu erwarten. *Was geht Sie das an?* Vielleicht. Oder: *Wen interessiert das schon?* Ich wünschte, ich hätte ihm diesen Gefallen tun können. »Ja. Ich war in Ihrem Seminar für Beweiswürdigung.«

»In meinem Seminar –« An jenem Kurs hatten seinerzeit hundertundzehn Studenten teilgenommen. Scheinbar war es mein Bild in den Zeitungen, an das er sich erinnerte, und nicht die Tatsache, daß ich in jenem illustren wissenschaftlichen Zirkel in Reihe sieben gesessen hatte.

»Ich arbeite jetzt bei Wailes, Roth, Fotheringham and Beck. Und ich bin gekommen, um die eidesstattliche Erklärung des Dekans zu Protokoll zu nehmen.«

Zivilprozeßrecht blickte stirnrunzelnd auf seine Armbanduhr. »Ich vertrete den Dekan.« Aus seiner Rolex schien er Kraft zu schöpfen. Als er mich wieder ansah, hatten seine Schultern sich gestrafft, und er trug ein selbstzufriedenes Lächeln zur Schau.

»Wir hatten Ms. Karastatos erwartet.«

»Ist der Dekan da?«

»Malhousie hat sich ebenfalls einen Rechtsvertreter gesucht. Millet, Wray and Weissel. Der Dekan befindet sich noch in deren Kanzlei. Sie werden warten müssen.«

Wenn es eine großkotzigere Firma als Wailes, Roth etc. gab, dann war es Millet, Wray. Die Wände der Kanzlei waren (wie mir von Freunden erzählt worden war, die dort Vorstellungsgespräche absolviert hatten) tatsächlich mit Wildleder verkleidet.

Die drei Professoren beobachteten mich und erwarteten offensichtlich, daß ich irgend etwas sagte. Mir lag ein: *Ich habe schließlich nicht den ganzen Tag Zeit, verdammt noch mal!* auf der Zunge. Aber ich *hatte* den ganzen Tag Zeit. Neben mir stand ein Stuhl. Also setzte ich mich.

Die Professoren begaben sich hinaus auf den Gang. Einen Augenblick später trat eine aufgeregte junge Frau aus Grenvilles Büro. Bei meinem Anblick hätte sie beinahe aufgeschrien.

»Oh! Ich dachte, es wäre keiner mehr da!« Sie warf erst einen Blick auf die Tür, durch die die Professoren verschwunden waren, dann sah sie mich unsicher an.

Sie hatte flaumiges Haar, rosa Wangen und trug ein weites Kleid. Sie erinnerte mich an eine Anzeige von Macy's für *Die Mollige Frau von heute* – gut proportioniert und elegant gekleidet, aber mit eindeutig üppiger Figur. Ich fragte mich, warum sie sich im Büro des Dekans verschanzt hatte.

Ich informierte sie, wer ich war und warum ich hier saß.

Jeglicher Liebreiz verflog augenblicklich. Ihre Hände ballten sich vorsichtig zu Fäusten (schließlich hatte es ja keinen Zweck, sich deshalb die vollkommenen Fingernägel abzubrechen), und wenn Blicke hätten töten können, wäre ich auf der Stelle tot umgefallen.

Ich nahm ein Exemplar der *Law News*, die mir zu Füßen

lag, und verbarg mich dahinter. Die Überschrift lautete: DEKAN UND SCHATZMEISTER GREIFT IN DIE KASSE. Ich konnte gerade noch verhindern, daß mir ein *Ach du Schande!* entfuhr.

Der Dekan kam herein, noch bevor ich weiterlesen konnte. Ich ließ die Zeitung in meine Aktentasche gleiten und erhob mich, um ihn zu begrüßen.

Er betrachtete mich von oben bis unten und schüttelte ungeduldig den Kopf. »Sie sind nicht Ms. Karastatos.« Mit seinem verschlossenen, hakennasigen Gesicht und dem verwuschelten Schopf aus orangefarbenem Haar sah er aus wie ein schlecht gelaunter Specht.

»Ich werde Ihre eidesstattliche Erklärung zu Protokoll nehmen.« Ich konnte – wenn auch nur knapp – verhindern, daß ich in weinerliches Gequengel verfiel. Bei meiner ersten Anhörung dieser Art mußte ich gegen Millet, Wray & Weissel antreten! Ich fischte in meiner Tasche nach einer Visitenkarte.

Verächtlich schnippte Grenville ein paar Fusseln davon hinunter, dann überreichte er sie einem riesigen Mann, der hinter ihm in den Empfangsraum gekommen war. Der Anwalt von Millet, Wray etc. war mindestens dreißig Zentimeter größer als ich, hatte ein energisches, viereckiges Kinn und ein sonnengebräuntes Pokerface. In seinem blonden Haar konnte ich die Spuren des Kamms entdekken. Er sah wie ein Cyborg in einem teuren Anzug aus.

Grenville begann: »Jansson. Sie sind doch eine ehemalige Studentin, oder nicht?« Er schien über diese Tatsache sogar noch weniger erfreut zu sein als ich.

»Ich war 1984 in Ihrem Seminar über Strafverfahrensrecht.«

Er warf einen verwirrten Blick über seine Schulter. Der Cyborg betrachtete mich aus Augen, die er wahrscheinlich einem Präparator von toten Tieren abgekauft hatte.

»Ich nehme an, auch Sie haben sich juristischen Beistand gesucht, Dekan?« fragte ich liebenswürdig.

Grenville blickte mich grimmig an, auf seiner Haut bildeten sich rote Flecken. Juristisch waren *ihm* die fünfzehn Millionen von World Financial Network anvertraut gewesen: Wenn gegen Malhousie ein Prozeß angestrengt wurde, konnte die Universität Grenville wegen sämtlicher Schäden, die unter seiner Ägide entstanden waren, belangen. Und wenn der Dekan sich mehr als nur der Mißwirtschaft schuldig gemacht hatte – wenn er das Geld von World Financial veruntreut und seinem eigenen, frei verfügbaren Einkommen einverleibt hatte oder gar »in die Kasse gegriffen« hatte (wie die Schlagzeile in der *Law News* es ausdrückte), um vielleicht eine sogenannte Dienstreise oder sonstige Vergnügungen zu finanzieren – würde Malhousie ihn wahrscheinlich ziemlich schnell verklagen.

Daran hatte ich ihn mit meiner Frage erinnert. Es hat doch manchmal durchaus seine Vorteile, Anwältin zu sein.

»In seiner Eigenschaft als Berater wird sich uns in Kürze auch Professor Butler anschließen«, knurrte Grenville. »Ich hoffe, Sie haben nicht vor, uns allzuviel Zeit zu stehlen, Ms. Jansson.«

Ich erinnerte mich an Motts Hoffnung, daß Grenville mich vielleicht unterschätzen würde. »Ich weiß es wirklich nicht. Dies ist meine erste Anhörung.«

Professor Butler trat noch während ich sprach ein. Sein hochmütiges Lächeln überzeugte mich davon, daß *er* immerhin keine Schwierigkeiten damit hatte, mich zu unterschätzen. Vielleicht erinnerte er sich ja an meine Leistungen im ersten Jahr meiner Laufbahn im Fach Zivilprozeßrecht.

Düster schritten wir vier den Korridor hinab und betraten das Konferenzzimmer, in dem eine Gerichtsschreiberin – die von Malhousie engagiert und von uns akzeptiert worden war – saß und darauf wartete, jede unserer Äußerungen festzuhalten.

Meinetwegen mußte sie dann Stunden damit verbringen, jeden Kleinkram, jedes noch so mutmaßlich unwichtige Detail über die Pflichten des Dekans niederzuschreiben: eine Aufzählung der Konten, bei denen er zeichnungsberechtigt war, eine Aufzählung der Konten, zu denen er keinen Zugang hatte (»oder zumindest keinen Zugang haben sollte«), eine Beschreibung der Hierarchie, die in finanzieller Hinsicht in Malhousie herrschte, und seine Position innerhalb dieser Hierarchie. Dann ging ich ein Exemplar des Kreditantrags von Malhousie bei World Financial durch, und zwar Punkt für Punkt. *Was, glauben Sie, bedeutet dieser Punkt? Erinnern Sie sich, für die Einfügung jener Klausel verantwortlich zu sein? Ist das hier Ihre Unterschrift?*

Diese Voruntersuchung dauerte fast fünf Stunden. Das Ziel einer Anhörung besteht darin, jede Einzelheit, die eine Wende im Verfahren bewirken könnte, aufzudecken und zu protokollieren. Da ich über den vorliegenden Prozeß gar nichts wußte, war ich gezwungen, es zu übertreiben. Trotzdem war ich nervös wie nur sonst was und hatte Angst, eine scheinbar unwichtige Frage außer acht zu lassen, die letztlich den Ausschlag zu unseren Gunsten hätte bedeuten können. Dieser William Mott sollte verdammt sein.

Es war zwei Uhr mittags, und Grenville war gereizt. Seine Lippen waren bleich, und er war schon ganz zittrig vor Hunger. Jeden Augenblick würde der Anwalt von Millet, Wray etc. eine Mittagspause verlangen. Ich mußte Grenville jetzt für das Protokoll festnageln, bevor er sich an den Genüssen der französischen Küche und des exquisiten Weins stärken konnte.

Ich zog die *Malhousie Law News* aus meiner Aktentasche und legte die Zeitung mit der Schlagzeile nach oben zwischen uns auf den Tisch. »Besitzen Sie als Dekan und Schatzmeister der Universität die Vollmacht, Gelder für persönliche Zwecke aus dem Universitätsfonds zu entnehmen?«

Der Anwalt des Dekans schlug mit der Hand auf den geölten Konferenztisch. Bestenfalls hatte ich mit meiner Frage unbewiesene Spekulationen aufgeworfen, schlimmstenfalls handelte es sich um Verleumdung. Doch bevor er Einspruch erheben konnte, erwiderte der vollkommen aufgebrachte Dekan in scharfem Ton: »Es war schließlich nicht das Geld der World Financial, das ich daraus entnommen habe! *Das* ist immer noch drin –«

Sein Anwalt ergriff seinen Arm, erhob laut Einspruch gegen meine Frage, während der Anwalt von Millet, Wray etc. ihn aufforderte, keine Antworten mehr zu geben.

Grenville sprang in die Höhe. Er hatte soeben zugegeben, WFN-Gelder in einem Fonds angelegt zu haben, aus dem er Geld für persönliche Zwecke entnommen hatte. Er war nicht bei den in einer Anhörung »akzeptablen« Antworten geblieben: *Ja. Nein. Ich weiß nicht. Ich erinnere mich nicht. Das geht Sie verdammt noch mal nichts an.*

Der Anwalt von Millet, Wray etc. erhob sich ebenfalls und schlug in aller Ruhe eine einstündige Mittagspause vor.

Während die Gerichtsschreiberin ihren Stapel Endlospapier wegpackte, wühlte Grenville in seiner Aktentasche. Seine Wangen waren tiefrot, eine weiße Spur zog sich über seinen Nasensattel. Einen Augenblick lang fragte ich mich, ob er eine Waffe darin verborgen hielt. Statt dessen zog er ein paar Papiere heraus und schob sie mir über den Tisch hinweg zu. Der Professor für Zivilprozeßrecht wollte danach greifen, aber Grenville versicherte ihm: »Diese Sache hat nichts mit dem jetzigen Verfahren zu tun.«

Ich sah das oberste Blatt Papier an. Die Überschrift, ordentlich mit der Schreibmaschine getippt, lautete: SUSPENDIERT SURGELATO.

Ich blinzelte Grenville an. Wie er gesagt hatte, die Sache hatte nichts mit dem Verfahren zu tun. Aber dies schien mir weder der geeignete Zeitpunkt noch der geeignete Ort zu sein, um mich auf seine Seite zu ziehen.

Grenville blickte argwöhnisch auf mich herab. »Mir ist zu Ohren gekommen, daß der Lieutenant eine romantische Beziehung zu Ihnen unterhält.«

Dumpf schüttelte ich den Kopf.

»Was die grundlose Ermordung des Betroffenen in ein ganz anderes Licht rückt.«

»Es war kein Mord. Und es war keinesfalls grundlos.« Plötzlich brach mir in meinem billigen Kostüm der Schweiß aus. Ich fühlte mich ganz klebrig.

Grenvilles Gesichtsfarbe hatte sich wieder normalisiert. Mich schikanieren zu können schien seine Laune zu verbessern. Professor Butler flüsterte ihm etwas zu und versuchte, ihn aus dem Zimmer zu schieben. Selbst der Cyborg von Millet, Wray etc. machte einen leicht nervösen Eindruck.

Aber Grenville war entschlossen, mir eins überzubraten. »Die Informationen über Ihre mutmaßliche Liaison« – *mutmaßliche*, das war zumindest keine *reine* Verleumdung – »wurde der Mordkommission zugespielt, die in diesem Mordfall ermittelt.« Er hielt inne, um die Wirkung, die seine Worte auf mich hatten, zu beobachten, und ich bin sicher, daß er nicht enttäuscht wurde. Die Erschießung des Delinquenten wurde als Mordfall behandelt? Kein Wunder, daß Surgelato meine Anrufe nicht erwidert hatte. »Ich gehe davon aus«, fügte Grenville gehässig hinzu, »daß die Civil Service Commission das Verfahren wieder aufnehmen wird.«

Ich stand auf. »Ihre Informationen sind falsch. Der Lieutenant und ich unterhalten keinerlei romantische Beziehung. Weder jetzt noch früher.« Wenn die Civil Service Commission glaubte, daß Surgelato einen »Verdächtigen« getötet hatte, um den versuchten Mord an seiner Geliebten zu rächen, würde der Lieutenant nicht nur bald arbeitslos sein, sondern auch unter Anklage stehen. »Wenn Sie vorhaben, mich in einen Verleumdungsprozeß zu verwickeln, so daß Wailes, Roth etc. sich von der Verteidigung unseres Mandanten zurückziehen müssen, dann –«

»Was?« donnerte er. »Sie glauben ernsthaft, daß ich Angst vor einer Kanzlei habe, die eine unerfahrene, junge –?«

Aber der Anwalt von Millet, Wray etc. trat zwischen uns und bat mich, das Konferenzzimmer zu verlassen.

Kapitel 27

Der Rest der Anhörung bestand in der Hauptsache aus »Ich erinnere mich nicht«. Grenville hätte nicht vergeßlicher sein können, wenn er an Alzheimer erkrankt wäre.

Schlimmer noch, ich hatte zugelassen, daß er mich aus der Fassung brachte, und wir wußten es beide. Ostentativ legte er sein Anti-Surgelato-Manifest auf den Tisch zwischen uns (genau neben meine Ausgabe der *Malhousie Law News*), und jedesmal, wenn ich einen Blick darauf warf, entdeckte ich Sätze und Formulierungen, die so schrill und blumig klangen, daß sie nur von meiner Mutter verfaßt worden sein konnten. Man brauchte nicht Miss Marple zu sein, um herauszufinden, wer Grenville erzählt hatte, daß Surgelato und ich eine »romantische Beziehung« unterhielten.

Als es sechs Uhr wurde, wünschte ich mir, als Tellerwäscherin in einem vegetarischen Restaurant zu arbeiten. Müde bestieg ich ein Taxi und beobachtete, wie das Zwielicht die Umgebung vom schicken Behördenviertel ins tief düstere Tenderloin verwandelte. Anzüge verschwanden in Bussen, die ans Meer fuhren, und wurden durch mit Wein besudelte Mäntel und aufreizende Miniröcke ersetzt.

»Wohin?« fragte der Taxifahrer.

Eigentlich hätte ich zurück ins Büro fahren und mit Mott über die Anhörung sprechen sollen. Ich rieb mir die Schläfen. Ich wollte nicht mit Mott sprechen. Und ich wollte auch Melinda nicht sehen. Zuerst entzog ihr Aasgar ihren dicksten Fall, dann übergab Mott ihr Hundert-Millionen-Dollar-Baby an einen völligen Neuling. Sicherlich hatte sie heftiger reagiert, als Mott mir gegenüber zugegeben hatte.

Wenn Melinda wirklich einverstanden war, warum hatte sie mir den Fall dann nicht selbst übergeben? Warum war sie nicht selbst in mein Büro gekommen, um darüber zu reden?

»Der Taxameter läuft, Lady.«

Ich nannte dem Fahrer die Adresse der Kommune des Neubeginns. Ich brauchte einen Joint. Vielleicht war das ja kein Neubeginn, aber etwas anderes brachte ich momentan einfach nicht auf die Reihe. Mit Mott würde ich mich am darauffolgenden Tag unterhalten.

Wenn ich nicht in die Kommune meiner Mutter, sondern in meine eigene Wohnung gefahren wäre, hätte ich erfahren, daß ich mit Mott nicht sprechen konnte, und zwar niemals wieder. Statt dessen verbrachte ich den Abend in zugedröhnter (um nicht zu sagen segensreicher) Unwissenheit, beobachtete, wie Mandy die Holzverkleidung abstaubte, und hörte mir Justins Litanei über jedes Darlehen an, das jemals eine Bank, für die er gearbeitet hatte, verweigert hatte.

So high wie ich war, hatte seine Liebe zum Detail etwas Faszinierendes für mich, obwohl ich gar nicht genau wußte, worüber er überhaupt sprach.

»George E. Palmer hat als Palmer Volkswagen firmiert«, zischte er. »Er brauchte lediglich einen dreimonatigen Überbrückungskredit, bis seine achtzig Modelle geliefert wurden! Abgelehnt! Wegen zwei lausiger Prozentpunkte in seiner Bilanz. Und den Berechnungsschlüssel dazu hatten sie eine Woche vorher verändert, weil die Preise auf dem Immobilienmarkt fielen und sie mehr Geld für Baukredite brauchten! Eine lausige Woche!« Sein strähniges Haar fiel ihm in die Stirn. Graue Tränensäcke zuckten unter seinen Augen. »Und kennen Sie den Schokoladenkeksladen auf der Jackson Street? Die Schlange reicht dort jeden Mittag bis zur nächsten Straßenecke.« Er sprang auf die Füße, die Hände schwebten in der Luft, wie um einen Karateangriff zu starten: der Büro-Ninja. Mandy beobachtete ihn aus Kaninchenaugen, ihr Staubwedel schwebte reglos in der Luft. »Dem wollten sie auch keinen Kredit geben! Diese *Narren!*«

»Ich muß Kekse backen!« stöhnte Mandy.

»Kekse!« Justins Arm schnellte vor und durchschnitt die Luft mit einem Karateschlag, der nur wenige Zentimeter vor ihrem Kinn Halt machte. »*Kekse* sind mir egal!«

»O nein. Das weiß ich doch! Nicht für *dich!*« Sie war völlig verblüfft, daß sie beschuldigt wurde, ihn mit Keksen beleidigen zu wollen. »Für Willa.«

Ich lächelte. Mich durfte sie getrost weiterhin damit beleidigen. Kiffer schwimmen immer mit dem Strom.

Mehr Ermutigung war nicht nötig. Sie verließ das Zimmer und begann, in der Küche mit den Töpfen zu klappern. Justin stolzierte vor mir auf und ab. »Sie haben mir Schamhaare ins Essen getan!« geiferte er. »Als ich darum bat, die juristische Bibliothek aufsuchen zu dürfen – eine lausige Stunde in der Woche –, da hat dieser lausige Bastard von Wachmann in seine Hose gelangt und mir sein Haar aufs Essen gelegt!«

»Schrecklich.« Ich gähnte und sank tiefer in die modrig riechende Couch. In einer Stadt wie San Francisco muß man mit seinem Mitgefühl geizen, sonst endet man wie meine Mutter.

»Wäre besser gewesen, wenn ich uns alle in die Luft gejagt hätte!« schloß er voller Bitterkeit.

Wo war Daddy mit seinen Büchern von Martin Luther King und Henry David Thoreau, jetzt, da ich ihn brauchte?

Als es an der Tür klingelte, dachte ich, daß es mir vielleicht auf telepathische Weise gelungen war, ihn herzuholen. Poat wurde ganz weiß im Gesicht und starrte in den Flur.

Ich setzte mich auf und bereitete mich darauf vor, die Tür zu öffnen.

Poat stellte sich mir in den Weg und stammelte mit zitternder Stimme: »Nein! *Nein! Ich* bin schließlich der Mann im Haus.« Seine Hände zitterten so heftig, daß er sie in seine Achselhöhlen stopfte. Mit über der Brust gekreuzten Armen verschwand er im Flur. Einen Augenblick später hörte ich das Quietschen der Türangeln, gefolgt von einem Keuchen. Dann sprintete jemand – wahrscheinlich Poat – den Flur entlang und die Treppe hinauf.

Ich wollte niemanden sehen. Besonders nicht jemanden, der Poat veranlaßte, dermaßen die Treppe hinaufzustürmen.

Ich setzte mich wieder auf die Couch – das Blut rauschte in meinen Ohren – und erwartete Dracula oder den Werwolf.

Statt dessen tauchte ein gerötetes und schweißfeuchtes Gesicht im Türrahmen auf, das unter lautem Grunzen einen stämmigen Körper in einem unmodernen braunen Anzug hinter sich herzog.

»Inspector Krisbaum!« Ich war nicht sicher, ob ich jetzt Erleichterung oder Beunruhigung verspüren sollte. Ich fragte mich, ob er das Marihuana riechen konnte, das in der Luft hing.

»Wer war denn das ängstliche Karnickel?« fragte er mich und deutete auf den Flur.

»Justin Poat. Er hat ein paar schlechte Erfahrungen mit dem Gesetz gemacht. Ich nehme an, Sie haben ihm Ihre Marke gezeigt?«

Er nickte verdrossen.

»Sie pflegten ihm Schamhaare ins Essen zu tun.« Ich unterdrückte ein Kichern.

»Sind Sie okay, Miss Jansson?«

Ich blickte zu ihm hinauf und fühlte mich plötzlich unwohl. Der Geruch frisch gebackener Schokoladenkekse wehte zu mir herüber.

»Wissen Sie, daß ich den ganzen Tag überstanden habe, ohne an Bob LeVoq zu denken? Ist das nicht seltsam?«

»Zzzzzzz.« Er ließ sich auf dem kaputten Lehnstuhl nieder. »Ich wünschte, ich brächte es auch nur eine halbe Stunde lang fertig, nicht an ihn zu denken.«

»Ich dachte, die Polizei von Merced –«

»Nicht mehr. Sagen Sie mir, wo Sie heute nachmittag waren.«

»Bei einer Anhörung.«

»Wann sind Sie wieder ins Büro gefahren?«

Ich schloß die Augen und versuchte, mich zu konzentrieren. Was war heute nachmittag wohl passiert? Krisbaum würde sich wohl kaum darum kümmern, wenn nicht ...

»Wer?«

»Wer was?«

»Es muß wieder jemand gestorben sein. Deshalb fragen Sie mich –«

»Ich frage« – er sprach langsam und mit einer Spur von Zorn in seiner Stimme –, »weil ich es wissen will. Um welche Uhrzeit sind Sie wieder im Büro eingetroffen?«

»Ich war gar nicht mehr dort. Ich bin nach der Anhörung gleich hierher gefahren.«

»Warum hierher? Warum nicht ins Büro?«

»Ich war müde.«

»Warum dann nicht in Ihre Wohnung?«

»Ich wohne hier seit ein paar Tagen, um den Reportern zu entgehen. Woher wissen Sie überhaupt von diesem Haus?«

»Vom Lieutenant.«

Ich nickte. Surgelato hatte damals mitbekommen, daß meine Mutter es von Julian Warneke geerbt hatte. Wahrscheinlich wußte er auch, daß sie es in eine Herberge für Heimatlose verwandelt hatte.

»Wann sind Sie hier angekommen, Miss Jansson?«

»Ich weiß es nicht. Ich habe mir etwa um halb sieben ein Taxi genommen.«

»Von wo aus?«

»Vom Verwaltungszentrum aus.«

»Also sind Sie etwa zehn vor sieben hier angekommen? Vielleicht auch erst um sieben, je nach Verkehrsaufkommen?«

»Ich weiß nicht genau.«

»Nun, dann wollen wir doch versuchen, es herauszubekommen. Jetzt ist es acht Uhr. Was haben Sie getan, als Sie zurückkamen?

Mich mit meinem Cannabis zurückgezogen, aber das wollte ich nicht zugeben. »Gepennt.«

Er schnüffelte herum. »Aha. Können Ihre Mitbewohner bezeugen, wann Sie nach Hause gekommen sind?«

In diesem Augenblick betrat eine von ihnen den Raum mit einem Teller frischer Kekse. Und sie sang: »Nothing says lovin' like somethin' from the oven ...« – nichts zeigt Liebe so sehr wie etwas Frisches aus dem Ofen –, bis sie des stämmigen Detectives angesichtig wurde. Alles an ihr wurde plötzlich schlaff, ihr Mund, ihre Wangenmuskeln, ihre Arme. Der Teller wäre ihr aus der schlaffen Hand auf den Boden geglitten, wenn Krisbaum nicht einen Satz nach vorne gemacht hätte, um ihn aufzufangen. Ich war erstaunt über seine schnelle Reaktion, entweder besaß er ausgezeichnete Reflexe, oder er liebte Kekse.

»Alles in Ordnung, Mandy«, beruhigte ich sie. »Das ist mein Freund, Inspector Krisbaum.«

Sie stand Krisbaum fast Nase an Nase gegenüber, als dieser die Kekse wieder auf die Mitte des Tellers schob und sich dann die Finger ableckte. Mandys Brust hob sich, als ob sie all ihren Mut aufbringen müßte, um stehenzubleiben.

»Ich frage mich, ob Sie mir vielleicht schnell eine Frage beantworten können, Miss, hmm ...?«

Ich sprach für Mandy, obwohl es mich auf unbehagliche Weise an Edgar Bergen erinnerte. »McGuire. Mandy McGuire. Wenn Sie etwas zurücktreten könnten, Inspector ... Sie hat eine kleine Phobie. Der Inspector will nur wissen, ob Sie sich daran erinnern, wann ich heute abend hier angekommen bin.«

Mandy wandte sich zu mir um und suchte in meinem Gesicht nach der richtigen Antwort.

»Wenn Sie sich daran erinnern, dann sagen Sie es ihm bitte.«

»Um fünf vor sieben«, stammelte sie. »Fünf vor sieben.«

Behutsam stellte Krisbaum die Kekse auf den Beistelltisch, zwischen die rotäugigen Panther. »Haben Sie auf die Uhr gesehen?«

»Justin hat am Fenster gewartet. Er hat es mir gesagt. Er hat gesagt, daß sie früh dran sei.«

Krisbaum runzelte die Stirn. »Früh, inwiefern?«

Sie sah verwirrt aus. »Na, früh. Sonst kommt sie halt später.«

»Nun gut. Hätten Sie etwas dagegen, Mr. Poat zu bitten, daß er eine Minute zu uns herunterkommt, bitte?«

Mandy schob sich durch die Tür. Sie sah aus, als habe man ihr befohlen, ein Minenfeld zu durchqueren.

»Warum ist es so wichtig, wann ich nach Hause gekommen bin?«

Krisbaum grinste. »So wichtig ist es gar nicht, wirklich nicht.«

»Trotzdem wollen Sie Poat sehen?«

»Ich kriege Komplexe, wenn Leute vor mir weglaufen.«

»Es ist jemand aus der Kanzlei, nicht wahr? Es ist noch jemand ums Leben gekommen, nicht wahr?« Meine Stimme war ausdruckslos. Ich war nur noch müde. Noch nicht einmal mehr high. Ich rauchte nicht mehr, um high zu werden. Ich rauchte schon so lange, daß es mein Bewußtsein nicht mehr veränderte. Ich stand dem Leben einfach nur freundlicher gegenüber.

»Das ist wahrscheinlich der Grund, warum ich eingestellt wurde.«

Krisbaum verstand, was ich damit sagen wollte. »Bud Hopper, stimmt's? Die große Verschwörung?« Er nahm sich von den Plätzchen, bevor er über den kaputten Lehnstuhl meckerte.

»Lassen Sie mich Ihnen eine Alternative vorschlagen, Miss Jansson. Sagen wir, eine Person erlebt ein Trauma – ein schlimmes Trauma –, und nehmen wir an, daß sie sich infolgedessen auf einen Menschen fixiert, in den sie die Eigenschaften des weißen Ritters projiziert. Sie wissen schon: der Held, der sie vor dem Galgen rettet oder so was. Nun, nehmen wir weiterhin an, daß dieser Held sich selbst nicht für einen zweiten Galahad, sondern für Otto Normalverbraucher hält, der lediglich seinen Job getan hat. Nun, vielleicht will er einfach nur genauso weiterleben wie zuvor, will seinem Job nachgehen, wissen Sie, und sie ansonsten vergessen. Und die Jungfrau in Not (die mittlerweile ja gar nicht mehr in Not ist) fühlt sich vielleicht verletzt. Vernachlässigt. Womöglich fühlt sie sich ja sogar vernachlässigt genug, um sich selbst wieder in Not zu bringen, nur damit der weiße Ritter erneut Interesse an ihr zeigt.«

»Dafür müßte sie schon ziemlich schwachsinnig sein«, bemerkte ich.

»Verrückt vor Liebe«, sagte er sanft.

»Was ich wiederum nicht bin.«

Krisbaum schob den Keks in seinen Mund. »Eine moderne junge Frau hat vielleicht Schwierigkeiten, das vor sich selbst zuzugeben.«

»Glaubt der Lieutenant an dieses blöde Zeug?«

Krisbaum saß da und mampfte seinen Keks. Er schien nicht vorzuhaben, mir zu antworten. Und da in diesem Augenblick Justin Poat im Türrahmen erschien, mußte ich das Thema fallenlassen.

»Mr. Poat«, sagte Krisbaum mit einem freundlichen Lächeln. »Miss Jansson hier wird Ihnen mitteilen, daß sie nichts dagegen hat, wenn Sie uns ein paar Fragen beantworten, zum Beispiel, wann sie heute abend nach Hause gekommen ist.«

Poat sah blaß und verspannt aus. Seine Unterlippe entblößte seine Zähne, was ihm das Aussehen eines Leichnams gab. »Haben Sie mir nicht schon genug angetan?«

In Krisbaums Augen blitzte Interesse auf. »Ich glaube nicht, daß wir uns schon einmal begegnet sind, nicht wahr?«

»Pinkele ich nicht jede Woche für euch in eine Tasse?«

»Ah. Ihre Strafe ist zur Bewährung ausgesetzt, stimmt's?«

»Ich nehme an, Sie haben das Recht, mich alles zu fragen, was Sie wollen.« Seine Stimme klang bitter, fast weinerlich.

Der arme Hund. »Es ist alles in Ordnung, Justin«, beruhigte ich ihn. »Er ist lediglich an *mir* interessiert. Mandy hat gesagt, daß du mich um fünf vor sieben nach Hause kommen gesehen hast. Stimmt –«

Krisbaum stand auf und schob seinen großen, schwabbeligen Körper zwischen mich und Poat. »Das stimmt, Mr. Poat. Als auf Bewährung Entlassener geben Sie viele Privilegien und Rechte auf.« Er trat näher an Poat heran, bedrohlich nahe. »Und eines dieser Privilegien besteht in dem Luxus, einem Polizisten sagen zu können, daß er sich zum Teufel scheren soll.«

Ich stand ebenfalls auf und blickte um Krisbaum herum Poat ins Gesicht. Warum bot der Inspector der Paranoia des armen Mannes auch noch Nahrung?

»Justin –«

Krisbaum warf mir einen zornigen Blick über die Schulter zu, der mich zum Schweigen brachte. »Verstehen Sie das?« dröhnte er.

Poat nickte voller Groll, sein Gesicht eine Maske unterdrückten Zorns.

»Wofür haben Sie gesessen?«

»Schw–schwere Körperverletzung.«

»An wem?«

»An einer Bankangestellten, wo ich a–arbeitete.«

»Womit?«

»B–Bombe.«

»Woher kennen Sie Miss Jansson?«

»Meine Mutter ist die Besitzerin dieses –«

Krisbaum wirbelte zu mir herum. »Ich spreche mit Poat.« Hastig trat ich einen Schritt zurück, und Krisbaum wandte sich Justin erneut zu. »Ich will die Wahrheit. Nicht diese offensichtliche Scheiße darüber, daß sie die Tochter Ihrer Vermieterin ist.«

Poats gesamter Körper versteifte sich. Man hätte ihn geradezu als Bügelbrett benutzen können.

Krisbaum machte einen weiteren Schritt auf ihn zu. Es fehlte nicht mehr viel, und er hätte ihn am Türrahmen festnageln können. »Da steckt doch mehr dahinter, nicht wahr, Poat? Ich denke, daß ich vielleicht ein paar Worte mit Ihrem Bewährungshelfer sprechen sollte!«

Ein oder zwei Minuten standen sie sich auf diese Weise

gegenüber: Poat weiß und kaum atmend, Krisbaum keuchend und mit gerötetem Gesicht. Im Flur hinter Poat brach Mandy in Tränen aus.

Schließlich zog sich Krisbaum zurück und bellte mich an: »Holen Sie sich Ihren Mantel, wenn Sie ihn brauchen. Wir fahren in die Hall of Justice.«

Kapitel 28

Eine weitere Dosis von Krisbaums Theorie bekam ich in seinem Auto verabreicht, das sich als Buick von der Größe einer Yacht entpuppte und dem offensichtlich die Stoßdämpfer fehlten. Während wir durch den Westbezirk der Stadt hopsten, murmelte er, daß es manchmal schwer sei, »Nähe zu schaffen«. Sein Seitenblick lud mich ein, ihm mein Herz auszuschütten.

Durch Mord Nähe schaffen – das klang wie ein Selbsthilfekurs von Leo Buscaglia und Charles Manson. »Schließlich geht es hier nicht darum, daß ich mir die Schuhe neu besohlen lasse, weil ich ein Faible für den Schuster habe«, sprudelte ich hervor.

»Aber das Gefühl ist da«, sagte er einfach.

»Nein! Den Vergleich habe ich nur der Anschaulichkeit halber –«

»Verkaufen Sie mich doch nicht für dumm. Sie haben Probleme. Wen rufen Sie an?«

»Die Polizei! Was ist so merkwürdig daran?« Vor ein paar Jahren hätte ich es noch ziemlich merkwürdig gefunden.

»Nicht ›die Polizei‹! Einen *bestimmten* Polizisten.«

»Warum schleifen Sie mich aufs Revier? Was werfen Sie mir eigentlich vor?« Meine Stimme wurde schrill.

»Einer Ihrer Kollegen liegt im Krankenhaus, Miss Jansson.«

»Melinda?« Ich fühlte mich schwach und zerschlagen, ich wünschte mir fast, ich hätte nicht gefragt. »Melinda Karastatos?«

Krisbaum schrie eine mit Einkaufstaschen beladene

Frau an, die just in diesem Augenblick den Bordstein hinuntergestolpert und ihm geradewegs vors Auto gelaufen war. Ohne daß ich es überhaupt bemerkt hatte, waren wir bereits am Civic Center angelangt.

»Geht es ihr gut?«

»Karastatos? Ja, sie ist fit.«

»Was ist passiert?«

Krisbaum schien sich ganz und gar auf das Fahren zu konzentrieren. Er gab keine Antwort.

Ich schloß die Augen. Als wir die Market Street überquerten, konnte ich hupende Autos und Ghettoblaster hören. Südlich der Market Street verwandelte sich der Verkehrslärm in die metallisch klingende Musik, die aus den kleinen Restaurants und den Ziegeleien drang. Ich öffnete die Augen und sah den zweispurigen Embarcadero Freeway vor mir – imposant wie die Chinesische Mauer –, der die Stadt vom Wasser trennte. Ein Strom weißer Scheinwerfer auf der unteren Spur und rote Rücklichter auf der oberen erweckten den Eindruck, als sei er mit Neonbeleuchtung ausgestattet. Wir fuhren an allerlei Tag und Nacht geöffneten Wechselstuben und an ein paar Anwaltskanzleien vorbei und bogen dann in eine Tiefgarage ein, an deren Eingang die Aufschrift NUR AUTORISIERTE PERSONEN zu lesen war. Die Hall of Justice war mir mittlerweile so vertraut wie meine Lieblingsboutique.

»Es ist doch nicht meine Schuld«, lamentierte ich.

Krisbaum schaltete den Motor und die Scheinwerfer aus. Hier unten war es auch ohne sie blendend hell. »Was ist nicht Ihre Schuld?«

Ich drehte mich in meinem Sitz zur Seite, um ihm ins Gesicht blicken zu können. »Es ist nicht meine Schuld, daß ich schon so häufig hier war! Daß dauernd solche Dinge geschehen!«

Im gleißenden Licht der Leuchtstoffröhren sah sein

Gesicht leicht violett aus. »Und wessen Schuld ist es dann?« fragte er ruhig.

»Sie wissen, daß ich auf der Universität niemanden getötet habe. Sie wissen, daß ich Julian Warneke nicht getötet habe. Und jetzt –« Mein Mund war trocken, meine Augen brannten, Nacken und Schultern schmerzten. Es war einfach nicht fair. Ich wollte nach Hause in meine Wohnung, Marihuana rauchen und ein Vollbad in einer Wanne voller Schaum nehmen. »Ich bin verschaukelt worden!«

Krisbaum lächelte verzerrt. Das hatte er doch schon einmal gehört! »Sie stehen nicht unter Arrest, das wissen Sie.«

»Allein schon nur wieder hier zu sein, ist –!«

»Wir haben Sie fair behandelt«, widersprach er. »Und respektvoll, oder etwa nicht?«

»Mein Zahnarzt behandelt mich ebenfalls respektvoll. Das heißt aber noch lange nicht, daß ich ihn jeden Abend sehen will!«

»Würden Sie sich besser fühlen, wenn ich Ihnen jetzt mitteilte, daß der Lieutenant persönlich mit Ihnen reden will?« Er lächelte besänftigend.

Es kostete mich einige Mühe, ihm jetzt keine runterzuhauen. »Sie arrogantes Schwein!«

Das Lächeln verschwand von seinem Gesicht. »Sogar vom Abschaum der Straße liebe ich derlei Äußerungen nicht sonderlich, und noch viel weniger gern höre ich sie aus dem Munde einer Anwältin!«

»Eine *Anwältin?* Was hat *das* nun wieder mit der ganzen Sache zu tun?«

»Eine Menge!« Er schlug auf das Steuer. »Wir haben Euch Typen immer mit Samthandschuhen angefaßt, glauben Sie mir. Aber jetzt ist Schluß damit! Ich will verhindern, daß noch mehr Menschen vergiftet werden. Und wenn ich dafür aufhören muß, Ihre Rechte zu respektieren, dann werde ich das zum Teufel noch mal auch tun! Wenn ich anfangen muß, Sie herumzustoßen, dann werde ich auch das tun!«

»Mich? Mich ganz persönlich?«

Aber Krisbaum kletterte gerade aus dem Wagen. Einen Augenblick später riß er die Beifahrertür auf und wartete mit grimmiger Miene, daß ich ausstieg. Ohne ein weiteres Wort fuhren wir mit dem Polizeiaufzug nach oben.

Sein Kommentar war ganz allgemein gewesen, sagte ich mir. Er hatte eben eine Wut auf Anwälte. Aber die Hälfte aller Menschen, mit denen ich zusammenkam, *waren* schließlich Anwälte.

Ich warf ihm einen Blick zu. Verdrossen starrte er die Aufzugtür an. Kein Zweifel: Er war bereit, mich herumzustoßen. Mich ganz persönlich.

Oh, na schön, solange es Melinda nur gutging. Wie hätte ich es wagen können, in Selbstmitleid zu verfallen, wenn sie im Krankenhaus lag!

Im vierten Stock stiegen wir aus und begaben uns in Zimmer 450, Mordkommission. Es handelte sich um einen zu kleinen, gut beleuchteten Raum, in dem ungefähr zwanzig Schreibtische paarweise aufgestellt waren, einige Rückseite an Rückseite, andere nebeneinander. Überall lagen Akten und Papiere herum, und einige stattliche, soldatisch aussehende Männer hingen am Telefon oder füllten irgendwelche Formulare aus. Im Raum roch es nach billigem Kaffee, Schweiß und Zigarettenrauch. Eine Ecke war durch Glaswände und Miniblenden abgeteilt. Die Blenden waren nicht ganz geschlossen. Drinnen konnte ich den Lieutenant erkennen. Er stand mit ordentlich zugeknöpftem Jackett und gebundener Krawatte hinter seinem Schreibtisch. Ihm gegenüber balancierte ein Mann einen Camcorder auf der Schulter.

Krisbaum packte mich am Ellbogen und führte mich durch die Unzahl von Schreibtischen und Männern, vorbei an einer Wand, die mit Larson-Cartoons geschmückt war, und in ein Zimmerchen, das kaum groß genug für den Holztisch und die vier klobigen Stühle war, die darin standen. »Warten Sie hier«, befahl er.

Die Zelle besaß weder Fenster, noch hingen Bilder an den Wänden. Es gab absolut gar nichts zu betrachten außer den Löchern in der weißen Korktapete. Eine Klimaanlage blies leise vor sich hin. Der Raum mutete wie ein Aufzug an, in den man einen Tisch gestellt hatte.

Aber er trat eine Lawine von Erinnerungen los. Einmal hatte ich fast eine ganze Nacht hier verbracht, war verhaftet gewesen und hatte mir die Seele aus dem Leib gekotzt. Gerade eben noch in der Lage, die kriminellen Aktivitäten meiner Mutter für mich zu behalten, weil der Lieutenant mir das im vorhinein gestattet hatte. Die Geschichte endete damit, daß er einen Menschen erschoß, um dafür zu sorgen, daß das Geheimnis gewahrt blieb. Er hatte mich unter allen Umständen dazu bringen wollen, die Wahrheit zu sagen. Um mich von Schuld reinzuwaschen.

»And if that's not love, what is?« – Wenn das keine Liebe ist, was dann, zitierte ich das alte Lied.

Unglücklicherweise wählte Krisbaum genau diesen Augenblick, um die Tür aufzureißen. Er sah aus, als habe er soeben entdeckt, daß das Haus in Flammen stand. Durch die geöffnete Tür drang das Klingeln der Telefone und das bellende Lachen eines Mannes. Er schloß sie wieder und setzte sich neben mich, wobei er einen kleinen Kassettenrecorder demonstrativ auf den Tisch vor uns stellte.

Ich schob meinen Stuhl an die Wand und fragte mich, warum er sich nicht – wie üblich – an die gegenüberliegende Seite des Tisches gesetzt hatte.

»Bevor ich dieses Ding anschmeiße, will ich Ihnen was

sagen. Ich habe mit dem Lieutenant gesprochen. Er ist einverstanden, sein Engagement in diesem Fall zurückzuschrauben. Nur administrative Aufgaben. Worauf«, fügte er hinzu, »er sich eigentlich in jedem Fall beschränken sollte, statt in die eigentlichen Ermittlungen einzugreifen.«

Er gab mir gar keine Zeit, zu antworten, sondern schaltete den Kassettenrecorder an. »Sie heißen Willa June Jansson, und ich bin San Francisco Police Inspector Daniel Krisbaum. Ich werde Ihnen jetzt ein paar Fragen stellen, aber zuerst möchte ich Sie bitten, mir zu sagen, ob Sie in irgendeiner Form von mir mißhandelt wurden.«

»Nein«, murmelte ich.

»Habe ich Sie in irgendeiner Form genötigt, meine Fragen zu beantworten?«

»Nein.«

»Arbeiten Sie aus freiem Willen in dieser Ermittlung mit uns zusammen?«

Aus freiem Willen. Beinahe hätte ich ihm eine existentialistische Frage gestellt: *Was ist freier Wille?* »Ja.«

»Bitte beschreiben Sie, was Sie am heutigen Tag, also seitdem Sie aufgestanden sind bis zum gegenwärtigen Zeitpunkt, getan haben.« Er blickte auf seine Uhr.

»Es ist jetzt halb neun.«

»Um etwa sieben Uhr heute morgen bin ich ins Büro gekommen, und« – Krisbaum unterbrach, um den Namen und die Adresse der Kanzlei zu Protokoll zu nehmen – »habe mir ein paar Unterlagen geholt und dann –«

»Wen haben Sie getroffen, als Sie im Büro waren?«

»Niemanden. Es war viel zu früh. Der Mann an der Rezeption« – Krisbaums Kollege Kelly – »und die Sekretärinnen waren noch gar nicht da. Melinda Karastatos war in ihrem Büro, glaube ich, aber ihre Tür war verschlossen. Ich habe nicht mit ihr gesprochen.« Ich hatte Angst davor gehabt. Angst, daß sie nicht damit einverstanden war, daß

Mott ihr den Malhousie-Fall in letzter Minute entzogen hatte. »Ich ging in mein Büro, holte die Unterlagen, die ich brauchte, und sah sie noch einmal durch. Dann verließ ich die Kanzlei wieder.«

»Andere Büros haben Sie nicht betreten?«

»Die meisten stehen momentan sowieso leer. Es sind nur noch wir drei übrig: ich, Melinda und William Mott.«

»Sind Sie in William Motts Büro gegangen?«

»Nein. Er war nicht da. Seine Tür stand offen. Es brannte kein Licht.«

»Sie haben also gesehen, daß seine Tür offen stand.«

»Ja.« Ich wußte, daß es keinen Zweck hatte, wenn man versuchte, ein solches Verhör zu beschleunigen. Also wartete ich ab.

»Haben Sie sein Büro betreten?«

»Natürlich nicht. Warum sollte ich?«

»Wegen einer dienstlichen Angelegenheit natürlich. Welchen Grund könnten Sie sich sonst denken, um in Motts Büro zu gehen?«

Ich blinzelte ihn an. Im grellen Schein der Lampe sah seine Haut grau und narbig aus. Worauf wollte er verdammt noch mal hinaus? »Eine Konferenz. Um Unterlagen zu bringen oder zu holen. Ich weiß nicht. Immerhin ist es ein Büro. Also dienstliche Gründe. Alle möglichen.«

»Sie sind also am heutigen Morgen nicht in sein Büro gegangen, aus ›dienstlichen Gründen‹?«

»Nein.« Dann sollte ich unsere Unterhaltung im Auto wiederholen. Er hatte mir erzählt, daß ein Kollege von mir im Krankenhaus lag. Ich hatte ihn gefragt, ob es Melinda sei, ob es ihr gutging. Und er hatte geantwortet, daß es Melinda gutging. Aber er hatte *nicht* gesagt, daß *sie* diejenige war, die im Krankenhaus lag. »Oh, mein Gott. Es ist Bill Mott? Ist Mott derjenige, der im Krankenhaus liegt?«

Krisbaum seufzte und kratzte sich den Bauch. Scheinbar dachte er über die Frage nach. Dann antwortete er: »William K. Mott ist gerade gestorben, Miss Jansson. An giftigem Schierling, den er im Laufe dieses Arbeitstages zu sich genommen hat. Also, könnten Sie uns jetzt sagen –«

Aber die nächste Frage mußte er mehrfach stellen. Tatsächlich packte er mich sogar einmal ungeduldig am Arm, bevor ich endlich antwortete. »Nein, ich bin nicht in die Anwaltslounge gegangen. Ich habe nichts in den Kühlschrank gelegt.«

Bob LeVoq und William Mott. Meine Chefs. Beide auf die gleiche Weise getötet wie mein letzter Boß. Wie Julian Warneke. »Bud Hopper –«

»Nein!« Krisbaum packte meine Schultern. »Ich möchte von diesem Hopper-Kerl nichts mehr hören!«

»Aber sehen Sie denn nicht, warum der Mörder Schierling benutzt? Der Grund ist, daß Julian –«

Er schüttelte mich. Nicht so heftig, daß ich ein Schleudertrauma bekam, aber doch heftig genug, um mir zu zeigen, daß er mich »herumstoßen« würde, wenn er mußte. »Ich will von dieser Verschwörungsscheiße nichts mehr hören! Wir reden jetzt über *Sie!*« Er schaltete den Kassettenrecorder aus. »Wir sprechen über etwas, das vor wenigen Monaten zwischen Ihnen und Don Surgelato vorgefallen ist. Heute abend reden wir über die Wirklichkeit. Verstanden?«

Ich nehme an, daß ich nicht so aussah, als hätte ich verstanden. Er schüttelte mich erneut. Diesmal heftiger. »Die Civil-Service-Kommission ordnet immer, wenn ein Polizist einen Verdächtigen tötet, eine Morduntersuchung an, wußten Sie das, Miss Jansson?« In seiner Stimme klang Enttäuschung, fast Schmerz mit. »Kelly und ich haben den Lieutenant verhört. Und wir haben ihm eine reine Weste bescheinigt, das steht fest. Aber ich bin nicht dumm. In dieser ganzen Geschichte fehlte ein Stück, und das sind Sie.«

»Nein.«

»Ich bin mit sechsundzwanzig zum Morddezernat gekommen. Da hat Don noch in die Windeln geschissen. Und ich drücke kein Auge zu. Noch nicht einmal, um einen Freund zu schützen. Ich will, daß Ihnen das klar ist!«

»Nehmen Sie Ihre Hände weg.«

In seinen Augen glomm ein zynischer Funke, als er das tat. Dann schaltete er bedächtig den Kassettenrecorder wieder ein.

Genauso bedächtig sprach ich den verbotenen Namen aus.

»Bud Hopper.«

Kapitel 29

»Erdenfrau! Du siehst fürchterlich aus!« Mein Vermieter griff instinktiv nach meinem Arm, obwohl ich nicht die Absicht hatte, in Ohnmacht zu fallen.

Ich stieß seine leberfleckige Hand fort. »Ich habe meine Schlüssel nicht bei mir. Kannst du mich bitte in meine Wohnung lassen?«

Er verschwand vorübergehend in das, was er als Raumschiff A bezeichnete, und kehrte kurze Zeit später ins Treppenhaus zurück, in der Hand die Schlüssel zu (wie ich es nannte) Wohnung B. »Wo bist du gewesen?«

»Während der letzten viereinhalb Stunden in der Hall of Justice. Ich bin froh, daß du noch wach bist. Meine Tasche ist noch in der Kommune des Neubeginns, und ich habe im Augenblick keine Lust auf ein weiteres Zusammentreffen mit der Addams Family.«

Er kniff die kurzsichtigen Augen zusammen und stieß mit dem Schlüssel ein paarmal nach dem Schloß, ohne es zu treffen. Ich nahm ihn ihm aus der Hand und sperrte auf. Meine Wohnung war seit drei Tagen nicht mehr gelüftet worden und roch wie ein Wäschekorb. Und sie sah auch so aus. Wenn ich noch nicht arbeitslos war, sollte ich vielleicht eine Zugehfrau einstellen. »Ich wußte, daß es nicht von Dauer sein würde!« klagte ich.

»Probleme?« Er klang einigermaßen hoffnungsvoll. Er und meine Eltern wollten nicht, daß ich diesen Job weiterhin ausübte. Sie wollten nicht, daß ich Urlaub vom Kannibalismus der Linkspolitik nahm. Sie wollten nicht, daß ich ein vernünftiges Gehalt verdiente.

Ich konnte meinen Zorn kaum zurückhalten, als ich sagte: »Alles ist einfach super. Außer daß gerade mein Boß vergiftet worden ist. Mein anderer Boß. Das macht jetzt drei. Ich bin Plato inzwischen um zwei voraus.«

Er schob den Kopf nach vorn und neigte ihn dann zur Seite. Mit seinem langen gelblich-weißen Haar und seinem ledrigen Gesicht ähnelte er einem alternden Orang-Utan.

Ich ging einen Schritt auf ihn zu. »Und weißt du, was sonst noch ist? Diese beiden Luschen, die meine Mutter in Julians Haus einquartiert hat, machen nichts als Ärger! Entweder brennen sie eines Tages das Haus nieder, oder sie gehen sich gegenseitig an die Gurgel! Was ist bloß mit euch allen *los?*«

Ich rannte ins Bad, schmetterte die Tür hinter mir zu und ließ die Wanne mit heißem Wasser vollaufen. Was auch immer nicht mit ihnen stimmte, ich saß jetzt mit ihnen in einem Boot. Ich würde niemals wieder einen vernünftigen Job als Anwältin bekommen. Und ich würde meine gesamten linken Verbindungen brauchen (die einzigen, über die ich verfügte – leider), um in irgendeiner armseligen Rechtsberatungsklitsche unterzukommen. Ich würde wieder von einem Kellneringehalt leben müssen und mir nur meinen alten Kram leisten können. Ich hätte meine Ruhe und würde den 1985er Napa Valley Chardonnay (»Mit einem 85er Chardonnay *kann* man gar nicht falsch liegen, mein Junge!«) vergessen.

Mein Telefon klingelte, also ging ich ins Wohnzimmer und hängte den Hörer aus. Dann rauchte ich einen Joint und genoß mein Vollbad. Meine Aktentasche und meine Kostüme waren noch in der Kommune, aber das war wahrscheinlich belanglos. Die Kanzlei würde auf jeden Fall so lange geschlossen bleiben, bis die Spurensicherung mit ihrer Arbeit fertig war. Wenn er nicht vergiftet worden war, während er allein im Jack's zu Mittag gegessen hatte (wo er laut Krisbaum gewesen war), dann hatte er das Gift durch etwas, das im Kühlschrank der Anwaltslounge gestanden hatte, zu sich genommen. Oder jemand, mit dem er tagsüber zusammengetroffen war, hatte ihm das Gift verabreicht. (Hierüber wollte Krisbaum sich nicht weiter auslassen.)

Wie auch immer, die San-Francisco-Filiale von Wailes, Roth etc. war – um mit den Worten des New Yorker Partners zu sprechen, der mich zu Beginn angerufen hatte – wohl »gewissermaßen erloschen«. Thomas Spender (ich glaube, so hieß er) wäre vielleicht sogar der Meinung gewesen, daß sie vollkommen erloschen war.

Zugegeben, meine Arbeit war trübsinnig und nahm viel Zeit in Anspruch, aber als ich an diesem Abend zu Bett ging, merkte ich, daß ich doch ein bißchen daran hing. Die Lüge, die ich meiner Mutter erzählt hatte, überzeugte mich mittlerweile selbst. Frauen (und ich im besonderen) sollten gut verdienen und an der Macht teilhaben. Ich war jetzt fünfunddreißig Jahre alt, ich hatte lange gebraucht, um »dem Mythos aufzusitzen« (wie die Trotzkisten sagen), aber ich hatte es mit der Leidenschaft einer Bekehrten getan. Ich *wollte* neunzigtausend im Jahr verdienen. Ich *wollte*, daß Mercedes-Händler vor Furcht erzitterten, wenn ich ihnen meine mächtigen Dokumente vorlegte.

Als ich am nächsten Morgen aufwachte, empfand ich immer noch nicht anders. Deshalb war ich ziemlich bekümmert, als ich Melinda Karastatos sagen hörte, daß die California Bank & Trust »ihr Mandat zurückgezogen hatte«.

Sie hatte sich in den schmalen Regiesessel neben meinem Bücherregal gezwängt. Auf dem Boden neben ihren Füßen hätte sie, wenn sie in aufmerksamer Stimmung gewesen wäre, einen Aschenbecher voller Marihuana-Kippen entdecken können. Es war gerade mal acht Uhr.

Ich trug noch meinen Jogging-Anzug. Melinda, die nirgends hingehen konnte, trug ein graues Nadelstreifenkostüm, glänzende Nylonstrümpfe und schwarze Pumps. Ihre Augen waren rot umrandet, und ihre Frisur war zu einer armseligen Imitation ihres üblichen Pagenschnittes zusammengefallen. Sie sei einen Großteil der Nacht wach gewesen, sagte sie. Stirnrunzelnd blickte sie auf ihre großen Hände nieder und fügte hinzu: »Ich habe gearbeitet. An einem CBT-Fall, um genau zu sein. Und dann ruft mich Tom Spender zu Hause an. Aus New York. Um fünf Uhr morgens unserer Zeit. Er kümmert sich nicht um die Zeitverschiebung. Das hat er noch nie getan.«

Finster starrte sie vor sich hin. Was sie ärgerte, ging eindeutig über die Zeitverschiebung hinaus. Es war der Mangel an Respekt, den Spender durch seine Mißachtung zur Schau stellte. »Er rief an, um mich auf Villa-Fuentes' Veranlassung hin anzuweisen, sämtliche CBT-Akten an Colin Aasgar zu schicken! Aasgar! Dieser *Aasgeier!*« Und voller Bitterkeit fügte sie hinzu: »Letztlich hat Aasgar alles bekommen, was er wollte! Und zwar ohne diesen stinkfaulen LeVoq im Schlepptau zu haben!«

Ich fragte mich, ob das als bloße Bemerkung oder als Anklage gemeint war. Außerdem fragte ich mich, ob ich William Mott erwähnen sollte. Bislang hatte sie es nicht getan, aber das konnte mich nicht dazu verleiten anzunehmen, daß sie nichts dabei empfand. Ihr bleiches Gesicht und ihre roten Augen waren Hinweis genug, daß sie betroffener war, als sie zugeben mochte. Ich kannte das Gefühl gut. Für mich war es nach Julians Tod die Hölle gewesen, über ihn reden zu müssen. Insbesondere eine Unterhaltung mit meiner Mutter würde mir für immer in schlechter Erinnerung bleiben: Sie hatte mich damals beschuldigt, nichts für Julian empfunden zu haben, weil ich nicht in der Öffentlichkeit weinte. Diesen Fehler würde ich bei Melinda nicht machen.

»Melinda?« Ich setzte mich auf den zerkratzten Beistelltisch, ungefähr anderthalb Meter von ihr entfernt. Sie hielt den Blick gesenkt. Unter den blassen Wimpern schimmerten Tränen. »Sind wir noch im Geschäft?«

Sie vermied es zu blinzeln, hielt die Augen offen. Sie schien fest entschlossen zu sein, keine Tränen zu vergießen. Gott sei Dank. »Nein. Seit heute morgen gibt es in San Francisco keine Niederlassung der Kanzlei mehr. Spender will ›die Firma von der Tragödie fernhalten‹.« Unbewußt imitierte sie seinen New Yorker Stakkato-Akzent.

Ich beugte mich vor und warf einen Blick auf den mit Kippen gefüllten Aschenbecher. Wahrscheinlich war es noch zu früh am Morgen, um sich zuzudröhnen. Aber immerhin hatte ich schon wieder mal keinen Job. So viel zu meinem großen Durchbruch.

Als ich den Blick wieder hob, merkte ich, daß Melinda mich betrachtete. Ihre Augen waren blutunterlaufen, ihre Haut gerötet. »Nächste Woche hätte ich mich als Partnerin bewerben können. Nächste Woche! Ich habe der Firma meine besten Jahre geopfert. Einen Großteil ihrer Kunden habe *ich* akquiriert, und immer mußte ich zusehen, wie dieser Schweinehund LeVoq die Lorbeeren dafür einheimste! Und jetzt – ein paar Tage vor meiner Bewerbung – ziehen sie mir den Boden unter den Füßen weg!« Ihr finsterer Blick starrte ins Leere. »Wenn es sein muß, ziehe ich eben nach L.A., aber Wailes, Roth etc. sind mir diese Beförderung schuldig. Ich habe sie mir verdient!«

Sie war nicht die einzige, die sich leid tat. »Bei Julian habe ich fünfundzwanzigtausendfünfhundert verdient. Mit einem Studiendarlehen von fünfzigtausend, das ich zurückzahlen mußte.« Ich brauchte wohl kaum hinzufügen: *Was soll ich verdammt noch mal jetzt tun?*

Sie beugte sich in dem Regiesessel nach vorn, wobei sich die Stuhlbeine leicht spreizten. Eine stämmige Frau. Selbst

Daddy brachte es nicht fertig, den Stuhl zum Quietschen und Knarren zu bringen, wenn er drauf saß. »Kommen Sie mit mir!«

»Wohin?«

Der Glanz war in ihre Augen zurückgekehrt. Aber diesmal waren es keine Tränen. Entschlossenheit? Besessenheit?

»Nach Los Angeles. Jetzt. Heute morgen. Wir wollen für unsere Jobs kämpfen.«

»Sie sagten doch, die Kanzlei sei –«

»Die Kanzlei in *San Francisco!*«

»Sie meinen – in L.A. arbeiten?« In diesem riesigen Moloch aus rosa Stuck und schmutzig-brauner Luft?

»Sie sind es uns schuldig, Willa! Sie können nicht von uns erwarten, daß wir die Hauptlast tragen an diesen – diesen –!«

»Verwicklungen?«

»Was sollen wir denn bei Vorstellungsgesprächen in anderen Kanzleien sagen? Daß wir arbeitslos geworden sind, weil unser Boß –« Sie verstummte abrupt. Vielleicht ging ihr ja gerade auf, daß ich schon einmal vor diesem Problem gestanden hatte.

»Wenn ich in L.A. arbeiten würde –« Plötzlich ging mir auf, wie scharfsinnig ihr Plan war. »Ich könnte nach einer Weile wieder kündigen und müßte bei späteren Vorstellungsgesprächen nicht angeben, daß es wegen –«

Sie nickte.

»Und wenn Sie dort als Partnerin einstiegen, könnten Sie sich später für die gleiche Position in einer Kanzlei in San Francisco bewerben.«

»Ja!« Dieses Wort setzte alle möglichen Gefühle frei: Abscheu vor L.A., Liebe zu San Francisco. Andere Empfindungen, die ich nicht so recht identifizieren konnte.

»San Francisco verlassen.« An der Uni hatte ich auf solche Leute immer hinabgeblickt: die sich nach dem großen Geld sehnten und denen es demzufolge egal war, wohin sie für ein gutes Gehalt ziehen mußten. Nach Houston, L.A., Philadelphia, mein Gott, sogar nach Buffalo.

»›Die Firma von der Tragödie fernhalten.‹« Voller Bitterkeit zitierte sie Spender erneut. »Er will damit sagen, daß er die Kanzlei auflösen will. Eine Abfindung in Höhe von ein paar Monatsgehältern, und dann zum Teufel mit uns. Zum Teufel mit unserer Karriere. Zum Teufel mit den Jahren, in denen man alles für die Kanzlei getan hat, sich aufgerieben hat. Und das ist jetzt der Dank!«

San Francisco verlassen. Meine Familie.

Ich war überrascht, als ich bei dem Gedanken Erleichterung empfand. Meine Eltern und ihre verdammte gute Sache, ihre Moralpredigten, ihre Mißbilligung meiner Lebensweise, angefangen von meinem Job bis hin zu meiner »üblen Beziehung« zu Marihuana. Meine Eltern, die Julians schönes Haus in ein Motel wie das von Norman Bates verwandelt hatten. Ich hatte meinem Vermieter die Wahrheit gesagt: Ich war die Scheiße meiner Eltern ein für allemal leid.

Und die Scheiße von Surgelato erst recht. Einen Augenblick lang, auf dem Rücksitz eines zivilen Polizeiwagens, hatte ich geglaubt, eine Art Einverständnis mit ihm erreicht zu haben. Und jetzt stellte ich eine Bedrohung für seine Karriere dar. Unser Einverständnis hatte ihn einiges gekostet, und deshalb war er mir gram.

Ich fühlte, wie Tränen in mir aufstiegen. Warum noch hierbleiben? Mein hiesiges Leben war ein Scherbenhaufen. Das einzige, bei dem in Zukunft vielleicht nicht mehr alles schiefgehen würde, war mein Job. Er machte mir keinen Spaß, aber er bot mir die Gelegenheit, mich aus meiner finanziellen Misere zu befreien. Mein Darlehen zurückzuzahlen. Ein paar tröstliche Kleinigkeiten zu kaufen. Ich hatte mich schon viel zu lange in der linken Ökoszene getummelt. Eine Couch wäre nicht schlecht. Ein Fernseher. Mal aus essen gehen. Und mit dem Taxi zum Theater fahren.

»Wann brechen wir auf?«

Kapitel 30

Melinda steuerte den Mietwagen über die endlose Strecke des »Tales« zwischen dem Flughafen und der Innenstadt. Zu beiden Seiten duckten sich die Bungalows in gelblichem Dunst. Hie und da ließen die bonbonfarbenen Kaskaden aus Oleander-, Hibiskus- oder Jakarandablüten die graubraunen Gebäude noch unscheinbarer aussehen. Über jede Straße spannten sich Stromleitungen. An jeder Ecke lächelten Raucher, Sonnenanbeter oder Männer mit Scotchgläsern von den Reklametafeln herunter.

Als wir die Innenstadt erreicht hatten, war mir übel. Vier quadratische, monolithische Blöcke. Weder farbenfrohe kleine Läden noch Blumenverkäufer, noch ein Marktplatz. Nur nackte Fassaden und Verkehr, endlos dahineilender Verkehr. Und Hotels mit integrierten Einkaufspassagen.

Ich sah aus dem Beifahrerfenster und dachte bei mir: *Was zum Teufel tue ich eigentlich hier?*

Unglücklicherweise reagierten die Partner der Kanzleiniederlassung in Los Angeles ganz ähnlich.

Jonathan Seeder begrüßte uns ebenso beleidigt wie förmlich.

»Melinda, Willa. Sie hätten uns mitteilen sollen, daß Sie kommen, damit wir ein Zimmer für Sie hätten reservieren können.« Oder besser gesagt, Ihnen Ihr Vorhaben hätten ausreden können.

Auf dem Flughafen hatte ich eine halbe Stunde damit verbracht, Melinda dabei zu beobachten, wie sie mit Lockenstab, Wimperntusche und Puderquaste herumhantierte. Die orangefarben bemalten Wangen und die beschmierten Augenlider ließen sie keineswegs hübscher aussehen, aber sie paßte dadurch besser zu L.A. Sie hatte sogar das Nadelstreifenkostüm gegen eines aus cremefarbener Seide eingetauscht und mit einer grauen Bluse und hochhackigen Schuhen kombiniert.

»In Anbetracht der Situation hielten wir es für das beste, persönlich mit Ihnen über die Angelegenheit zu sprechen.« Mit einem Lip-Gloss-Lächeln nahm sie ihren Worten die Förmlichkeit.

Seeder, der unter seinem taupefarbenen Anzug eine Weste von der Farbe eines Stopschildes trug, strich sich die dünner werdenden Locken zurück. Wir befanden uns in einem Konferenzzimmer von der Größe eines Ballsaals und saßen an einem Tisch, der so groß war, daß man ihn hatte aufstellen lassen, als sich das Gebäude noch im Bau befand (das jedenfalls hatte Sean Kowalski uns erzählt). Deckenhohe Glaswände gaben den Blick auf L.A. im Zwielicht frei, die Lichter blinkten durch braune Smogstreifen zu uns empor.

Seeder lächelte Melinda an, doch seine Augen blickten weiterhin kalt und unfreundlich. Ich dachte an das gemeinsame Dinner am Tag meines Vorstellungsgesprächs. Seeders enthusiastische Lobeshymne auf LeVoq als »Regenmacher«. Die gegnerischen Fronten waren schon vor langer Zeit abgesteckt worden: LeVoq auf der einen Seite, Melinda auf der anderen. Und LeVoqs Tod hatte Seeders Loyalität nicht verändert.

Mit wehmütiger Stimme und einem Lächeln, das in Stein gemeißelt zu sein schien, begann er, New Yorks »schnelle Demontage« der Zweigstelle in San Francisco zu rechtfertigen.

Melinda unterbrach ihn. »Ja, wir verstehen Ihre Überlegungen. Aber es ist eine Sache, ein leckes Schiff sinken zu lassen, und eine andere, die Crew mit ihm untergehen zu lassen. Ich werde für einen Skandal erster Güte sorgen, wenn Sie uns hier nicht übernehmen, Jon. Die Anwaltskammer wird glauben –« Sie leckte sich über die wächsernen Lippen und blinzelte ein paarmal. Vielleicht wurde sie ja gerade vom Zorn übermannt. Oder vielleicht wartete sie auch darauf, daß Seeder uns sein Vertrauen aussprach, obwohl er es gar nicht empfand.

»Sie wissen, daß wir Sie nicht für eines dieser unglückseligen ... Vorkommnisse verantwortlich machen.« Mit dem Finger fuhr er über eine der schwarzen Adern in der Marmorplatte des Tisches. »Wir haben sogar noch heute morgen darüber gesprochen, und in unseren Augen sind Sie beide genauso Opfer wie –« Er hielt inne, bevor er ihre Namen aussprach. »Genauso wie die Kanzlei selbst.«

Melinda berührte ihre geröteten Wangen, als ob sie sich ihrer plötzlich schämte. »Die Sache ist doch die: Die Firma kann es sich nicht leisten, als Arbeitgeber dazustehen, der seinen eigenen Leuten den Rücken kehrt. Der – bildlich gesprochen – die Leinen kappt, wenn sie in Not sind.«

Das steinerne Lächeln begann zu bröckeln. »Wir nahmen an, daß Sie in San Francisco bleiben wollten, und wir würden natürlich eine großzügige Abfindung –«

»Wenn wir in San Francisco bleiben, wird die Anwaltskammer das als Vertrauensdefizit auffassen. Ein Mangel an Vertrauen Ihrerseits, weil Sie uns nicht übernehmen – wahrscheinlich aber noch eher unsererseits, weil wir nach der vielen Negativ-Publicity für die Firma nicht geblieben sind. Und das gilt ganz besonders nach diesem Artikel im *American Lawyer.*«

Melinda wartete, bis die Erkenntnis auf Seeders fülligem Gesicht dämmerte. Dann fügte sie hinzu: »Wailes, Roth etc. kann es sich nicht leisten, noch mehr Anwälte zu verlieren, Jon. Willa und ich sind hergekommen, um

Ihnen mitzuteilen, daß wir bereit sind, nach Los Angeles zu ziehen – sozusagen als öffentlicher Ausdruck unserer Loyalität der Firma gegenüber.«

Seeder warf mir einen offensichtlich bestürzten Blick zu. Und ich sagte tapfer: »Ich bekäme regelrecht Schuldgefühle, wenn ich in San Francisco bliebe!«

Kapitel 31

Melinda verschwand in der Höhle des Löwen, während ich von Sean Kowalski umgarnt wurde.

Er murmelte etwas von Mondenschein in Malibu, den hellen Lichtern der Nacht, den Sternen und dem Glanz der Stadt, der tagsüber verblaßte. Mit seinem fleischigen Arm stützte er sich an der Wand vor mir ab. Dadurch nagelte er mich quasi an der Leinentapete fest, und ich fragte mich, warum ich ihn nicht attraktiv fand. In meinem ganzen Leben hatte ich mich noch nie in einen Mann verliebt, der auf konventionelle Weise gutaussehend war.

»Haben Sie jemals mit einem Mann namens Bud Hopper gesprochen?« Hopper ging mir nicht mehr aus dem Sinn, und da es keine Chance für mich gab, gleichzeitig die Höflichkeit zu wahren und unter Kowalskis Arm wegzutauchen, konnte ich ihn genausogut direkt fragen.

Kowalskis lüsternes Grinsen schwand. Er stieß sich von der Wand ab und machte einen Schritt nach hinten. »Sie haben doch schon im Mariposa nach Hopper gefragt.«

»Er hat mir diesen Job verschafft, aber ich habe bislang noch niemanden getroffen, der ihn leibhaftig kennt.« Ich fuhr mir mit den Fingern durchs Haar. Kowalskis Gesichtsausdruck verriet mir, daß er seinen eigenen Locken so etwas niemals angetan hätte.

»Ich dachte –« Unter seinen goldenen Brauen machte sich eine leichte Rötung bemerkbar. »Hat William Mott denn nicht ...«

»Nein. Wenigstens sagte er mir, daß er nie selbst mit Hopper gesprochen hat.«

»Ich weiß nicht. Ich habe nur gehört, daß Mott sich für Sie eingesetzt hat ... nachdem Bob ...«

Wahrscheinlich erwartete Kowalski nun eine dankbare Lobeshymne meinerseits. Er sah leicht angewidert aus, als ich gleich wieder auf mein Steckenpferd kletterte. »Hat er auf Hoppers Empfehlung dafür gesorgt, daß die Firma mich beschäftigte?«

Kowalski blickte sich um, bereit, der erstbesten Frau nachzurennen, die ihm über dem Weg lief. »Ich glaube, das hat mit dazu beigetragen.«

»Aber er sagte doch, daß er nie persönlich mit Hopper gesprochen habe. Es muß jemand aus L.A. gewesen sein. Möglicherweise jemand in einer noch höheren Position. Jemand, dessen Urteil er vertraute.« Milward Kael?

Kowalski nahm den glasigen Blick an, den manche Menschen bekommen, wenn sie mit Spinnern reden. Trotzdem sprach ich weiter.

»Er hätte Hoppers Empfehlung wohl kaum soviel Wert beigemessen, wenn er der Hausmeister gewesen wäre. Verstehen Sie? Einmal hatte er sie von Thomas Spender gehört, als ich eingestellt wurde. Aber später, bevor wir im Domizil waren –«

Kowalski trat langsam den Rückzug an, wobei er lächelte und sein blitzendes Gebiß zeigte. »Rufen Sie mich doch mal an, wenn Sie das nächste Mal hier unten sind, Willa. Dann machen wir einen Ausflug über den Pacific Coast Highway.«

Da ich nichts weiter vorhatte, ging ich in die Anwaltslounge (wo doch tatsächlich beide Ski-Langlauf-Maschinen mit Beschlag belegt waren). Die Unterhaltung brach abrupt ab, als ich eintrat. Neugierige Augen betrachteten prüfend mein Wollkostüm und meine provinzielle, nicht gestylte Frisur, die mich eindeutig als aus San Francisco stammend auswies.

Auf einer weißen Ledercouch saß die Frau, die ich bereits beim Dinner am Tag meines Vorstellungsgesprächs kennengelernt hatte. Sie klopfte neben sich auf das Kissen und sagte: »Sie kommen gerade rechtzeitig zur Happy Hour.« Hinter dem japanischen Schirm erklang das Klikkern von Eiswürfeln in einem leeren Glas. »Ich habe gehört, daß Sie sich hierher versetzen lassen wollen.«

In den Ohrensesseln, die ihr gegenüber standen, saßen ein engelhaft aussehender junger Mann und eine auf elegante Weise verschrumpelte ältere Frau. Sie wechselten einen Blick.

»Ja.« Ich setzte mich in die Nähe der Fensterwand. Draußen sah man kleine beleuchtete Rechtecke in rechteckigen Bauten. Nicht wie in San Francisco, wo auf den Hügeln seltsame Nachtschatten und jede Menge eigenwillig verstreute Lichter dahinzuwogen schienen. »Zumindest hoffe ich, daß es klappt.«

Ein Mann in Uniform, hübsch genug, um in einer Talk-Show aufzutreten, brachte auf einem Tablett ein paar Margaritas und Perriers herein. Ich nahm einen Margarita. Er schmeckte wie salziges Peroxyd.

»Die Polizei war hier«, sagte die Frau vorsichtig. »Die ganze Sache tut uns so wahnsinnig leid. Wenn wir irgend etwas tun können. Melinda ist sicher ...« Sie schüttelte den Kopf.

Ich stellte den Drink auf einem kleinen Marmorblock ab. »Sie verhält sich äußerst professionell. Das ist wahrscheinlich die beste Methode, um damit fertig zu werden.«

Der junge Mann im Ohrensessel erhob sich und ging zu den beiden Ski-Langläufern hinüber. Sie sahen zum Brüllen aus, wie ihre in Designeranzügen steckenden Gliedmaßen auf den Schienen hin und herglitten. Die ältere Frau sagte: »Ich bin Kathy Sim.«

»Willa Jansson.«

Sie nickte kurz. Also wußte sie, wer ich war.

»Sie müssen Carey entschuldigen«, sagte die jüngere Frau leise. »Er hat heute erfahren, daß er nicht zum Partner befördert wird.«

»Diese Kanzlei ist so verdammt kopflastig«, klagte die ältere Frau. »Vierundfünfzig Prozent Partner. Ich frage mich, ob überhaupt noch einer von uns es schaffen wird, wenn die Zeit gekommen ist.«

Die jüngere zog die Augenbrauen hoch und nickte nachdenklich. »Carey verläßt uns. Hat ja auch keinen Zweck, hier ein lebenslängliches Dasein als Drohne zu fristen!«

»Sie hätten ihn im letzten Jahr vorwarnen sollen! Nach der Probeabstimmung!«

Ich dachte an das, was Melinda mir gesagt hatte. »Man hat mir gesagt, daß sie nächste Woche abermals abstimmen.«

»Sie haben es wegen des Golfturniers vorverlegt.«

»Haben Sie denn über ... jeden abgestimmt?«

Die Frau nickte düster. Die Augen unter den blau bestäubten Lidern sagten mir alles, was ich wissen wollte.

»Also ist dieses Jahr niemand Partner geworden?«

»Niemand«, bestätigte sie.

Ich nahm meinen Margarita zur Hand. Es war zwar kein Rauschgift, aber immerhin besser als gar nichts.

Bevor ich aus der Lounge hinauswankte, trank ich noch zwei weitere Gläser.

Melinda konferierte noch immer mit Jonathan Seeder und Milward Kael, als einer der Skifahrer mich auf die Straße hinunterführte und mir den Weg zum Bonaventure Hotel wies. Die Firma, so sagte er mir, brachte Besucher immer dort unter.

Kapitel 32

Meine Suite war größer als meine Wohnung. Es befanden sich zwei Fernseher, eine Jacuzzi-Badewanne, eine Bar und ein Minikühlschrank voller Designerschokolade darin. Ich ließ mich auf das riesige Bett plumpsen und sah zu, wie Sylvester Stallone Vietnam zurückeroberte. Dann machte ich kurzen Prozeß mit dem Tablett vom Zimmerservice und rauchte einen der beiden Joints, die ich mir vor der Abreise noch schnell in die Tasche gestopft hatte. Ich wollte einfach nicht über William Mott oder Bob LeVoq oder sogar über Julian Warneke nachdenken, und in Anbetracht dessen, was ich hinter mir hatte, fühlte ich mich gut.

Es sollte nicht allzu lange dauern.

Jemand pochte an meine Tür. Ich schaltete den Fernseher aus und fand Melinda auf dem Flur. Sie war scheinbar kurz davor, die Tür einzutreten. Ihr lockenstab-gestylter Pony war zu einer schlaffen Parodie der in L.A. üblichen Frisuren zusammengefallen, ihr Seidenkostüm war verknittert und ihr Make-up-Experiment reichlich verschmiert. Und was noch auffälliger war: Sie sah wütend aus. Sie war ganz weiß um die Nase, zwischen ihren Augenbrauen verliefen schmerzhaft aussehende rote Striemen, und sie hatte die Schultern bis zu den Ohren hochgezogen. Unwillkürlich trat ich einen Schritt zurück.

»Ich gehe zur Polizei!« stieß sie zwischen zusammengebissenen Zähnen hervor. »Sollen sie doch zur *Hölle* fahren! Mit *mir* stand und fiel diese Kanzlei! LeVoq war ein fauler, abscheulicher Schurke, und Aasgar hat alles den Babyanwälten aufgehalst – und *mich* damit beauftragt, sie zu beaufsichtigen! Ein *Regenmacher!* Diese Firma braucht keinen Regenmacher! Sie braucht niemanden, der Klienten akquiriert – sie braucht jemanden, der die Klienten, die wir haben, *bei der Stange hält!* Sie braucht jemanden, der die verdammte Arbeit tut und die verdammten Fälle gewinnt! Was glauben die denn, wie lange CBT geblieben wäre, wenn wir nicht deren Prozesse gewonnen hätten?« Ihr Kopf schien auf ihrem kurzen Hals vor Wut zu zittern. »Mitarbeiter auf Lebenszeit! Das ist die Belohnung, die ich hier jetzt kriege! Nun – ich gebe ihnen noch eine Chance! Und das war's dann! Ich habe es ihnen gesagt: nächste Woche. Nächste Woche kehre ich als Partnerin nach L.A. zurück, oder ich gehe mit ein paar *Fakten* zum *American Lawyer!*«

Ein Paar in identischen Jogginganzügen aus Velours stieg aus dem Aufzug und starrte uns an. Die beiden trugen Päckchen, die sie offensichtlich im dreistöckigen Einkaufszentrum des Hotels erstanden hatten. Ich versuchte, Melinda ins Zimmer zu ziehen.

Sie schüttelte meinen Arm ab. »Unser Flug geht um acht Uhr morgen früh. Ich habe gerade die Polizei in San Francisco angerufen. Sie haben gesagt, wir können wieder ins Büro. Ich will unsere Akten sortieren und hierher schaffen lassen. Nur noch zusammenpacken, und dann nichts wie weg!«

Einen Augenblick lang wich ihr zorniger Gesichtsausdruck einer schmerzerfüllten Grimasse. Hatte sie diesen alten Republikaner wirklich geliebt?

Sie drehte sich auf dem Absatz herum, stieß beinahe mit den beiden in Velours zusammen und marschierte dann den Flur hinab.

Ich verschloß und verriegelte meine Tür, schaltete den Fernseher wieder an und rauchte den anderen Joint. In den Elf-Uhr-Nachrichten aus L.A. brachten sie einen Bericht über William Mott. Yale – Abschlußjahrgang '56, Assistent von Richter Frankfurter am Obersten Gerichtshof, fünf Jahre im Justizministerium und zwanzig weitere bei Wailes, Roth etc. Er sollte sogar als Richter an den Bundesgerichtshof berufen werden.

Plötzlich erschien eine junge Frau im Trenchcoat auf dem Bildschirm. In der einen Hand hielt sie ein Mikrofon, mit der anderen strich sie sich das windgepeitschte Haar aus dem Gesicht. Sie stand vor meinem Wohnhaus. »Möglicherweise ist es nicht mehr als nur ein merkwürdiger Zufall«, informierte sie die Kamera, »aber die Anwältin Willa Jansson, die bereits bei zwei weiteren Serienmorden unter Verdacht stand, ist –« Ich schaltete auf lautlos. Gott sei gepriesen für die Erfindung der Fernbedienung.

Ich stand auf und näherte mich dem Bildschirm. Da war es also, mein Zuhause. Ein verwittertes kleines Reihenhaus in einer von Straßenbahnschienen durchzogenen Straße. Als ich es jetzt so auf dem Bildschirm sah – ohne die Wohltat dieses Hier-kann-ich-mich-endlich-entspannen-Gefühls –, wurde mir klar, daß es ziemlich heruntergekommen war. Vielleicht würde ich es ja gar nicht vermissen.

Eines stand fest. Dorthin würde ich morgen keinesfalls zurückkehren, nicht, solange Reporter aus anderen Städten vor meiner Tür herumlungerten. Ich würde Justin und Mandy durchaus noch ein paar weitere Tage ertragen können.

Kapitel 33

Ich *dachte*, daß ich Charlie und Squeaky noch ein paar Tage aushalten könnte. Doch das war, bevor sie mich wie ihr geliebtes, verloren geglaubtes Kind begrüßten.

Justin öffnete die Tür, starrte mich mit offenem Mund an und umarmte mich so heftig, daß nur noch der kameradschaftliche Kuß auf die Wangen fehlte. Einen Augenblick später ließ er mich los und sagte: »Die Polizei hat mich über Sie verhört, aber ich habe ihnen nichts gesagt!« Seine Stimme konnte glauben machen, daß sie beim Verhör Zigaretten auf seinem Arm ausgedrückt hatten.

Ich ging an ihm vorbei und stieß mit dem Fuß meine Einkaufstasche von Macy's in den Flur. »Sie können mit der Polizei ruhig über mich sprechen. Sie wollen nur –«

»Mandy!« Justin unterbrach mich mit einem aufgeregten Schrei. »Mandy! Sie ist wieder da!«

Und plötzlich flog Mandy aus der Küche, ihre Arme ausgestreckt und mit sich bauschenden Kaftan-Ärmeln. Sie umarmte mich ebenfalls, aber im Gegensatz zu Justin klammerte sie sich an mich und brach in Schluchzen aus.

Es wäre gemein gewesen, sie von mir zu stoßen, obwohl ich durchaus den Impuls verspürte. Ich hatte ein paar Nächte woanders verbracht, ja und? Wo hatte Mutter diese Leute nur aufgetrieben?

Schließlich ließ Mandy mich los und tupfte sich mit dem Ärmel die Tränen von ihrem Pferdegesicht. »Wird man Sie einsperren?« Mandy schien erheblich mehr Angst zu haben als ich, obwohl schließlich nicht sie, sondern ich es war, der eine Inhaftierung drohte.

»Wie lange waren Sie im Gefängnis von San Bruno, Mandy?«

Ihr Gesicht schrumpfte zusammen, und ihre Brust hob und senkte sich ein paarmal, bevor sie antwortete: »Siebenundzwanzig Monate.«

Ich war zwei Monate dort gewesen. Zwei Monate klaustrophobischen Wahnsinns. Zwei Monate, in denen ich jede Nacht geweint hatte. In denen ich für meine wöchentliche Besuchsstunde gelebt hatte und am Boden zerstört gewesen war, wenn sie vorüber war.

Siebenundzwanzig Monate. Kein Wunder!

»Sie werden mich nicht einsperren, Mandy, ehrlich. Ich habe nichts getan, wofür ich ins Gefängnis kommen könnte.«

Mandy sah nicht überzeugt aus, aber sie bemühte sich, Frohsinn zur Schau zu tragen. »Ich mache uns das Abendessen«, trällerte sie.

Ich mimte Begeisterung. »Oh, prima!«

Entweder handelte es sich um das Bruststück eines Gürtelreifens oder um gebratenes Dosenfleisch. Justin, ein freundlicherer Mensch als ich, nahm sich etwas davon. Ich sagte Mandy, daß ich auf Diät sei, und sie versprach, mir ein Stück zum Lunch aufzuheben.

Ich spielte mit dem Gedanken, Krisbaum anzurufen und ihm zu sagen, daß ich zurück sei. Aber eine weitere Vorlesung über die Mansonsche Methode, Nähe herzustellen, konnte ich jetzt auch nicht gebrauchen. Das konnte warten bis zum folgenden Morgen.

Kapitel 34

Andrew McNee stand an der Rezeption und stopfte die verwelkten Blumenarrangements in Müllsäcke. »Ich habe die Karten eingesammelt und dem Krankenhaus die frischen Blumen geschickt«, sagte er trocken und deutete auf einen Stapel Grußkarten neben dem Telefon. »Die meisten sind wegen Mr. Mott. Ein paar verspätete wegen Mr. LeVoq. Ich habe auch dafür gesorgt, daß die Anrufe direkt auf den Anrufbeantworter weitergeleitet werden. Ich nehme an, Miss Karastatos wird jeden Klienten persönlich zurückrufen wollen – und zwar zu einem von ihr selbst gewählten Zeitpunkt.«

Ich nickte – etwas überwältigt. McNee – oder vielleicht war es ja auch Krisbaum gewesen – hatte verlangt, daß ein Wachmann in dem Korridor postiert wurde, der unsere Büros vom Rest des zwanzigsten Stockwerks trennte. Dank unseres Zerberus in Blau war das Büro mittlerweile fast leer. Nur noch McNee selbst, der Gerichtstermine absagte, Rhonda, die Akten kopierte, und Melinda und ich, die die Unterlagen in Kisten mit der Aufschrift L.A./ARCHIV oder L.A./OFFENE FÄLLE oder KANZLEI VON C. AASGAR verteilten. Ein Umzugsunternehmen sollte später kommen, um juristische Nachschlagewerke und Büromobiliar fortzuschaffen. Über die notwendigen Fragen hinaus wechselten wir kaum ein Wort miteinander.

Um zwei Uhr brachte Melinda eine große, mit kariertem Tuch verkleidete Thermoskanne und einen Stapel Plastikbecher herein. Sie gab jedem einen Becher und goß uns drei scharf gewürzte Bloody Marys mit nicht zu verachtendem Alkoholgehalt ein. Dann bediente sie sich ebenfalls und stellte die Thermoskanne auf McNees Schreibtisch. Schweigend tranken wir unsere Becher aus. Niemandem fiel ein geeigneter Trinkspruch ein. Sobald wir fertig waren, übergab Melinda McNee und Rhonda jeweils einen Umschlag. Vier Monatsgehälter, erklärte sie feierlich. Und ein kleiner Bonus. Rhonda brach in Tränen aus, doch McNee, welcher der Reaktion seiner Assistentin nichts als Ungeduld entgegenbrachte, drängte sie aus dem Büro.

»Machen Sie weiter und räumen Sie Ihre Schreibtische aus«, sagte Melinda ruhig. Sie trug graue Wollhosen und eine weiße Baumwollbluse: Für ihre Verhältnisse hatte sie wahrscheinlich nie schlampiger ausgesehen. Ihre Augen waren gerötet, und sie mußte sich häufig die Nase putzen, wobei sie jedoch keinmal versäumte, auf ihre Stauballergie hinzuweisen. »Ich bin in Bills Büro und packe seine Sachen, die nach L.A. geschickt werden sollen. LeVoqs Frau kommt auch noch irgendwann vorbei, um seinen persönlichen Besitz in Empfang zu nehmen.« Sie runzelte die Stirn. »Wenn Sie sie mir vom Halse halten könnten, wäre ich Ihnen sehr verbunden.« Schnellen Schrittes verließ sie den Empfangsbereich.

Ich setzte mich auf McNees Schreibtisch und schraubte selbstvergessen den Plastikdeckel auf Melindas Thermoskanne. Der stark tabascohaltige Drink haftete mir immer noch auf der Zunge. Ich erwog, noch einen zu mir zu nehmen, vielleicht würde mich das mit meiner Entscheidung versöhnen. Vier Monatsgehälter und einen Bonus hatte McNee von der Firma erhalten. Bei meinem Gehalt wären das über dreißigtausend Dollar. Zwanzigtausend netto nur dafür, daß ich mich davonmachte. Mehr, als ich in einem ganzen Jahr verdient hatte, als ich noch in den Diensten Julian Warnekes gestanden hatte. Ich konnte Jonathan Seeder glücklich machen, und ich würde nicht in L.A.

leben müssen. Ich konnte irgendwo hingehen – vielleicht nach Jamaika –, bis diese ganze Mordsache vorüber war.

Sicher konnte ich das. Und niemals wieder einen anständigen Job als Anwältin bekommen.

Nun, da die Seifenblase meiner Träumereien zerplatzt war, wanderte ich in die Anwaltslounge. Aber ach, hier wartete kein hübscher Kellner auf mich – nur der Kühlschrank. Ich öffnete ihn und suchte darin nach etwas Eßbarem. Das einzige, was ich fand, war das Sandwich, das Mandy mir aus dem Autoreifen des letzten Abendessens zubereitet hatte. Die Cops hatten den Kühlschrank völlig leergeräumt und nur ein paar schmierige Streifen grauen Puders zum Abnehmen der Fingerabdrücke hinterlassen.

Ich stellte mich ans Fenster und betrachtete den kaltblauen Himmel, die dahinhuschenden Wolkenfetzen und den Coit Tower, der klein und malerisch auf einem entfernten Hügel emporragte. Zwanzig Stockwerke unter mir wogte die Straße im Grau und Blau der Anzüge und Kostüme. Gelegentliche Tupfer in den Designerfarben belebten das Bild. Luftballonsträuße flatterten über Blumenkübel hinweg, und ein Geigenquartett im Smoking beanspruchte ein Stück der Plaza.

Ich brachte es nicht über mich, zum Lunch nach draußen zu gehen, mich in das Getümmel der Straße zu werfen. Es war schwer genug, mich von San Francisco verabschieden zu müssen. Mandys Sandwich schmeckte grauenhaft, trotzdem blieb ich dort stehen und aß es auf.

Plötzlich hörte ich Melindas Stimme hinter mir, die meine Gedanken zusammenfaßte: »Warum mußte all das passieren?«

Ich drehte mich zu ihr um und bemerkte, daß sie die Thermoskanne mit Bloody Mary bei sich hatte. Mandys Sandwich war so trocken, daß es mir in der Kehle steckenblieb. »Ist noch was da?«

Sie runzelte die Stirn, goß den Rest in den Plastikdeckel der Thermoskanne und reichte ihn mir. »Das mit Rhonda und Andrew eben ist mir ziemlich schwergefallen. Was sollte ich ihnen sagen? Prost? Auf unsere Freunde, die nicht bei uns sein können?«

Der Bodensatz schmeckte noch schlimmer als der erste Becher. Fast so schlimm wie Mandys Sandwich. »Haben Sie schon gegessen?«

Sie stellte die Thermoskanne in das kleine Spülbecken. »Ich habe noch den Alkohol, mit dem ich die Marys versetzt habe. Ich werde mein Mittagessen heute in flüssiger Form zu mir nehmen.«

Ich dachte darüber nach, sie um einen Schuß Wodka zu bitten (oder was auch immer dieser Bloody Mary den medizinischen Geschmack gab). Alles war besser als das, was ich gerade trank. Der Tabasco hatte sich am Boden abgesetzt.

»LeVoqs Frau ist hier. Ich ging ins Empfangszimmer, und da saß sie auch schon. Schnüffelte an der Thermoskanne.« Melinda seufzte tief. »Ich hab ihr einen Drink angeboten, aber ich glaube, sie ist nicht gerade in geselliger Stimmung.« Sie warf der Spüle einen düsteren Blick zu. »Wenn sie Fragen oder Probleme hat, wimmeln Sie sie ab, ja? Von mir aus kann sie alles aus LeVoqs Büro mitnehmen, was sie will, einschließlich der Glühbirnen.«

»Okay.«

Wir sahen einander an. »Ich weiß nicht, ob und wie sie es anstellen werden, mich zum Partner zu befördern«, sagte sie hölzern. »Aber als einfache Anwältin werde ich nicht hingehen.«

Ich schluckte noch mehr von dem Tabasco-Drink herunter. Ob sie nun von mir erwartete, daß ich meine Solidarität zu ihr bekundete? Sollte ich ihr versichern, daß ich nicht ohne sie gehen würde?

Ich spürte, wie ich errötete. Meine Bluse klebte an meinem Rücken. Vielleicht war *eine* dieser »Verwicklungen« für Melindas Lebenslauf ja unproblematisch. In meinem jedoch gab es derer drei, und das war absolut tödlich. Für mich hieß es jetzt L.A. oder gar nichts. Und gar nichts war das, was ich am liebsten getan hätte: ein Nichts, von dem ich leben konnte.

Melinda warf mir einen forschenden Blick zu. Ich rieb mir mit der Hand über die Lippen. Sie kribbelten.

Sie stand auf und griff nach dem Türknauf. »All diese Jahre hier. Ich habe eine Klientenbasis geschaffen. Ich habe CBT bei Laune gehalten. L.A. bei Laune. Bobs Arbeit getan. Und einen Großteil von Colins Aufgaben erledigt.« Sie zuckte zusammen und hielt die Hand vor die Augen, als ob das Zimmer plötzlich zu hell wäre. »Es hat sich immer noch nicht für mich ausgezahlt.«

»Sie haben getan, was Sie konnten«, sagte ich lahm.

Sie schloß die Augen und wandte sich ab. Dann glitt sie durch die halboffene Tür hinaus.

»Getan, was Sie konnten.« Ein bitterer Nachruf, wenn es überhaupt einen geben konnte.

Ich spülte Melindas Thermosflasche aus und füllte sie mit Wasser. Mein Mund fühlte sich an, als sei er mit Blasen übersät, und meine Kehle brannte. Angesichts von Mandys Kochkünsten drehte sich mir der Magen. Meine Augen begannen zu tränen. Wie ich mein Glück kannte, würde ich jetzt zu allem Überfluß auch noch krank werden.

Ich durchquerte die Empfangshalle und blieb im Gang zwischen LeVoqs und Motts Büro stehen. Was die beiden Frauen in den Büros ihrer Liebsten wohl taten? Ob sie weinten? LeVoqs Frau war durch die Versicherungssumme nun um eine halbe Million reicher. Ob das für den Verlust eines fröhlichen und bezaubernden Ehemannes, der sich jedoch vorzugsweise als Schürzenjäger betätigte, entschädigte? Und William Mott war auch nicht gerade ein Adonis, aber wichtig für Melindas Karriere, wenn nicht gar für ihr Glück gewesen.

Wo immer ich hinkam, stieß anderen ein Unglück zu.

Ich lehnte mich gegen die Wand und massierte meine Kehle. Ich fühlte mich, als ob ich gerade in eine Jalapeño gebissen hätte. Speichel- und Tränenfluß waren gleichermaßen angeregt. Ich hatte das Gefühl, nicht mehr sprechen zu können.

Und ausgerechnet diesen Augenblick wählte Bob LeVoqs Frau, um aus dem Büro ihres Mannes zu kommen. Sie schleppte eine Ledertasche hinter sich her.

Wieder einmal staunte ich über ihre Ähnlichkeit mit einer zuckersüß aussehenden Barbiepuppe. Mitte Zwanzig, goldene Locken, eine Haut wie ein Weihnachtsengel. Sie sah gequält aus, aber nicht unbedingt traurig. Sie ließ ein erschrockenes Quieken ertönen, als sie hörte, wie ich mich räusperte. Die Ledertasche glitt von ihrer Schulter und auf den Boden.

Verwirrt blickte sie darauf hinunter. »O nein«, murmelte sie und kauerte sich nieder. Mit zitternden Fingern griff sie in die Tasche und nahm ein paar gerahmte Fotografien, die durch Aktendeckel voneinander getrennt waren, heraus. Sie sah sie durch, während sie an ihrer Unterlippe nagte. »Bobs Bilder von den Kindern«, sagte sie angespannt. »Ich will sie aufbewahren. Wenn sie erwachsen sind und ihre eigenen Büros haben –« Zweifelnd blickte sie zu mir empor. Normalerweise stellt man sich wohl kaum Kinderbilder von sich selbst auf den Schreibtisch. Offensichtlich hatte sie die Sache nicht bis zum Ende durchdacht.

Ich streckte eine Hand aus, um ihr aufzuhelfen. Als sie sie ergriff, wäre ich beinahe mit ihr zu Boden gegangen. Ich tat ein paar unsichere Atemzüge und lehnte mich an McNees Schreibtisch.

Sie schien es nicht zu bemerken, sondern sagte: »Bob hatte immer Zeit für die Kinder. Viele Anwälte arbeiten an den Wochenenden, aber Bob hatte immer Zeit. Zum Beispiel, um ihnen das Schwimmen beizubringen. Er hat sich einen Fahrradkarren besorgt und Radtouren mit ihnen gemacht.« Sie rang sich ein Lächeln ab. »Er hat sich immer Zeit für die Kinder genommen.« Zeit, in der er Melinda hätte bei ihren Fällen helfen können. »Er hat sich Zeit genommen, um den Duft der Blumen wahrzunehmen.« Und sie an verschiedene Frauen zu verteilen. Aber wahrscheinlich waren gute Väter seltener als treue Ehemänner.

Sie warf einen Blick auf Bill Motts Bürotür. »Bob pflegte Melinda als Drohne zu bezeichnen. Er sagte, Gewissenhaftigkeit ohne Kreativität sei nutzlos. Und daß Schildkröten das Rennen nur im Märchen gewinnen.«

Vielsagend sah sie mich an, so daß ich mich fragte, ob sie mir etwas mitzuteilen versuchte.

»Bob pflegte zu sagen, daß die Langsamen und Stetigen das Rennen *verlieren*.«

Seine Witwe wiederholte die Worte, als ob sie eine verborgene Botschaft enthielten. »Er sagte, *stetig* sei ein anderes Wort für *dumm*, und das mindeste, das man heutzutage sein müsse, sei *schnell*. Er hat das auch den Kindern beigebracht.«

Wieder blickte sie auf William Motts Bürotür. »Melinda hat das Rennen nicht gewonnen, nicht wahr?«

Sie hievte die Tasche wieder hoch, legte den Riemen über die Schulter und fügte hinzu: »War nett, noch einmal mit Ihnen zu reden.«

Ich wischte mir einen feuchten Schweißfilm von den Wangen. Warum war es in diesem Büro nur so warm? »Danke. Geben Sie auf sich acht.«

Ich sah ihr nach, dann schleppte ich mich in mein Büro.

Schwer atmend ließ ich mich in meinen Ledersessel sinken und drehte ihn so herum, daß ich aus dem Fenster sehen konnte. Eintöniger grauer Smog, das war es, was ich aus meinem Fenster in L.A. sehen würde. Nun, lieber das als eine fensterlose Zelle in irgendeiner Schnürsenkelfabrik. Besser als ein um zwei Drittel verringerter Lohn.

Ich tätschelte das weiche Leder meiner Armstütze und schwor: »Gott ist mein Zeuge, ich will niemals mehr in Kunststoffsesseln sitzen!«

»Oh, das wollen wir doch hoffen!« sagte eine sarkastische Stimme hinter mir.

Ich wirbelte herum. »Inspector Kris –« Ich schluckte ein paarmal. Was stimmte nur mit meiner Kehle nicht?

»Wissen Sie, daß ich nach Ihnen gesucht habe?« Wie immer war Krisbaum die Eleganz in Person, diesmal trug er einen blauen Anzug und ein gestreiftes, apricotfarbenes Hemd.

»Ja. Sie haben Mandy fast zu Tode erschreckt. Sie leidet noch immer unter dem Trauma –« Ich schluckte wieder und trocknete meine Augen und Wangen mit dem Blusenärmel.

Krisbaum wollte gerade eine höhnische Bemerkung machen, wie ich dem glucksenden Laut, den er von sich gab, entnehmen konnte. Aber ich fühlte mich zu schlecht, um ihn auch nur anzusehen. Ich preßte die Handballen gegen die Augen. Sie waren geschwollen, wie bei einer plötzlichen Stirnhöhlenvereiterung, eigentlich noch schlimmer – sie waren fast wie verbrüht.

»He!« Krisbaums Stimme klang scharf. »Was zum Teufel ist los?«

Er kniete neben meinem Sessel nieder und zog mir die Hände vom Gesicht. Meine Augen tränten. »Was ist los?« Er klang wütend.

Ich schüttelte den Kopf. »Ich fühle mich – ich weiß

nicht. Naßgeschwitzt. Als ob ich Chilischoten gegessen hätte.«

»O Gott! Kommen Sie!« Er ergriff meinen Arm und stand auf, wobei er mich ebenfalls auf die Füße zog. »Kommen Sie! Beeilen Sie sich! Wenn Sie laufen können, dann tun Sie's!«

»Laufen? Natürlich kann ich laufen.« Aber als ich es versuchte, fiel ich vornüber. Ich hatte ein Gefühl, als ob jemand eine Fackel in meinem Bauch entzündet hätte.

Ohne viel Federlesens hob Krisbaum mich in die Höhe und stolperte mit mir durch das Büro. Als wir ans Ende des Flurs gelangten, scheuchte er sämtliche Leute aus dem Aufzug und beförderte uns so schnell wie möglich ins Erdgeschoß.

Wie viele große Bürogebäude besaß auch dieses ein kleines Krankenzimmer in der Nähe der Sicherheitsbüros.

Das erste, was Krisbaum zu der Frau in weißer Schwesterntracht sagte, war: »Pumpen Sie ihr den Magen aus!« Er legte mich auf eine gepolsterte, mit Papier verkleidete Bahre.

Die Frau stand auf. Ein Danielle-Steele-Buch rutschte von ihrem Schoß. »Was? Darf ich fragen – was –?«

Er ließ seine Erkennungsmarke blitzen. »Sofort! Wenn Sie nicht wissen, wie Sie es tun sollen, geben Sie mir die nötigen Geräte!«

»Ich weiß, wie es geht«, antwortete sie lammfromm, öffnete einen Schrank und zog den schrecklichsten Apparat heraus, den ich je gesehen hatte.

»Verabreichen Sie ihr Kohletabletten, wenn Sie fertig sind! Richtig viele. Und Sie dürfen auf keinen Fall den Mageninhalt entsorgen! Wo steht das Telefon? Wir brauchen einen Krankenwagen!«

Kapitel 35

Es war Schierling. Und ich mußte zur Beobachtung im Krankenhaus bleiben, was bedeutete, daß eine fröhliche Frau mittleren Alters ungefähr stündlich nach mir sah und mir Blut abzapfte. Wahrscheinlich gab es in diesem Krankenhaus auch Ärzte, aber ich bekam die ganze Zeit über keinen zu Gesicht. Vielleicht war das auch besser so, eine Visite kann nämlich ganz schön teuer werden. (Wenigstens war ich jetzt krankenversichert – zum ersten Mal in meinem Leben.)

Krisbaum war derjenige, der mich informierte, daß ich außer Gefahr war. Weil mein Magen mit einem Sandwich gefüllt gewesen war, hatte mein Körper länger gebraucht, um das Gift zu absorbieren.

Mein Mund und meine Kehle fühlten sich wund an, aber das war teilweise auch auf das Magenauspumpen zurückzuführen. Meine Stirnhöhlen taten noch immer weh, und ich hatte dumpfe Kopfschmerzen. Ich fühlte mich weniger optimistisch als Krisbaum.

»Wollen Sie, daß ich Ihre Familie anrufe?«

»Nein!« Diese Prüfung wollte ich mir nun wirklich ersparen.

»Ich weiß, Sie wollen nicht, daß sie sich Sorgen machen.« Krisbaum veränderte die Position seines massigen Körpers auf dem kleinen Krankenhausstuhl. »Aber sie werden es bestimmt herausfinden –«

»Nicht, bevor ich hier raus bin. Nicht, wenn Sie es ihnen verschweigen.« Ich griff nach dem Teller mit gestoßenem Eis, der auf meinem Nachttisch stand. Die Krankenschwestern gaben mir kein Wasser.

»Daß jemand ihnen davon erzählt, ist nicht das Problem. Sie haben ein Sandwich zu sich genommen, das von Amanda McGuire zubereitet wurde –«

»O nein! Sie werden doch nicht *Mandy* deswegen verhaften?«

»Nun«, sagte Krisbaum vernünftig, »wir haben in Ihrem Magen Schierling gefunden. Und das einzige andere, was Sie heute zu sich genommen haben, waren ein paar Bloody Marys, stimmt's? Von denen, wie Sie sagen, auch einige andere Menschen in Ihrem Büro getrunken haben. Wir können die Drinks als Ursache noch nicht ganz ausschließen – Kelly hat die Thermoskanne ins Labor gegeben –, aber bislang ist von dem Getränk sonst noch niemand umgefallen. Also, wenn der Laborbefund nichts ergibt ...«

Ich sah aus dem Krankenhausfenster. Ein hoch aufragender Generator von der Größe einer Hütte warf soviel Schatten, daß das Nachmittagslicht nicht zu mir hineindrang. »Aber meine Mandy würde mir doch nichts zuleide tun wollen! Sie mag mich!«

Krisbaum blickte skeptisch drein. Es fiel ihm wohl schwer, ausgerechnet *meiner* Einschätzung Glauben zu schenken. »Bislang haben wir niemanden verhaftet. Wir warten zunächst noch auf den Laborbericht und darauf, was die Spurensicherung in Ihrer Anwaltsküche so findet.«

Das heiterte mich zumindest ein bißchen auf. »Vielleicht hat sich ja jemand an dem Sandwich zu schaffen gemacht! Oder auch an der Thermoskanne! Bevor ich zum zweiten Mal getrunken habe.«

»Keine Sorge«, sagte er trocken. »Dieser Gedanke ist uns auch schon gekommen. Sie wissen, weshalb Justin Poat im Gefängnis war, oder?«

»Poat? Oh, ich verstehe. Er hatte Gelegenheit, Schierling

in das Sandwich zu stopfen, während Mandy es zubereitete.« Ich rieb meine schmerzenden Stirnhöhlen. »Schwere Körperverletzung? Haben Sie ihn nicht deshalb eingebuchtet?«

»Wissen Sie, wen er verletzt hat?«

»Eine Bankangestellte. Neulich abend hat er eine Hetzrede über die Kreditpolitik der Bank losgelassen – darüber, daß sie einem Schokoladenkeksladen kein Geld leihen wollten.«

»Er hat eine Frau namens Hannah Crosby angegriffen.«

»Hannah –! Sie ist die Rechtsberaterin der California Bank and Trust!«

»Stimmt! Das ist sie heute. Früher arbeitete sie dort als Kreditberaterin. Vor sieben Jahren versuchte Poat, ihr mit einem Stahlrohr den Kopf zu spalten. Das Rohr war mit Schießpulver gefüllt, es sollte eine Rohrbombe darstellen, aber Poat hat bei der Rezeptur etwas verwechselt. In seinem Geständnis sagte er aus, daß er, nachdem die Bombe nicht losging, die Bankangestellte angriff, weil sie die grausame Mißachtung der Bank repräsentierte – ich habe vergessen, wie er es genau formuliert hat.«

»Hannah Crosby!« Ich setzte mich zu schnell nach vorn und entblößte ein peinliches Stück nackten Rückens unter meinem Krankenhaushemd. »Sie war im Mariposa, als Bob LeVoq – Sie wissen schon.«

Er erhob sich. »Das ist mir bekannt.«

Ich zupfte an dem Hemd herum, bis mein Rücken wieder bedeckt war. »Aber das macht doch keinen Sinn! Warum sollte Poat Menschen in einer Anwaltskanzlei töten, die seinen Feind vertritt – oder was auch immer er in Hannah sieht? Warum tötet er nicht einfach *sie* und läßt es dabei bewenden?«

Krisbaums Augenlid zuckte, und er blickte verdrossen

auf mich herab. »Und Aufgabe der Cops ist es, das rauszukriegen, stimmt's?« Als ich nicht antwortete, wiederholte er drohend: »*Stimmt's?*«

Ich griff erneut nach dem Eis, nur um festzustellen, daß es geschmolzen war. Also mißachtete ich die Anweisungen der Krankenschwester und trank die kalten Überreste auf. »Sie hätten Poat vom Fleck weg verhaftet, wenn er Hannah getötet hätte. Er ist so merkwürdig. Ich frage mich ... vielleicht versucht er sich ja an ihr zu rächen, auf seine eigene, seltsame –« Als ich Krisbaums Gesichtsausdruck sah, korrigierte ich mich: »*Wenn* er es war. Was Sie herausfinden müssen.«

Er rang sich ein zögerndes Lächeln ab. »Wir versuchen, stets zu Diensten zu sein.« Mit einer übertriebenen Verbeugung verschwand er und ließ mich mit meinen Gedanken allein.

Kapitel 36

Ich wachte in der Dämmerung auf und war überrascht, daß ein Inder sich über mein Bett beugte und mir mit schwerem Akzent Worte des Trostes zumurmelte. Erst als er eine Spritze hervorzog, erinnerte ich mich wieder daran, wo ich war. Ich bot meinen Arm dar und machte mir nicht die Mühe, mein Gähnen zu unterdrücken.

Mitten in dem Gähnen, das jedes Nilpferd beschämt hätte, bemerkte ich, daß Don Surgelato in einer dunklen Ecke des Raumes stand. Er wartete darauf, bis die Krankenschwester einen Wattebausch auf meine Armbeuge gedrückt hatte. Dann trat er vor. Er sah zornig aus und drängelte, daß die Schwester den Raum verließ.

Ich setzte mich auf und schluckte. Mein Mund und meine Kehle waren nicht mehr ganz so wund, aber wahrscheinlich sah ich aus, als ob ich gerade der Hölle entronnen wäre. Ich strich mir das Haar aus dem Gesicht und tastete nach dem Schalter, mit dem man den Rückenteil des Bettes hochklappen konnte. Im schwindenden Tageslicht sah ich Surgelato an – lockiges schwarzes Haar, dichte Augenbrauen, gebrochene Nase, Kinn mit Grübchen, ein Anflug von Bartstoppeln. Als das Bett meinen Rücken berührte, dachte ich an die vielen Male, die ich in North Beach herumgelaufen war und mit Männern italienischer Abstammung geliebäugelt hatte. Auch wenn sie nicht besonders gutaussehend waren, besaßen sie doch immerhin das gewisse Etwas. Eigentlich sogar *gerade* dann, wenn sie nicht besonders gut aussahen.

Ich wußte nicht, was ich zu ihm sagen sollte. Er hatte sich von meinem Fall zurückgezogen. Ich ging nach Los

Angeles. Es war vorbei, bevor es hatte beginnen können.

Er nahm einen Stuhl und setzte sich dicht neben mein Bett. »Sind Sie wieder okay?«

»Ja. Mir geht es gut. Haben Sie mit Krisbaum gesprochen? Weiß er – hat das Labor –«

Er sah beleidigt aus. »Über diese ganze Geschichte weiß ich mehr als Danny, das können Sie mir glauben.«

»Lassen Sie mich die Frage noch einmal formulieren: Wissen Sie –«

»Ich habe Dannys Aufzeichnungen abgehört«, sagte er einfach. »Und ich habe angeordnet, daß er mit dieser Scheiße gegen Sie aufhört.«

»Weil jemand versucht hat, mich umzubringen?«

»Weil es Scheiße ist!« Seine Brauen senkten sich so tief herab, daß sie seine Augen verdunkelten.

»Wie nah war ich dran?« Ein Teil von mir verspürte eine morbide Neugierde, der andere Teil wollte es lieber doch nicht wissen. »Wieviel Schierling habe ich zu mir genommen?«

»Genug. Wie nah Sie dran waren – wer weiß das schon? Bei manchen Menschen wirkt er sehr schnell. Andere wiederum verspüren mehrere Stunden lang keine Wirkung. Sie hatten morgens nichts gegessen?«

»Nein.«

Er nickte, sein Verdacht war damit offensichtlich bestätigt worden.

»Lieutenant. Ich weiß nicht, wie schlimm es werden kann, aber ich habe mich schrecklich gefühlt. Es begann etwa eine halbe Stunde, nachdem ich das Sandwich gegessen hatte, und dauerte bis zu dem Zeitpunkt, als Krisbaum in mein Büro kam.«

Er seufzte und rieb sich die Augen. »Innerhalb dieser

Zeitspanne kann der Schierling durchaus tödlich wirken.«

»Aber warum –?« Ich setzte mich nach vorn und zog die Knie an. »Nehmen wir an, es war tatsächlich Poat. Warum? Warum sollte er mich vergiften wollen? Oder William Mott, wo wir schon mal dabei sind?«

»Eine Art Vendetta vielleicht –«

»Gegen eine Kanzlei?«

»Gegen einen ihrer Kunden.«

»Die California Bank and Trust. Ich weiß, Justin hat ein ganz merkwürdiges Verhältnis zu CBT, aber jemanden zu töten, der zu den Beratern gehört? Was für einen Zweck hätte das?«

Surgelato zuckte die Achseln.

»Sie halten Poat für verrückt, nicht wahr? Sie glauben, daß er keinen vernünftigen Grund brauchte.«

»Dieser Eindruck hat sich mir aufgedrängt. Aber ich bin kein Experte.«

Ich spürte, daß mein Rücken kalt wurde, dort, wo mein Krankenhaushemd offen war. Ich schauderte und griff nach hinten, um es zuzuziehen.

Mit einem abwesenden Stirnrunzeln erhob sich Surgelato, um mir zu helfen.

Warm berührte seine Hand meine Haut, als er die Hemdhälften zusammenzog und die Bänder wieder zuzubinden versuchte. Ich blickte zu ihm hinauf. Er beugte sich tiefer zu mir herab.

Und dann erfüllte ein wütender Schrei das Zimmer.

Mutter.

»Willa June! Weißt du eigentlich, was dieser Mann *getan* hat?«

Surgelato machte einen Riesenschritt von mir weg.

»Er hat mir das Krankenhaushemd wieder zugebunden! Was tust du hier, Mutter?«

Sie ließ ihre Plastiktüte fallen, flog zu mir herüber und umarmte mich unter Tränen. Ihr Sweatshirt roch verräuchert und muffig.

Ich murmelte in ihre Schulter: »Ich habe Inspector Krisbaum gebeten, dir nicht zu sagen, daß –«

Sie ließ mich los und starrte mich mit großen Augen an. Einen solch angewiderten Gesichtsausdruck hatte ich noch nie bei ihr gesehen. »Du hast diesen, diesen –«

»Polizisten!«

»– *Faschisten* gebeten, es vor mir zu verheimlichen?« Sie machte eine theatralische Geste, mit der sie mir fast einen Kinnhaken verpaßt hätte. »Was ist mit dir *los*, Willa? Wie kannst du dein Schicksal unter den Schutz dieser Leute stellen? Weißt du denn nicht –«

In ihren Augen schwammen Tränen. Das lose Fleisch unter ihrem Kinn bebte. »Weißt du denn nicht, was dieser Mann uns heute angetan hat?«

»*Dir* angetan hat? Hast du wieder an einer Demonstration teilgenommen –«

Surgelato zog sich wieder in die dunkle Ecke zurück. *Suspendiert Surgelato*. Meine Mutter hatte ein Händchen für eingängige Slogans. Ich fragte mich, ob sie diesen ebenfalls geprägt hatte.

»Er hat die Kommune zerstört!« Sie stand kerzengerade da, mit erhobenem Kopf und blitzenden Augen. Ich hätte mich nicht gewundert, wenn sie auch noch die *Marseillaise* angestimmt hätte.

»Tut mir leid, daß es so weit kommen mußte, Mrs. Jansson. Aber unter diesen Umständen« – Surgelatos Stimme ließ keinen Zweifel daran, daß er den Mordversuch an mir damit meinte – »hielt ich diese Vorsichtsmaßnahme für notwendig.«

»*Vorsichtsmaßnahme!*« schrie Mutter. »Die Kommune war das einzige richtige Zuhause, daß diese beiden unglücklichen, verängstigten Menschen jemals hatten. Und ohne jeden Grund – als *Vorsichtsmaßnahme* – sind Sie hingegangen und –«, sie schluckte ihre Tränen hinunter und gestikulierte wild in der Luft herum, »haben sie auf die Straße gesetzt.«

»Wir haben sie nicht auf die Straße gesetzt. Wir haben sie woanders untergebracht –«

»Ooooh!« heulte sie voll zorniger Verachtung auf. »*So* nennen Sie das also? Eine Mausefalle voller Prostituierter und Drogenabhängiger?« Unter anderen Umständen wäre Mutter für Prostituierte und Drogenabhängige mit Hinweis auf die ihnen angeborene Güte in die Bresche gesprungen.

»Mrs. Jansson!« Zorn. »Sie wurden in einem derjenigen Wohnheime untergebracht, für deren Erhaltung Sie gegen die Universität von Malhousie kämpfen!«

Aber meine Mutter ließ sich nicht beirren. »Ich sage ja nicht, daß Prostituierte kein Recht auf ein Dach über dem Kopf haben. Ich sage, daß dies nicht der richtige Ort für Mandy und Justin ist! Sie brauchen ein *Zuhause!* Sie brauchen einander!«

»Im Augenblick –«, in Surgelatos Stimme grollte der Ärger, »ist es mir gleichgültig, was sie brauchen! In der letzten Zeit gibt es hier in der Gegend einfach ein bißchen zuviel Schierling! Ich will sie nicht mehr in der Nähe haben! Und wenn sie ein Komplott schmieden, dann will ich nicht, daß sie unter ein und demselben Dach leben. Ich möchte sie an einem Ort wissen, an dem wir sie im Auge behalten können.«

Ruckartig fuhr er mit den Händen nach oben, die Handflächen nach innen gerichtet. »Mehr kann man doch wirklich nicht verlangen!« sagte diese Geste. »Wir versuchen, das Leben Ihrer Tochter zu schützen!«

»Erkennst du eigentlich, was dieser Mann tut, Willa?«

Mutter beugte sich näher zu mir herab. Ihr Atem roch nach schwarzen Bohnen. »Er benutzt eine menschliche Begründung, um skrupellose Mittel zu rechtfertigen!«

»Mutter, er hat niemanden verhaftet. Er versucht nur, Vorsichtsmaßnahmen zu ergreifen–«

»*Vorsichtsmaßnahmen!*« Ihre Stimme klang so schrill, daß sie Glas hätte zum Zerspringen bringen können. »Als du bei ihnen eingezogen bist, habe ich gehofft – oh, Baby, hast du sie denn *gar* nicht kennengelernt?«

Baby – es tat weh, wenn sie mich so nannte. »Und ob! Das habe ich! Und sie sind keineswegs die« – ich suchte nach dem richtigen Wort – »die *Unschuldslämmer*, für die du sie hältst, Mutter! Sie sind – ich weiß nicht, ob sie tatsächlich verrückt sind, aber – sie sind auf jeden Fall nicht ganz bei sich!«

Sie straffte die Schultern, ihre Arme fielen herab. Gleichzeitig hörte sie auf zu gestikulieren, was grundsätzlich ein Zeichen tiefer Enttäuschung war. »Natürlich sind sie nicht ganz bei sich, Willa! Ginge dir das nicht genauso, wenn du Jahre im Gefängnis verbracht hättest? Aber seit wann ist das ein Verbrechen? Dieser Mann« – mit blitzenden Augen sah sie Surgelato an – »hat ihnen ihr stabiles soziales Umfeld genommen. Und das nur, weil er nicht über die Fehler hinwegsehen kann, die sie in der Vergangenheit gemacht haben! Und damit entspricht *dieser Mann* genau meinen Erwartungen.« Das *»dieser Mann«* triefte geradezu vor Verachtung. »Von *ihm* ist gar nichts anderes zu erwarten, als daß er dem wahren Selbst eines Menschen gegenüber blind ist! Aber *du!* Willa!« Tränen strömten ihre Wangen hinab. »Früher warst du nicht so herzlos!«

Als ich sah, wie sie wegen meiner Gefühllosigkeit weinte, spürte ich, daß ich mich innerlich von ihr entfernte. Schon einmal hatte sie jemanden mit ihrem Mitgefühl überschüttet, der versucht hatte, mich zu töten – was ihm nur knapp mißlungen war. Würde ihr Herz noch immer für Poat bluten, wenn sich herausstellte, daß er mir den Schierling verabreicht hatte? Auf meinen Lippen formte sich ein Wort, das man nicht in Verbindung mit seiner eigenen Mutter aussprechen sollte. Also preßte ich meinen Mund fest zusammen.

Feindselig starrten wir einander an. Es dauerte ein oder zwei Sekunden, bis ich bemerkte, daß sich die Tür geöffnet hatte.

Ein helles Licht blitzte auf. Während Surgelato auf die Tür zuging, strengte ich meine geblendeten Augen an, um zu erkennen, was hinter meiner Mutter geschah. Drei oder vier Personen standen im Korridor, stellten Scheinwerfer auf und hievten Minikameras auf die Schulter, während sie mit einem uniformierten Polizisten und einer Krankenschwester stritten.

Die Presse hatte mich gefunden.

Noch bevor Surgelato die Tür erreichte, rannte meine Mutter durch das Zimmer und schlüpfte nach draußen. Im Gang klatschte sie in ihre Hände und verkündete: »Ich habe Ihnen eine Mitteilung zu machen!«

Surgelato war offensichtlich verblüfft, während er vom Türrahmen aus beobachtete, wie die Kameras danach lechzten, Mutter ins Bild zu bekommen. Zu spät, sie hier herauszuschaffen. Zu spät, die Reporter fortzuschicken. Alles, was Surgelato jetzt tat, würde wie Nötigung aussehen.

Ich zog die Decke bis zum Kinn hinauf. Wenn ich *sie* sehen konnte, konnten sie mich ebenfalls sehen. Im Zimmer war es zu dunkel, um zu filmen, und Don würde ihr Eintreten zu verhindern wissen. Doch als Individuen konnten sie mich sehen. Ich fühlte mich ihnen ausgeliefert, es war beinahe so, als hätten sie mich verletzt.

Mutter, die Veteranin vieler Medienzusammenkünfte,

stand mitten im Licht zweier Scheinwerfer, den Rücken kerzengerade, den Hals gereckt. Ihre Schultern hoben und senkten sich – sie atmete tief, bemühte sich um Ruhe, um ihr *samma sati*.

»Ich heiße June Jansson«, verkündete sie. »Heute abend ist ein großes Unrecht geschehen –«, es gelang ihr nicht, weiterhin ruhig zu klingen. »Ein *sehr großes* Unrecht! Der Leiter der Mordkommission, Lieutenant Surgelato, hat Richter und Gericht gespielt und es auf sich genommen, zwei junge Menschen ins Verderben zu stürzen!«

Surgelato trat beinahe unwillkürlich einen Schritt nach vorn. Dann wurde ihm klar, daß er sich ins Blickfeld der Kameras bewegt hatte, und er wich schnell wieder ins Krankenzimmer zurück und schloß die Tür hinter sich.

Er lehnte sich gegen die Tür. Im Zimmer war es jetzt fast dunkel, die Dämmerung war der Nacht gewichen. Er war zu weit entfernt, als daß ich sein Gesicht hätte erkennen können.

Meine Mutter stand auf dem Gang und verleumdete ihn. Ich wußte nicht, was ich sagen sollte.

Er sagte auch nichts.

Er wartete noch ein paar Minuten, dann schlüpfte er nach draußen. Meine Mutter sprach nicht mehr, aber die Lichter brannten noch immer. Die Tür stand nicht lang genug offen, ich konnte nicht erkennen, was draußen vor sich ging.

Das Wort, das mir zuvor in den Sinn gekommen war – jetzt sprach ich es aus!

Kapitel 37

Eins hatte Mutter zumindest richtig gemacht. Sie hatte eine Plastiktüte zurückgelassen, in der sich meine Freizeitklamotten und meine People's-Republic-Schuhe befanden. Also zog ich mich an und huschte hinaus. Die Krankenschwester und den uniformierten Polizisten am Ende des Ganges wies ich darauf hin, daß sie mich nicht gegen meinen Willen festhalten konnten. Anschließend unterzeichnete ich einen Stapel Formulare, mit denen ich bestätigte, daß ich für alles, was mir in Folge meiner Selbstentlassung ohne ärztliche Erlaubnis zustieß, die verdammte Verantwortung übernahm.

Ich rief mir ein Taxi, ließ es vor einem Schnapsladen anhalten und sammelte dort ein paar leere Pappkartons ein. Dann nannte ich die Adresse meiner Wohnung. Keine Spur von Reportern. Sie vermuteten mich im Krankenhaus.

Erleichtert trug ich die Kisten nach oben, während ich mich fragte, ob in meinen Schränken wohl irgend etwas Eßbares zu finden sei. Es war schon lange her, seit ich etwas gegessen hatte, und meine letzte Mahlzeit hatte sich leider von mir verabschiedet.

Ich veranlaßte meinen Vermieter, mir die Tür aufzuschließen. Mit gerunzelter Stirn sah er auf die Pappkartons und hätte offensichtlich gerne gefragt, was es damit auf sich hatte. Ich schlüpfte in meine Wohnung, bevor er Gelegenheit dazu hatte.

Im Küchenschrank stand noch eine Dose Maisbrei, die Vater in einer seiner Körnerphasen mitgebracht hatte. Ich aß ihn kalt – ein ekliger Papp.

Dann genehmigte ich mir einen Joint und fing an zu packen, nur meine Kleider und Bücher. Es war mir egal, wenn ich meine schäbigen Möbel und mein zusammengewürfeltes Porzellan nie wieder sah. Ich war fünfunddreißig, und ich besaß nichts außer billiger Garderobe, ein paar staubigen Büchern und einem riesigen Studiendarlehen.

Um elf Uhr war ich fertig. Ich hatte weniger als zwei Stunden gebraucht, um meine weltliche Habe zusammenzupacken.

Ich setzte mich auf eine der Bücherkisten und sah mich im Wohnzimmer um. Spinnen krabbelten über die ausgeräumten Bücherregale. Der Boden war mit Entwürfen alter juristischer Seminararbeiten und Flugblättern mit linken Parolen übersät. Die Luft roch nach muffigen Taschenbüchern. Ich lasse mich verdammt noch mal so schnell nicht aus der Bahn werfen, aber das hier deprimierte mich nun doch.

Ich hängte den Hörer wieder ein und wählte die Nummer von Mutters Kommune des Neubeginns. Keiner ging dran. Surgelatos Männer hatten Justin und Mandy in einem Wohnheim untergebracht – in getrennten Zimmern, versteht sich. Die Kommune stand also leer. Und war ordentlich. Außerdem hatte ich dort noch ein paar Kleider und »mein« Bett mit sauberer Bettwäsche.

Ich rief mir ein Taxi und ließ mich hinbringen.

Nachdem ich mir aufgesperrt hatte, schaltete ich das Licht im Flur ein. Das Haus war kalt. Jemand, vielleicht Surgelato, hatte die Heizung abgedreht. Ich warf einen Blick ins Wohnzimmer. Durch die geöffnete Tür fiel Licht. Das in Schwarz und Grau gehaltene Zimmer mit den billigen Ziertischen und den stilisierten chinesischen Panthern, mit den Fernsehzeitschriften und Sesseln sah aus wie eine alte Szene aus *The Twilight Zone*.

Ein unheimliches Gefühl hatte von mir Besitz ergriffen. Doch ich schüttelte es ab und ging in die Küche. Ich stieß die Tür auf und warf einen Blick in den kleinen, gekachelten Raum. Im Flurlicht sah er modern und behaglich aus, sehr nach Julian Warneke. Ich konnte beinahe das Pfeifen des Teekessels auf dem Ofen hören und seine Nudelmaschine auf dem Tisch sehen, die er auch immer zum Schneiden von Fleisch benutzt hatte. Eigentlich hätte ich wissen können, was mich erwartete, wenn ich das Licht einschaltete.

Große, steakförmige Flecken grauen Puders auf den weißen Fliesen, Abfallreste auf dem Boden, die Tür des Kühlschrankes halb geöffnet. Ich ging hinüber und öffnete ihn ganz. Leer. Ich durchsuchte die Eichenschränke. Billige Teller und Gläser. Auch nicht das winzigste Fitzelchen an Eßbarem.

Die Polizei hatte alles mitgenommen.

Ich sah nach, ob die Hintertür in der Küche geschlossen war, und drehte im Erdgeschoß das Licht aus. Dann ging ich die Treppe hinauf. Mein Mund schmeckte von dem Marihuana nach Gummi, meine Augen waren trocken und brannten. Ich wollte nur noch schlafen.

Auf dem obersten Treppenabsatz blieb ich stehen. In einem der Zimmer brannte Licht. Es fiel durch den dünnen Spalt zwischen Türrahmen und Tür. In dem langgezogenen Lichtstrahl wirbelte Rauch auf. Marihuana. Ich konnte es riechen. Es war »mein« Zimmer. Wahrscheinlich auch mein Marihuana. Ich hatte ein paar Joints zwischen der Matratze und dem Sprungrahmen versteckt.

Ich überlegte, ob ich mich umdrehen und verschwinden sollte. Keinesfalls konnte es ein Wachtposten der Polizei sein. Das hätte meine Mutter in diesem Haus nie zugelassen. Außerdem gab es hier auch nichts mehr zu bewachen. Sämtliche Lebensmittel waren in ein polizeiliches Labor geschafft worden. Mandy und Justin waren in einem billigen Wohnheim untergebracht, ihre Habseligkeiten zweifelsohne ebenso gefilzt worden wie ihre Zimmer. Außerdem würde kein Cop mein Marihuana rauchen.

Leise drehte ich mich um und lief die Treppe wieder hinunter. Wenn der Eindringling gekommen war, um mein Zimmer zu durchsuchen – vielleicht um die Akten in meiner Aktentasche zu lesen –, warum sollte er dann mein Marihuana rauchen? Ich blieb stehen, die Hand auf dem Geländer.

Vielleicht hatte Mutter einen salvadorianischen Flüchtling in diesem Haus untergebracht.

Ich warf einen Blick über die Schulter. Wer immer es war, er konnte nicht die Absicht haben, mir ein Leid anzutun. Er würde kein Marihuana rauchen, wenn es so wäre. Marihuana bewirkt im allgemeinen keine Steigerung der Streitlust.

Andererseits hatte ich auch keine Lust, mich mit einem von Mutters illegalen Schützlingen herumzuschlagen. Ich war nicht sicher, ob ich noch ein paar Brocken Spanisch zusammenbekommen würde.

Es stellte sich heraus, daß die Beherrschung der spanischen Sprache nicht notwendig war. Auf dem Kokosteppich in meinem Zimmer hörte ich Schritte. Ich drehte mich um und sah hoch, um demjenigen, der nun aus der Tür treten würde, ins Gesicht zu blicken.

Sie wurde aufgestoßen, so daß Licht auf den obersten Treppenabsatz und – wenn auch spärlicher – auf die Treppe fiel. Ein Mann trat aus dem Zimmer, in der Hand einen Stapel Schnellhefter. Aus irgendeinem Grund waren es diese Schnellhefter, die ich zuerst bemerkte, dieses Stück Alltagsleben – *meines* Lebens – in der Hand eines anderen.

Er stand da und umklammerte meine Akten, erstarrt in einem rauchigen Lichtstrahl.

Mit seiner wilden Mähne, gekleidet in einen unmodernen und zu großen Anzug, sah Justin Poat ebenso überrascht aus wie ich.

»Ich dachte –«

»Dachten, ich w–wär' nicht mehr da!« Justin hob die Schnellhefter und wedelte mit ihnen wie mit einem gebrochenen Flügel. »Wäre in irgendein verwanztes Hotel gezogen!«

»Sind Sie –?! Ich werde es keinem sagen, aber dürfen Sie überhaupt hier sein? Hat die Polizei Ihnen gestattet zurückzukommen?«

»Die *Polizei?* Wissen Sie, wie man die ›Polizei‹ in Soledad nennt? Ja!« Er näherte sich den Stufen, und seine Stimme wurde lauter. »Ich verstoße gegen meine Bewährung. Sie könnten mich wieder ins Gefängnis schaffen, nur weil ich in dieses Haus zurückgekehrt bin. Nur weil ich jetzt hier mit Ihnen rede! Nur für dies, nur für –« Er schluchzte fast. Immer noch stand er ein Dutzend Stufen über mir und wedelte mit den Schnellheftern herum.

»Ich werde es niemandem sagen!« wiederholte ich und wich um eine weitere Stufe zurück.

»Ja, darin sind Sie gut, im Nichts-sagen! Sie haben mir ja auch nicht gesagt, daß Sie für die Bank die Hure spielen!« Er schleuderte mir die Akten entgegen. Die Ecken trafen mich hart an der Wange, bevor sie über das Geländer flogen.

Ich wandte mich um und stolperte schnell die restlichen Stufen hinunter. Poat schrie jetzt, irgend etwas davon, daß er genug wüßte über mich mit meinen Kostümchen und diesen scheiß-hohen Absätzen. Ich, die ihm gesagt hatte, daß er mit den Cops zusammenarbeiten sollte, und die ich dann bei geschlossener Tür in meinem Zimmer gesessen hätte, als ob ich die Krätze davon bekäme, wenn ich mich mit den Knasties noch länger unterhielte.

Ich erreichte den Flur, bevor ich ihn wie einen Kanonenkugel die Treppe herunterdonnern hörte.

Die Vordertür war zu weit entfernt. Ich wußte, daß ich es nicht schaffen konnte. Also schoß ich ins Wohnzimmer und schlug die Tür hinter mir zu. Dann stemmte ich meinen Körper dagegen. Er drängte mich ein paar Zentimeter zurück, aber ich bekam die Tür wieder zu und wappnete mich für einen weiteren Schlag. Statt dessen hörte ich, wie Poat mit den Füßen scharrte und rasselnd Atem holte.

Er murmelte etwas. Zuerst konnte ich es nicht verstehen. Ich japste nach Luft, mein Herz hämmerte wie verrückt in meiner Brust.

Er lamentierte lauter: »Das Pulver war feucht, sie haben gesagt, daß es feucht war. Ich hätte es versiegeln sollen. Ich wollte schon gar nicht mehr hier sein. Hätte mein Schwanengesang sein sollen. Meine Kundgebung. Ich habe gewartet und gewartet. Dann kommt sie und verspottet mich: Warum ich nicht arbeite? Worauf ich denn warte? Langhaarige Nutte. Ich wollte mit ihr sterben, und sie machte sich über mich lustig. Und blutet noch nicht einmal! Sie blutet noch nicht einmal! Ich habe mir sieben Jahre, einen Monat und sechs verdammte Tage lang vor Angst die Hosen vollgeschissen. Angst zu reden, Angst mich zu bewegen, Angst, mein gottverdammtes Essen zu essen!«

Ich konnte hören, wie er im Flur auf und ab ging. Seit wann wußte er wohl, daß ich für Hannah Crosby gearbeitet hatte, die langhaarige Nutte, die die Unverfrorenheit besessen hatte, noch nicht einmal zu bluten, als er sie mit einer Rohrbombe niederschlug?

Und nun lief er da draußen auf und ab, auf und ab. Ob sein Verfolgungswahn ausreichte, jetzt *mir* die Schuld für alles zu geben? Und mein Sandwich mit Schierling zu garnieren?

Die Schritte hörten auf. Er warf sich erneut gegen die

Tür. Ich war nicht darauf vorbereitet. Der Stoß ließ mich nach hinten taumeln, genau gegen die harte Ecke des Beistelltisches. In dem Bemühen, das Gleichgewicht wiederzuerlangen, berührten meine Finger die Porzellanpanther. Als ich dann doch über den Tisch stürzte, gelang es mir, nach einem der Panther zu greifen und ihn Poat entgegenzuschleudern.

Meine Schulter stieß gegen die Couch, und ich prellte mir das Knie. In dem dunklen Zimmer und bei der Masse aus Gliedmaßen zwischen Tisch und Sofa konnte ich nicht erkennen, wo Poat sich genau befand. Ich stieß den Tisch weg und krabbelte auf die Knie. Der Mann war verrückt, da gab's keinen Zweifel, und wenn er mich schlagen wollte, dann würde er diesmal dafür sorgen, daß sein Opfer blutete.

Ich blinzelte und versuchte, etwas zu erkennen. Er schien neben der Tür zu knien, vornübergebeugt, die Hände am Kopf. Vielleicht war es ein psychotischer Zusammenbruch, Stimmen in seinem Ohr. Vielleicht hatte ich ihn ja auch mit dem Panther getroffen. Es war mir egal.

Ich stand auf, huschte in das ans Wohnzimmer angrenzende Eßzimmer und von dort wieder hinaus in den Flur. Vom Flur aus machte ich, daß ich in die Küche kam.

Während ich mit dem Schloß der Hintertür kämpfte, hörte ich hinter mir Poats schlurfenden Gang und eine Explosion von Flüchen.

Doch bevor Poat mir folgen konnte, war ich draußen und die Hintertreppe hinabgelaufen.

Möglich, daß er mir folgte. Also rannte ich so schnell die Straße entlang, daß ich nichts hörte außer meinem eigenen Keuchen.

Ich wandte mich nicht um, bis ich an einem schicken Austernrestaurant anlangte. Mit einer Hand auf dem Messingknauf warf ich einen Blick zurück. Hohe Bäume raschelten im Wind, eine Katze schlüpfte unter ein Auto. Im Schein der Straßenbeleuchtung war niemand zu sehen.

Ich betrat die Bar und brach auf einer Couch im viktorianischen Stil zusammen. Am anderen Ende saß eine theatralisch herausgeputzte Frau mit toupierten, kinnlangen Haaren. Auf den übrigen Bänken und Barhockern saßen gepflegte Frauen, die sich mit Männern in schwarzer Fliege oder Künstleroutfit unterhielten. Zigarettenrauch mischte sich mit dem medizinischen Geruch von Likör und dem brackigen Geruch der Austern.

»Was darf ich Ihnen bringen?« fragte ein fröhlicher Mann mit Bart.

»Ein Telefonbuch.«

Nicht mehr ganz so fröhlich deutete er auf eine Nische mit einem Telefon.

Gott sei Dank stand Surgelato in den Gelben Seiten, eine schicke Adresse in North Beach. Mit dem Taxi würde ich von hier aus nicht allzu lange brauchen. Ich überlegte nicht lange, was er von meiner Idee halten würde. Ich mußte ihn sehen, und zwar an einem Ort, bei dem es sich weder um ein Krankenhaus noch um eine Polizeiwache handelte.

Kapitel 38

Das Haus gehörte ihm! Ein ganzes Haus in einem Stadtteil, in dem fast alle anderen Bauten in kleine abgeschlossene Apartments aufgeteilt worden waren. Ein dreistöckiges Backsteingebäude an einer Straße mit lauter italienischen Bäckereien und Buchhandlungen, die 24 Stunden am Tag geöffnet hatten. Die Luft duftete nach italienischem Kaffee, gesalzenen Oliven, nach dem Wind, der von der Bucht heraufwehte, und nach dem nächtlichen Verkehr. Die Straßen waren überfüllt – Pelzmäntel, die in Richtung Oper eilten, um sich dort mit Opernsängern zu treffen. Dichter, die in die City Lights Books watschelten, um dort zu philosophieren. Tagungsteilnehmer, die aus zwielichtigen Lokalen wankten. Das war nicht die Menge, die sich am Tage hier tummelte, die Matronen in schwarzen italienischen Strickröcken, die chinesischen Männer in Filzhüten oder die lockenköpfigen Jungen in den Schürzen der Lebensmittelgeschäfte.

Von Surgelatos alabasterfarbenen Stufen aus konnte ich den Washington Square mit den sauberen Bürgersteigen und altmodischen Statuen erkennen, über den sich das Band der Scheinwerfer langsam auf die Bucht zubewegte. Aus den Fenstern im obersten Stockwerk sah man wahrscheinlich die Brücke.

Ich drückte auf die Klingel. Vielleicht würde ich eines Tages auch in einem Haus leben, an dem es nur eine einzige Klingel gab.

Was hatte mir mein Vermieter doch gleich erzählt? Surgelatos Familie besaß eine Bank?

Ich hörte jemanden die Treppe herunterstolpern. An der

Tür machten die Schritte halt. Jetzt wurde ich durch einen Spion beäugt. Mich wunderte, daß ein Lieutenant der Mordkommission nicht weniger ängstlich war.

Doch anscheinend sah ich nicht sehr bedrohlich aus. Surgelato öffnete die Tür.

»Was zum Teufel –« rief er wenig gastfreundlich. »Wer hat Ihnen erlaubt, es zu verlassen?«

»Das Krankenhaus?« Ich spürte, wie ich unbewußt einen Schritt zurückwich. Er hatte doch nicht etwa jemanden losgeschickt, um mich zu verhaften, oder?

Er ergriff meinen Ellbogen und zog mich hinein. »Das Irrenhaus! Was tun Sie hier?«

Wir standen in einem mit Walnußholz verkleideten Atrium, in dem lauter Aquarelle hingen, auf denen die Bucht abgebildet war. Zu meiner Rechten befand sich eine verschlossene Tür, und hinter Surgelato führte eine Treppe nach oben. Messingleuchten tauchten seine Gestalt in ein sanftes Licht, so daß er sogar ziemlich gut aussah.

Außerdem trug er keinen Anzug. Er hatte nicht die richtige Figur für Anzüge, seine Brust war zu breit und seine Beine zu kurz. Jetzt, in Jeans und einem Pullover mit V-Ausschnitt, der die behaarte Brust (Gott sei Dank ohne Goldkettchen) entblößte, gefiel er mir noch besser. Sein drahtiges Haar hing in feuchten Locken herunter – er mußte dringend zum Friseur. Er sah ganz und gar nicht wie ein Lieutenant der Mordkommission aus. Eher wie einer dieser niedlichen Kellner in einem römischen Café.

»Es ist etwas passiert. Ich wollte Sie informieren.«

Surgelato warf einen grimmigen Blick die Treppe hinauf. Im Verlauf seiner Ermittlungen war er mehr als einmal unangemeldet bei mir hereingeplatzt. Ich fand, daß er eigentlich etwas liebenswürdiger hätte sein können.

Dann erschien oben eine Frau. Eine beeindruckend aussehende Brünette mit einer Loretta-Lynn-Frisur und einem eng anliegenden, roten Pullover. »Oh, großartig!« Sie schien ihre Worte die Treppe hinunterzuschleudern. »Wieder so eine Miniaturblondine!« Sie wirbelte herum und verschwand hinter dem Treppenhorizont.

»Christina«, erklärte er bitter. Er schien anzunehmen, daß mir dieser Name etwas sagte.

Ich hatte meine Mutter – und die Umstände bei dem Mord an Julian – für Surgelatos Distanziertheit verantwortlich gemacht. Ältere Ansprüche von einer wütenden Brünetten hatte ich bisher als Ursache wirklich nicht in Betracht gezogen.

»Vielleicht sollte ich lieber Inspector Krisbaum aufsuchen.«

»Nein. Kommen Sie.« Er nahm mich am Arm und führte mich über die mit dickem Teppich ausgelegten Treppenstufen. Solche Teppiche findet man in Mietwohnungen nie.

Oben gelangten wir in ein großes Wohnzimmer mit weißen Wänden und ein paar Sofas und Sesseln, von denen keiner dem anderen glich, weder was den (teuren) Bezug noch was die Farbe anging. Sie waren wie zufällig um unterschiedliche Cocktailtische arrangiert worden. Auch hier hingen Dutzende von Aquarellen an den Wänden, auf denen meist der blaue Himmel und ruhiges blaues Wasser zu sehen war. Die Brünette stand unter einem der größeren und hatte die Arme fest um sich geschlungen.

»Miss Jansson ist aus dienstlichen Gründen hier, Tina.« Surgelatos Stimme klang gefährlich herablassend.

»Danke, mein Herr und Gebieter«, antwortete sie in ironischem Ton und warf mir einen Blick zu.

Zornig fuhr sich Surgelato mit der Hand durchs Haar. Wieder der herablassende Ton: »Ich bringe dich zu deinem Auto.«

»Trägst du mir auch meine Bücher?« Ihre sanfte Stimme war voller sentimentaler Verheißung.

Seinem erbosten Gesicht nach zu urteilen war dem Lieutenant jedoch alles andere als sentimental zumute.

Sie beugte sich über einen Cocktailtisch, nahm ihre Guccitasche hoch und tippte auf einen Bücherstapel. Hardcover-Bücher, wahrscheinlich Lehrwerke.

Surgelato verstand den Hinweis, trat an den Tisch und nahm die Bücher an sich. Als er sich aufrichtete, packte sie ihn am Arm. »Du bestrafst mich für etwas, das ich nicht getan habe!«

Surgelato wandte mir den Rücken zu. »Ich habe dir doch gesagt – es geht nicht darum, daß du irgend etwas *getan* hast!« Er klang verlegen.

Die Wangen der Frau röteten sich, und plötzlich sah sie wunderschön aus. »Es geht darum, was ich *nicht* getan habe. Ich habe meinen Mund nicht gehalten und mich nicht damit begnügt, Hors d'œuvres herumzureichen. Ich bin während der Partys nicht in der Küche verschwunden. Ich habe versucht, deine Freunde kennenzulernen!«

»O Gott!« Energisch ging Surgelato auf die Stufen zu. Er hatte die Augen auf den Teppich gerichtet, als er an mir vorüberkam.

Christina folgte ihm langsam und blieb danach noch einmal stehen, um mich zu betrachten. »Es gab innerhalb der letzten zehn Generationen wohl keine Surgelato-Frau, die sich auf einer Party amüsiert hat. Man betrachtet ein solches Verhalten als undamenhaft und peinlich.«

Sie fischte die Schlüssel aus ihrer Tasche und kam noch näher. Fast hätten sich unsere Nasen berührt. Ihre Augen funkelten, sie schien sich zu amüsieren. »Und Donnie«, schloß sie, »ist sehr leicht in Verlegenheit zu bringen.«

Ich hörte, wie Surgelato von der Treppe her einen Fluch ausstieß. Christina wandte sich von mir ab und folgte ihm. Bevor die Vordertür ins Schloß fiel hörte ich, wie er sagte: »Um Gottes willen, Tina!«

Ich kauerte mich in einen mit Segeltuch überzogenen Sessel und starrte eins der Aquarelle an: ein Boot in der Flaute. Die Arbeit im Morddezernat weckte in einem Menschen sicher den Wunsch nach Ruhe.

Donnie ist sehr leicht in Verlegenheit zu bringen. Eine Marihuana rauchende Mordverdächtige, deren Eltern radikale Aktivisten waren, konnte auf einem Polizeiball durchaus eine Quelle der Verlegenheit sein.

Es war schon ganz gut, daß ich nach L.A. ging.

Ich biß mir auf die Lippen und versetzte mir selbst ein paar Ohrfeigen. Surgelato sollte mich nicht beim Weinen erwischen.

Zehn Minuten später, als er die Treppe heraufgerannt kam, bemühte ich mich immer noch angestrengt, mich zusammenzureißen.

Er kniete vor mir nieder. »Sind Sie sicher, daß es Ihnen gutgeht? Haben Sie mit dem Arzt über mögliche Nebenwirkungen gesprochen?«

»Meine Kehle brennt. Das ist aber auch alles.« Ich setzte mich auf und sah ihn an. Es hatte keinen Zweck, es sich hier allzu bequem zu machen. »Ich bin in Mutters Kommune gefahren, um dort ein paar Sachen abzuholen –«

»Mein Gott! Wieso machen Sie sich denn deshalb auf den Weg durch die halbe Stadt? Und noch dazu in der Nacht? Sie sind doch hier aufgewachsen – halten Sie San Francisco etwa für *sicher?* Ganz besonders in *Ihrem* Fall? Ganz besonders momentan?«

»Ich habe mein Bettzeug eingepackt. Und ich wollte schlafen –«

»Eingepackt –? Warum, um alles in der Welt?«

»Ich ziehe nach L.A.«

Er erhob sich und schüttelte den Kopf. »Sie werden die Stadt nicht verlassen, bis die Sache aufgeklärt ist!«

»Ich kann nicht allzu lange warten. Vielleicht ändern

sie sonst ja ihre Meinung und nehmen mich nicht mehr.«

»Und wer sind ›sie‹?«

»Wailes, Roth etc. in L.A. Wenn ich mich der Versetzung nach L.A. nicht füge, dann sieht das wie ein Mißtrauensvotum ihrerseits aus. Als ob sie mir nicht mehr trauen. Ich werde niemals wieder einen einigermaßen repräsentablen und lukrativen Job kriegen!«

Er rieb sich die Stirn. »L.A.«

»Ich habe keine Wahl!«

»Wenn wir Sie entlasten –«

»Das würde keinen Unterschied machen. Ich muß unter Beweis stellen, daß mein nächster Boß nicht tot umfällt. Wenn ich nicht weiter bei Wailes arbeite, kann ich gleich einen Totenschädel und zwei gekreuzte Knochen auf meinen Lebenslauf drucken!«

Er ließ sich in den nächsten Sessel fallen. »Gut. Das sehe ich ein.« Ich hatte den Eindruck, daß er erleichtert war.

»War das Ihre Exfrau?«

Er nickte.

»Sie haben mir schon einmal von ihr erzählt. Sie sagten, daß sie auf Partys zu liebenswürdig war.«

»Nicht liebenswürdig. Amüsant. Auf meine Kosten.« Er wechselte das Thema. »Sagen Sie ... in der Kommune Ihrer Mutter, ist dort etwas geschehen?«

»Justin Poat war dort.«

»*Was!?*« Er sprang aus seinem Sessel auf und ging zu einem schwarzen Telefon hinüber. »Poat soll sich in der Innenstadt in einem *American Hotel* aufhalten.« Er wählte schnell. »Und wir haben jemanden abgestellt, der das Hotel bewacht, um dafür zu sorgen, daß er auch dort bleibt!« Er sprach in den Hörer. »Surgelato. Willa Jansson sagt, daß sie Poat auf der Filene Street 128 gesehen hat – genau, in der Kommune. Also was zum Teufel ist mit Kelly los?« Schweigen. »Dann seht nach. Und zwar an beiden Orten. Ich werde in Kürze dort sein.«

Er legte auf und wandte sich wieder mir zu. »Was hat Poat getan?«

»Er hat meine Akten durchgesehen. Meine Fälle. Als er mich entdeckte, da – er ist durchgedreht. Er hat angefangen, Jagd auf mich zu machen.« Ich überlegte, ob ich ihm von dem Marihuana erzählen sollte. Normalerweise wirkt es eher beruhigend. Bei meinem Glück war es jedoch kein Wunder, wenn es in diesem Fall Poats Paranoia verstärkt hatte.

»Was genau hat Poat getan?«

»Er hat die Schnellhefter nach mir geworfen – Akten der California Bank and Trust –, dann hat er mich die Treppe hinuntergejagt. Ich rannte ins Wohnzimmer und verschloß die Tür, aber er hat sie eingetreten.« Ich rieb die Stelle an meinem Bein, wo ich gegen den Beistelltisch gestoßen war. »Ich habe eine Figur nach ihm geschmissen und bin dann zur Hintertür hinaus geflüchtet.«

»Was hatte er vor? Was, glauben Sie, wollte er Ihnen antun?«

»Er palaverte vor sich hin: über die Bank, über mich, weil ich für sie arbeite. Ich dachte –« Mein Gott, meine Mutter hätte mich umgebracht, wenn sie gehört hätte, was ich jetzt sagte: »– ich nahm an, er wollte mich niederschlagen.«

»Geben Sie mir ein paar Minuten, um mich umzuziehen. Ich möchte, daß sie mich in die Hall of Justice begleiten.«

Ich stand auf und trat ihm in den Weg, als er an meinem Sessel vorbeiging. »Don?«

Er sah verblüfft aus, weil ich ihn beim Vornamen nannte.

»Es tut mir leid, daß meine Mutter all diese Dinge über Sie gesagt hat.«

Er zuckte die Achseln und wäre weitergegangen, aber ich

legte ihm die Hand auf den Arm. »Ich wünschte, wir könnten darüber reden.«

Er wandte den Blick ab und betrachtete ein Aquarell, auf dem das sonnenbeschienene Meer zu sehen war. »Sie sind Anwältin. Halten Sie das wirklich für eine gute Idee?«

Das Suspendiert-Surgelato-Komitee glaubte, daß er ein anderweitiges Motiv gehabt hatte, Warnekes Mörder zu erschießen. Selbst Krisbaum glaubte, daß Surgelatos Beziehung zu mir ein entscheidender Faktor gewesen war.

Ich zog meine Hand zurück und ließ ihn gehen, damit er sich umziehen konnte.

Kapitel 39

Krisbaum versuchte, sich unbekümmert zu geben. »Also, wie kam es, daß Sie den Lieutenant in seinem Haus aufsuchten?«

Alles hatte sich verflüchtigt: das Marihuana, das Adrenalin, die falschen Hoffnungen auf eine Romanze.

»Hatten Sie unsere Adresse vergessen?«

Und jetzt mußte ich mich Krisbaums merkwürdigem Sinn für Humor stellen.

»Ich bin einfach hingegangen. Ich habe den Impuls nicht analysiert.«

»Sie waren also schon einmal dort, wenn ich Sie recht verstehe?«

Nachdem ich Krisbaum bereits eine Stunde lang angesehen hatte (wir hatten nämlich eine ganze Stunde über Justin Poat, über jede Äußerung und jede Geste gesprochen), juckte es mir in den Fingern, endlich seine Krawatte zurechtzurücken. »Nein. Ich war noch nie dort.«

Er tat überrascht. »Niemals dort gewesen? Aber Don sagte mir ...« Er wartete, ließ den Köder baumeln. Hielt er mich wirklich für so blöd? »Also, wie haben Sie sein Haus gefunden?«

»Ich habe im Telefonbuch nachgeschlagen. Clever, was?«

Wie üblich saßen wir in dem kleinen Verhörzimmer. Krisbaum überprüfte gewissenhaft einige Flecken an der weißen Korkwand, klopfte verschiedene Stellen ab. Rieb sich das Kinn. »Jetzt werde ich ein bißchen persönlich.« Ein lächelnder Blick. »Wenn Sie nichts dagegen haben.«

Wenn er sich für einen besonders raffinierten Überredungskünstler hielt, war er auf dem Holzweg. »Ich *habe* etwas dagegen.«

Er rückte seinen Stuhl um den Tisch, so daß er mir nicht mehr gegenüber, sondern neben mir saß. »Lassen Sie es uns von einem anderen Standpunkt aus betrachten. Lassen Sie es uns einmal so sehen wie der Commissioner.« Er schwieg, um mir Zeit zu geben, das Gesagte voll in mich aufzunehmen. »Nicht, daß er uns im nachhinein öffentlich kritisieren will – noch nicht.«

Ich wartete und gestattete Krisbaum eine weitere bedeutungsschwangere Pause.

»Aber er hat es schon einmal getan, Miss Jansson.«

»Dessen bin ich mir bewußt.« Der Commissioner hatte nach dem Mord an Julian Warneke meine Verhaftung befohlen. Surgelato hatte den Befehl ausgeführt.

»Nun, betrachten Sie es doch einmal so. Wir haben keine Spuren von Schierling in Ihrem Büro gefunden.«

»Haben Sie nicht?«

»Nein, haben wir nicht.«

Ich rieb mir die Augen. »Sagen Sie mir doch bitte geradeheraus, was Sie im Sinn haben. Heute bin ich nicht mehr allzu scharfsinnig.«

»Wissen Sie, wir haben inzwischen Marihuana, das Ihnen gehört, als Beweismaterial gesichert.«

»Das mir gehört?«

»Ja, aus der Kommune Ihrer Mutter. Ich habe angeordnet, daß es mit einem Schild versehen wird, auf dem Ihr Name steht. Das trifft doch zu, nicht wahr? Es ist Ihr Marihuana?«

»Ich habe nicht gesagt, daß es meines ist oder daß es nicht meines ist. Wollen Sie mich jetzt verhaften?«

»Nein. Ich informiere Sie einfach nur darüber, daß dies vor Gericht als Beweis für Ihre mangelnde Unzurechnungsfähigkeit gelten könnte.«

»Wenn Sie mich wegen Mordes verhaften.«

»Ja.«

»Ich habe niemanden umgebracht. Ich bin einfach nur –« Es klang dumm, aber ich glaubte es. »Ich stehe unter einem Fluch. Außerdem, wie erklären Sie die Tatsache, daß ich vergiftet wurde?« Plötzlich blieb mir der Mund offen stehen, und ich starrte ihn an, denn schließlich war der Groschen doch noch gefallen. »Sie glauben, daß ich es freiwillig zu mir genommen habe! Absichtlich! Um Sie von der Spur abzulenken!«

»Ich habe nicht gesagt, daß *ich* das denke.«

»Nun, wenn der Commissioner es denkt, dann ist er –«

»Mein Boß!« Krisbaum wurde rot vor Zorn. »Schauen wir uns die Fakten an: Sie nehmen Schierling zu sich, und zwar während Sie mit mehreren Menschen zusammen sind, so daß Ihr erster Pieps dazu führt, daß man Sie die Treppe herunterschafft, damit Ihnen der Magen ausgepumpt wird. Da könnte *man*« – seine Stimme sagte: *vielleicht sogar ich* – »doch auf den Gedanken kommen, daß die ganze Geschichte inszeniert ist.«

»Dafür müßte *man* ein Idiot sein. Haben Sie das Einwickelpapier von Mandys Sandwich analysiert? Die Tassen, aus denen wir Bloody Mary getrunken haben?«

Krisbaum nickte.

»Melindas Thermoskanne? LeVoqs Frau war allein mit der Thermoskanne in der Empfangshalle –«

»Tomatensaft, Limonensaft, Tabasco und Wodka. Punkt.« Er grinste ironisch. »Und ja, wir haben uns in Mrs. LeVoqs Haus und in Miss Karastatos' Wohnung umgesehen.«

Mir kam ein beunruhigender Gedanke. »Werden Sie meine Wohnung auch durchsuchen?«

»Das tun wir gerade.«

Wie aufs Stichwort klopfte jemand an die Tür. Krisbaum

entschuldigte sich und ließ mich sitzen. Ich stellte mir vor, wie seine Speichellecker in dem Moment meine fix und fertig gepackten Sachen wieder aus den Kisten rissen und durchwühlten.

Krisbaum kehrte in weniger als einer Minute zurück. Er hatte eine kleine Plastiktasche mit Reißverschluß in der Hand, in denen heutzutage das Marihuana geliefert wird. Sie war leer. Aber als er sie vor mich hinwarf, konnte ich einen weißlichen Schmierstreifen und ein paar körnige Klumpen darin entdeckten. Es sah aus wie ein Stück von einer zermatschten Birne ...

»Oh, sagen Sie es nicht! Schierling! Sie haben Schierlingswurzeln in meiner Wohnung gefunden!«

Krisbaum hielt die andere Hand in die Höhe und zeigte mir einen kleinen Kassettenrecorder. Er sprach hinein. »Für das Protokoll. Hier spricht San Francisco Police Inspector Daniel J. Krisbaum. Ich verhöre Willa June Jansson ...«

Ich hörte mir den Rest der Angaben an: meine Adresse, mein Alter, das Datum, die Zeit. Und natürlich meine Rechte. Sie sind verpflichtet, einem die Rechte vorzulesen, wenn bei einer Vernehmung ein dringender Tatverdacht vorliegt – wenn man also nicht mehr einfach gehen kann, nur weil man Lust dazu hat. Ich war zwar nicht festgenommen, das hätte er mir gesagt. Aber der Charakter der Vernehmung hatte sich verändert. Er sammelte jetzt nicht mehr einfach nur Informationen, sondern nahm meine Aussage zu Protokoll, um sie gegen mich zu verwenden.

»Ich habe keine Ahnung, wie das in meine Wohnung gekommen ist. Ich habe sie um elf Uhr heute abend – oder besser gesagt: gestern abend – verlassen und bin seitdem nicht mehr da gewesen. Irgend jemand muß es dort deponiert haben.«

Krisbaum runzelte die Stirn. »Haben Sie jemand Bestimmtes im Sinn?«

Ich sagte es verdammt ungern. »Bud Hopper.«

Krisbaum seufzte.

»Nun, dann eben nicht Hopper, sondern wer sich auch immer bei Thomas Spender und William Mott als Hopper ausgegeben haben mag und mir diesen Job verschafft hat. Es sei denn –« Mit dem Finger zeichnete ich eine Linie in dem Holztisch nach, so lange, bis sie irgendwo ganz abrupt aufhörte.

»Mott hat gesagt, daß er niemals persönlich mit Hopper gesprochen habe. Aber jemand anders muß es getan haben. Oder der Betreffende hat *behauptet,* sich mit Hopper unterhalten zu haben. Und zwar Mott gegenüber!« Ich legte eine Hand über die Augen. Vielleicht beeinträchtigte die Leuchtstoffröhre ja auch meine kombinatorischen Fähigkeiten. »Haben Sie den richtigen Bud Hopper schon gefunden?«

Er lehnte sich auf seinem Stuhl zurück und kaute auf der Innenseite seiner Wange herum. »Ja, das haben wir in der Tat.«

Ich hatte beinahe Angst zu fragen. »Er hat noch nie von mir gehört, nicht wahr?«

Zögernd schüttelte Krisbaum den Kopf.

»Ich wußte es!« Ich spürte, wie mir Tränen der Erleichterung in die Augen schossen. »Ich habe es Ihnen gesagt! Jemand hat seinen Namen und seinen Leumund benutzt, um mir ein Vorstellungsgespräch bei Wailes, Roth etc. zu verschaffen. Jemand hat William Mott gesagt, daß Hopper mich in diesem furchtbaren Domizil treffen wollte. Und Hopper hat noch nie von mir gehört! Ich bin reingelegt worden!«

Krisbaum schnitt eine Grimasse. »Ich will Ihnen mal was sagen, Miss Jansson. Thomas Spender erinnert sich gar nicht mehr daran, warum zum Teufel die Kanzlei Sie eingestellt hat. Er sagt, er bekomme andauernd irgendwelche Empfehlungsschreiben von irgendwelchen Leuten.«

»Aber die Partner in L.A. werden es Ihnen sagen können: Mott und ich haben uns im Domizil darüber unterhalten. Am ersten Abend, beim Abendessen.«

»Wo *Sie* das Thema zur Sprache gebracht haben, wie ich keinen Augenblick bezweifle.«

»Fragen Sie Melinda! Fragen Sie die Partner in L.A.! Ich wäre doch niemals ins Domizil eingeladen worden, wenn der falsche Hopper nicht angerufen hätte und –«

»Ich behaupte ja gar nicht, daß ich Ihnen nicht glaube. Ich frage mich nur, ob es so wichtig ist, wie Sie denken.«

»Ja!« sagte ich im Brustton der Überzeugung. »Jemand kopiert den Mord an Warneke und versucht, mir die Sache in die Schuhe zu schieben!«

»Und was gestern geschah – daß Sie Schierling zu sich genommen haben? Das sieht mir aber nicht so sehr danach aus.«

»Lassen Sie mich darüber nachdenken.«

»Denken Sie auch über folgendes nach, Miss Jansson: Sie sind raffiniert genug, um ein Telefonat zu führen und sich dabei als jemand auszugeben, der Sie gar nicht sind.«

»Warum sollte *ich* denn mir selbst eine Falle stellen wollen?«

Ungeduldig schüttelte er den Kopf. »Nicht um sich selbst eine Falle zu stellen. Sondern um sich einen guten Job zu verschaffen.«

»Und dann, nehme ich an, konnte ich nicht widerstehen und mußte meinen neuen Boß auch einfach umbringen?«

Krisbaum tippte auf das Plastiksäckchen. »Dieser Schierling wurde auf dem herausziehbaren Schneidebrett –«

»Dem was?«

»Dem Schneidebrett! Hölzernes Gerät neben der Spüle, das Sie unter der Arbeitsplatte hervorziehen können. Kleines eingebautes Teil, das man häufig in älteren Küchen findet. Um Brot darauf zu schneiden.«

»Neben meiner Spüle befindet sich ein Schneidebrett?«

»Nun kommen sie!« Er sah wütend aus. Seine Haut rötete sich, und feuchte Flecken bildeten sich auf seiner Stirn. »Wollen Sie mir allen Ernstes erzählen, daß Sie nicht wissen, ob Sie ein Schneidebrett in Ihrer Küche haben?«

»Natürlich weiß ich das nicht. Ich schneide nie etwas. Außer den Beuteln, in denen die Fertiggerichte verpackt sind.«

Er konnte sich gerade noch zurückhalten, die Augen zu verdrehen. »Also, ob Sie nun ein Schneidebrett in Ihrer Küche haben oder nicht, das hier« – er tippte erneut auf das Säckchen – »wurde von dem Schneidebrett in der Filene Street Nummer 128 –«

»In Mutters Kommune!«

»Stimmt genau. Im Labor haben sie's gerade analysiert. Sieht aus, als ob Ihr Sandwich der Übeltäter war.«

»Aber Mandy hätte nie –«

»Amanda McGuire war nicht die einzige Person, die Zugang zu dieser Küche hatte, Miss Jansson.«

Kapitel 40

Während Krisbaum und ich uns über Bud Hopper stritten, drangen zwei uniformierte Polizisten in das Wohnheim ein, in das Justin Poat nach seiner Stippvisite in der Kommune zurückgekehrt war, zerrten ihn aus seinem Bett und stießen ihn den Flur entlang. Als er sich wehrte, droschen sie mit Schlagstöcken auf ihn ein. »Widerstand gegen die Staatsgewalt« reichte aus, um seine Bewährung außer Kraft zu setzen. Außerdem wurde er des Mordes und des versuchten Mordes angeklagt.

Unglücklicherweise erfuhr ich durch meine Mutter davon.

Ich packte gerade die Sachen, die ich am Abend zuvor schon einmal gepackt hatte, erneut in die Kisten. Ich warf die Handtücher hinein, ohne sie zu falten, und die Schuhe, ohne sie einzuwickeln. Nach einer Nacht mit Krisbaum fühlte ich mich hundsmiserabel. Schon um acht Uhr morgens hatte ich einen Anruf von Melinda bekommen, die sich voller Sorge nach meinem Befinden erkundigte. Sie teilte mir mit, daß man ihr Ultimatum in L.A. akzeptiert hatte. Sie wollten, daß wir so bald wie möglich hinunterflogen. Sie hatten sich zudem eine Strategie ausgedacht, wie sie einige der größeren Fälle aus San Francisco behalten konnten.

Juchhu.

Mutter kam, als ich gerade die Bücher wieder einpackte.

Ich saß inmitten einer Staubwolke, als sie meine Tür mit ihrem Schlüssel aufsperrte. Sie machte sich nie die Mühe zu klopfen, die Privatsphäre anderer Menschen respektierte sie lediglich theoretisch.

Dann stand sie vor mir. Sie trug alte, weite Hosen und ihr geblümtes Hemd. Ihre wild flatternden Haare gaben ihr das Aussehen eines Clowns. Mit mißbilligend gerunzelter Stirn blickte sie auf mich hinunter. Selbst John Brown hätte an meiner Stelle vor Angst in die Hose gemacht.

»Willa June! Du hast zwei Leben zerstört! Zwei Kinder Gottes –« Ihre Stimme versagte. Sie war zu zornig, um weiterzusprechen – das war etwas Neues.

»Du sprichst nicht von Mott und LeVoq, oder?« Eine kleine Hoffnung hatte ich schließlich noch. Wenn sie mich für eine Mörderin hielt, konnte ich auf ihr Mitgefühl hoffen.

»Justin Poat kann keiner Fliege was zuleide tun –«

»Er hat versucht, eine Bank und sämtliche Menschen, die sich darin befanden, in die Luft zu sprengen, Mutter!«

»Das ist sieben Jahre her! Und sag mir jetzt nicht, daß sieben Jahre Schuld und Qual keine angemessene Sühne –«

»Ich versuche überhaupt nicht, dir *irgend* etwas zu erzählen!« Ich stand auf und wischte mir die Hände am Jogginganzug ab. »*Ich* habe Poat nämlich nicht verhaftet, weißt du!«

»Du hast etwas viel Schlimmeres getan! Etwas moralisch Schlimmeres! Du hast gegen ihn ausgesagt!«

»Die Polizei hat auf seinem Schneidebrett Schierling gefunden. Außerdem« – ich straffte die Schultern und bereitete mich auf den folgenden Sturm vor – »hat er mich gestern angegriffen.« Würde sie das in ihrem überwältigenden Mitgefühl für Poat überhaupt interessieren?

Mutter schüttelte energisch den Kopf. »Was immer du *glaubst*, was er versucht hat, er hat es *nicht* getan!«

»Woher willst du das wissen? *Du* hast nie mit ihm zusammengewohnt. Der Mann ist völlig plemplem!«

Sie machte einen Schritt auf mich zu. »Willa, hör mir zu – du hast nicht soviel Zeit im Gefängnis verbracht wie ich! Justins Krankheit ist eine Folge seines Gefängnisaufenthaltes! Wie Kopfläuse!«

»Oh, *bitte!* Er hat jemanden mit einer Rohrbombe angegriffen. Und seitdem vielleicht einmal im Jahr eine Stunde bei einem Psychiater verbracht! Und du willst mir erzählen, daß er sich einfach nur – ja was? Anzupassen versucht?«

»Anzupassen versucht. Stimmt genau, Willa! Er ist sieben Jahre lang durch die Hölle gegangen!« Ihre Unterlippe begann zu zittern, ihre Brust hob und senkte sich. »Und jetzt haben sie ihn dorthin zurückgeschickt. Oh, guter, gnadenreicher Gott!« Sie wandte sich von mir ab und bekreuzigte sich wieder und wieder. Sie hatte die Schultern hochgezogen und weinte.

Müde lehnte ich mich an das Bücherregal und beobachtete sie. Irgendwann hatte ich aufgehört, an die angeborene Güte der Justin Poats dieser Welt zu glauben. Ich hatte begonnen, der Polizei zu vertrauen. Es hatte keinen Zweck, wenn ich versuchte, Mutter zu trösten. Die Sache war schlimmer, als sie vermutete.

»Mandy«, hickste sie, »Mandy hatte einen Nervenzusammenbruch.« Sie drehte sich um und wischte sich über die feuchten Augen. »Sie war in der Lobby des Wohnheims und wurde Zeugin, wie sie Justin mit ihren Schlagstöcken malträtierten! Sie wird nie – ich glaube nicht, daß sie je –«

Wenn ich noch weiter von ihr hätte zurückweichen können, hätte ich es getan. Justin hatte mich angegriffen. Ihn mußte ich nicht bemitleiden. Aber bei Mandy lag der Fall anders. Mandy hatte mir Kekse gebacken. Sie hatte jeden Morgen mein Bett gemacht. Hatte diese erbärmlichen Kalenderhandtücher aufgehängt. Mein Gott, die arme Frau.

Mutter schien ihren Vorteil zu wittern. Sie setzte zum

Todesstoß an. »Aber dir ist das egal. Du gehst mit vagen Anklagen zur Gestapo, und was tun die? Sie schlagen einen unschuldigen Mann bewußtlos. Sie zerstören die gefährdete Gesundheit einer Frau, die endlich begonnen hatte –«

Sie schluckte und sah sich in dem Zimmer voller Kisten um. »Du kannst nicht vor dem, was du ihnen angetan hast, davonlaufen, Willa!«

»Ich laufe nicht davon. Ich ziehe nach Los Angeles.«

Die Augen meiner Mutter verengten sich.

»Die Kanzlei in San Francisco hat die Pforten dichtgemacht. Wailes, Roth etc. haben mich nach L.A. versetzt.«

Sie starrte mich an. Ihre Wangen waren feucht. Ihre Brust hob und senkte sich schwer. Aber sie sagte nichts. Das brauchte sie auch gar nicht. Ich wußte, was Wailes, Roth etc. für sie bedeuteten.

Sie ging, ohne mir auf Wiedersehen zu sagen.

Kapitel 41

Es war ein sonniger und windiger Tag. Ich ging in Richtung Haight Street. Auf den Bürgersteigen fuhren Rollerskater. Der Geruch nach feuchter Wiese hing in der Luft.

It was twenty years ago today – heute vor zwanzig Jahren. Die Worte des Beatles-Songs waren in großen Lettern auf den Titelblättern der Zeitungen zu lesen. Der Sommer der Liebe.

Da fiel es nicht schwer, wehmütig an die Vergangenheit zu denken.

High zu sein war toll. Unsafer Sex machte Spaß. Jimi Hendrix und Janis Joplin und Arlo Guthrie waren wunderbar. Die Shows im Avalon Ballroom waren die besten. Aber *Liebe?* So wie mir dieser Sommer in Erinnerung geblieben ist, hieß es nur Männer gegen Frauen, Studenten gegen die Verwaltung, Radikale gegen Liberale, Trotzkisten gegen Radikale, sie gegen uns. In jenem Sommer gab es kaum jemanden, den ich nicht haßte.

Ich schlenderte die Haight Street hinauf. In den vergangenen Jahren waren hier Dutzende neuer Geschäfte entstanden, Ladenlokale waren renoviert worden, auf den Theken der Cafés glänzten Espresso-Maschinen aus Kupfer und Messing, in den Schaufenstern lagen italienische Schuhe, Hardcover-Bestseller, Lebensmittel für Feinschmecker und Hummerbesteck. Ich war etwa hundert Meter von der Privatklinik Haight-Ashbury entfernt, um mich herum lauter elegant gekleidete Menschen. Hier sah es aus wie in Berkeley. Chic, geschäftig, farbenfroh.

Früher umgab einen hier der Patchouligeruch kleiner Ramschläden. Es gab einen ausgeflippten Malzbierladen und jede Menge Buchhandlungen, in denen man nur gebrauchte Bücher bekam. Auf der Straße tummelten sich damals Kinder in Mokassins, und der *Berkeley Barb* wurde durch die Autofenster der Gaffer geworfen. Damals mit fünfzehn, mit neuen Drogen und politischer Energie, hatte es mir noch Spaß gemacht, Erfahrungen zu machen.

Aber jetzt, im Alter von fünfunddreißig, fühlte ich mich entmutigt und müde. So wie die Haight Street jetzt war, paßte sie wohl besser zu mir als damals. Die Menschen sprachen nicht mehr an jeder Straßenecke über Politik, aber sie kabbelten und zankten sich auch nicht darüber, ob Sozialreformen oder ein Generalstreik das Mittel der Wahl waren. Ihre einzige Sorge betraf ihr leibliches Wohl. Und genau das wünschte ich mir auch.

Einem Impuls folgend bog ich um die Ecke. Ein paar Straßen von der Privatklinik entfernt wohnte ein Freund von mir. Als ich Manuel Boyd kennenlernte, arbeitete er noch für ein kleines Boulevardblatt namens *Expreß*. Seine Geschichten über die »Morde in der juristischen Fakultät«, wie sie seinerzeit genannt wurden, hatten ihm einen Posten bei San Franciscos Morgenzeitung eingebracht. Er hatte mir später auch geholfen, die Fäden des Mordes an Julian Warneke zu entwirren, und ich war eigentlich etwas überrascht, daß ich nach Bob LeVoqs Ermordung nichts von ihm gehört hatte.

Manuel war ein alteingesessener Bewohner der Haight Street. Für die »Snobs«, die jetzt in seiner Nachbarschaft wohnten, hatte er nur Spott übrig. Vielleicht würde ein Gespräch mit ihm die alten Zeiten und Empfindungen wieder wachrufen.

Ich betätigte den Klingelknopf und öffnete die Haustür, als jemand aufdrückte.

Aber es stellte sich heraus, daß es Manuels Nachbar war, der mich hereingelassen hatte. Im Laufe der letzten Woche hatte er jeden hereingelassen, der an Manuels Tür klingelte. Er erzählte mir, was er auch allen anderen gesagt hatte: Manuel Boyd war gestorben, an Aids.

Kapitel 42

Mit dem Aufzug fuhr ich in das zwanzigste Stockwerk des Gebäudes an der California Street. Im Flur war kein Polizist zu sehen, der mir den Zugang hätte verwehren können. Mein Schlüssel paßte noch in das Schloß der massiven Tür, auf der ein Messingschild mit der Aufschrift Wailes, Roth, Fotheringham & Beck angebracht war. Es war also nicht ausgewechselt worden.

Im Empfangszimmer stieß ich auf Melinda Karastatos. Sie sah erschrocken aus, beinahe verängstigt, als ich eintrat.

»Oh, Sie sind's!« Sie ließ einen leeren Karton fallen und kam näher, wobei sie mir aufmerksam ins Gesicht sah. »Geht es Ihnen gut? Ich hätte nicht gedacht, daß Sie heute kommen würden. Mit meinem Anruf wollte ich Ihnen einfach nur sagen, daß Sie *so bald wie möglich* kommen sollten, damit wir nach L.A. ziehen können, bevor –«

Sie machte ein pessimistisches Gesicht und runzelte die Stirn. »Aber ich nehme an, daß wir sie verloren haben, egal, was wir tun.«

»Unsere Klienten?«

»World Financial hat heute morgen einen Boten geschickt, um die Akten abholen zu lassen.« Sie hob die Hand, und ihre Finger sahen aus, als halte sie einen Dolch, mit dem sie dem Boten den Todesstoß versetzen wollte. Sie wandte sich ab.

Ich dachte an meine Anhörung von Dekan Grenville. Ich hatte mir soviel Mühe gegeben, damit das Protokoll auch wirklich vollständig war. Und jetzt würde eine andere Kanzlei die Information nutzen, die ich ihm entlockt hatte.

Vielleicht würde sie den Fall sogar damit gewinnen. Durch meine Arbeit konnten sie sich das Wohlwollen des neuen Klienten sichern und die eigene Reputation verbessern.

Ich spürte, wie ich rot vor Zorn wurde. World Financial war *unser* Klient, verdammt – *mein* Klient.

Melinda fuhr in schroffem Ton fort: »Ansonsten ist soweit alles erledigt. Die Akten haben wir kopiert, die Kisten ausgezeichnet. Klienten, die jetzt noch abspringen wollen, werden wohl in L.A. anrufen müssen.«

Ich war nicht sicher, ob ich das Richtige sagte: »Gratuliere, daß Sie zur Partnerin befördert wurden.«

Über die Schulter warf sie mir ein blitzendes Grinsen zu. »Es ist genauso, als ob man herausfindet, daß die Feuersbrunst zwar das Haus zerstört hat, die Juwelen aber unversehrt geblieben sind.« Sie hob die Kiste auf, die sie bei meinem Eintreten fallengelassen hatte. »Kommen Sie doch für ein paar Minuten in mein Büro.«

Ich folgte ihr hinein. Ihr Schrank war leer, überall auf dem Boden lagen stapelweise Bücher. Auf einem der Stapel entdeckte ich William Motts handsignierte Fotografie von Gerald Ford.

Sie ließ sich in ihren Ledersessel sinken und sagte: »Ich hasse L.A. Nicht nur die Stadt, sondern auch die Kanzlei. Die Kanzleipolitik.«

Ich setzte mich ihr gegenüber. »Erzählen Sie mir mehr darüber.«

Sie machte eine unbestimmte Geste in Richtung ihrer Thermoskanne. »Nur Tomatensaft, aber bedienen Sie sich. Offensichtlich ist Milward Kael der Dreh- und Angelpunkt der Kanzlei. Er ist in Ordnung.« Sie schob mir die Thermoskanne hin. »Sensibel, unparteiisch. Gut in der Kundenakquisition. Jonathan Seeder hingegen ist eine Schlange im Gras!« Sie zog die Thermoskanne zu sich heran und goß etwas Saft in eine Tasse. Dann rumorte sie in ihren Schubladen, bis sie eine weitere gefunden hatte, und bediente sich ebenfalls. Sie trank einen Schluck. »Seeder war LeVoqs Mentor – womit schon alles gesagt ist. Er hat LeVoq ein Jahr vor der Zeit zum Partner befördert, damit es überhaupt einen Partner in dieser Kanzlei gab. Und seitdem hat er sich immer wieder für Bob ins Zeug gelegt. Er war entschlossen, jedermann glauben zu machen, daß LeVoq das große weiße Streitroß all seiner Prozesse war.«

»Ja, diesen Eindruck hat er mir auch vermittelt.« Ich berichtete von meinem Vorstellungsgespräch in L.A.

Sie beugte sich nach vorn und nickte. »Ich habe diese ›Regenmacher‹-Scheiße von Seeder ebenfalls zu hören bekommen. Vier Jahre habe ich Bob den Hintern nachgetragen, aber *er* ist immer wieder nach L.A. gegangen und hat die Lorbeeren für meine Arbeit eingeheimst – und den Partnern erzählt, ich verhielte mich aufsässig!« Mit kaltem Zorn betrachtete sie den Inhalt ihrer Kaffeetasse. »Ein ›Regenmacher‹! Ich habe Seeder gesagt – allen habe ich es gesagt –, daß Bob seinen Regen wohl nicht einmal mit Hilfe eines Gartenschlauchs zustande brächte!«

»Und wie haben sie reagiert?«

Ich ließ mich für einen gemütlichen Klatsch nieder, nippte an dem Tomatensaft (ich konnte mich nicht erinnern, jemals so scharfen Tomatensaft getrunken zu haben) und fragte mich, worauf ich mich mit meiner Zustimmung, nach L.A. überzusiedeln, nur eingelassen hatte.

Wir waren gerade dabei, die verschiedenen L.A.-Partner moralisch für tot zu erklären, als ein junger Mann in der offenen Bürotür erschien. Seine schäbigen Jeans und das lange Haar ließen ihn wie einen hungernden Studenten aussehen. »Ist eine von Ihnen Willa June Jansson?«

Willa June. Nur meine Mutter nannte mich so. »Ja.«

Er sah erleichtert aus. »Ich habe ein Paket für Sie. Wollen Sie, daß ich es Ihnen hier hereintrage?«

»Nein. Ich zeige Ihnen, wo Sie es hinbringen können.«

Ich ging mit ihm auf den Flur und wartete, bis er einen zerbeulten Pappkarton hochgehoben hatte. Ich führte ihn in mein Büro, bat ihn, die Kiste auf meinen Schreibtisch zu stellen, und gab ihm nur einen Dollar Trinkgeld, denn ich vertraute darauf, daß Mutter ihm sowieso viel zuviel bezahlt hatte. Das tat sie mit jedem, der ihr einen Dienst erwies.

Als er fort war, löste ich das Leinenband (ihr kamen schließlich keine biologisch nicht abbaubaren Plastikklebebänder ins Haus!) und spähte hinein.

Dann sank ich in meinen Sessel. Zeug aus »meinem« Zimmer im Hause meiner Eltern. Kleider zum Wechseln, Schuhe, eine Haarbürste, ein gebatikter Bettüberwurf, dies und das. Und eine Posterröhre.

Ich zog die Röhre heraus und hatte das Gefühl, heiße Kohlen verschluckt zu haben. Wie konnte sie meine Poster abnehmen? Sie hatten seit zwanzig Jahren an diesen Wänden gehangen. *Twenty years ago today* ...

Mein Gesicht war ganz heiß, und meine Augen wurden feucht. Jetzt hatte sie mich also doch beim Schlafittchen gepackt, na gut.

Das einzig Richtige in jenen Jahren war meine Mutter selbst gewesen. Nein, eigentlich Mutter und Daddy. Intelligent, engagiert. Sie waren für mich da, wenn ich reden wollte, ließen mich in Ruhe, wenn ich high war, und verschafften mir die Antibabypille, als klar war, daß ich sie brauchte.

Ich rollte die Poster auseinander. Zuoberst lag – zweifellos mit Absicht – eines meiner neueren Poster, so ungefähr aus dem Jahre 1971. Den Bildhintergrund bildete ein stilisierter Scheck. In der unteren linken Ecke befand sich das Logo der Bank of America und die Adresse der Isla-Vista-

Zweigstelle. Hinter dem Datum, den Dollars und der Zeile für die Unterschrift war ein Bild: Die Isla-Vista-Zweigstelle stand in Flammen, nachdem radikale Studenten dort eine Bombe gelegt hatten.

Dieses Poster hatte mir meine Mutter als Willkommensgeschenk mitgebracht. Ich bekam es, nachdem ich wegen Erregung öffentlichen Ärgernisses und Widerstandes gegen die Staatsgewalt zwei Monate im Gefängnis von San Bruno verbracht hatte. Mutter bedauerte damals, daß ich den Bombenanschlag nicht miterlebt hatte.

Ich wischte mir die Tränen ab. Wenn sie erreichen wollte, daß ich mich schrecklich fühlte, hatte sie Erfolg gehabt. Meine Kehle brannte, mein Magen revoltierte und meine Stirnhöhlen schmerzten. Das Weinen verstärkte die Leiden von gestern wieder, aber trotzdem konnte ich irgendwie nicht aufhören.

Nachdem ich damals aus dem Gefängnis entlassen worden war, war ich fest entschlossen gewesen, niemals wieder hinter Gitter zu kommen. Ich bedauerte keineswegs, daß ich den Bombenanschlag verpaßt hatte. Tatsächlich hatte ich sogar ganz weiche Knie vor Erleichterung, daß ich nicht dabei gewesen war.

Aber dann – dieses Grab zu verlassen und mich in die Arme meiner Eltern zu flüchten –, meine Mutter wartete mit dem Poster in der einen und einem Bananenbrot in der anderen Hand, mein Vater zitierte Thoreau und vergoß heiße Tränen – das Gefühl der vier Arme, die mich festhielten ...

Ich ließ meinen Kopf auf den Schreibtisch sinken und weinte. Weinte, bis mir hundeelend war.

Ich fühlte mich ganz schwach, als ich mich wieder aufrichtete. Ich begann, die Poster durchzublättern, eigenartige psychedelische Klassiker, die mittlerweile echte Raritäten waren. Big Brother und die Holding Company at the Avalon. The Grateful Dead. The Doors.

Ich wischte mir die Augen mit einem Zipfel des gebatikten Bettüberwurfs und stopfte die Poster in den Karton zurück.

Mir war kotzübel. Ich überlegte, ob ich mir ein Taxi rufen und nach Hause fahren sollte.

Es gab hier nicht mehr allzuviel zu packen – das war der Vorteil, wenn man weniger als einen Monat irgendwo arbeitete. In einer halben Stunde würde ich es geschafft haben. Dann konnte ich diesem Laden für immer den Rükken kehren.

Ich begann mit dem Packen und wandte der Kiste meiner Mutter bewußt den Rücken zu. Ich hatte genug Probleme, auch ohne daß ich mich über meine Mutter aufregte.

Bud Hopper machte mir immer noch Sorgen. Oder besser: die Person, die sich als Hopper ausgegeben hatte.

Ich konnte ja vielleicht noch glauben, daß Justin Poat versucht hatte, mich umzubringen. Er war ebenso verrückt wie schlau genug, um einen anderen Mord zu kopieren. Aber ich bezweifelte, daß er Mott oder LeVoq getötet hatte.

Nein, was immer Krisbaum glauben mochte, der Schlüssel zu dem Fall lag in Bud Hoppers Doppelgänger. Ich war aufgrund einer falschen Empfehlung an einen New Yorker Partner eingestellt worden. William Mott hatte erfahren (von wem?), daß Hopper mich im Domizil treffen wollte. LeVoqs Mörder hatte offensichtlich ganz bewußt Schierling ausgewählt, weil auch mein letzter Chef an einer Schierlingsvergiftung gestorben war. Und die Tatsache, daß LeVoq auf meinem Bett fotografiert worden war, sollte eine Beziehung zwischen uns suggerieren – ein Motiv für den Mord.

Ich wischte mir erneut das Gesicht ab. In diesem Büro war es so verdammt heiß. Mir wurde leicht schwindelig.

Nein, das Bild hatte keineswegs allein die Funktion, eine Beziehung zwischen uns beiden zu suggerieren. Es ließ LeVoq unmoralisch dastehen. Das war ja auch das erste gewesen, was Krisbaum erwähnt hatte.

Viele Leute hätten es begrüßt, wenn LeVoq als unmoralischer Kerl entlarvt worden wäre. Seine betrogene Frau. Vielleicht auch seine Geliebte. Bestimmt aber seine Kollegen.

Ich fragte mich, wer die Zimmer im Mariposa reserviert hatte. Ob es ein sorgfältiges Arrangement oder ein glücklicher Zufall gewesen war, der mich in den exponierten Raum im Erdgeschoß gebracht hatte.

Ich hustete und testete meine Stimme. Der Heulkrampf hatte sie rauh und heiser gemacht.

Ich nahm den Telefonhörer ab und war überrascht, als eine Frau sagte: »Vermittlung.«

»Vermitt–? Ich hätte gern ein Amt.«

»Wir wurden gebeten, all Ihre Anrufe abzufangen, es sei denn, jemand bittet ausdrücklich darum, durchgestellt zu werden.«

»Oh.« Eine sehr vernünftige Entscheidung von Melinda. Keine lästigen Reporter. Keine panischen Klienten. »Ich möchte ein Gespräch nach draußen führen.« Ich hörte ein Klickgeräusch und ein Grunzen. Dann das Freizeichen. »Sie können jetzt wählen.«

Meine Verbindung überlebte sogar ein Gespräch mit der Auskunft. Dort erhielt ich die Nummer des Mariposa und rief an der Rezeption an. Ich mußte zweimal schlucken, bevor ich mich als Mitarbeiterin von Wailes, Roth etc. vorstellen konnte. Ich bat die Dame am Empfang, die Information, die ich brauchte, nachzuschlagen: Wer nahm für unsere Kanzlei die Reservierungen im Mariposa vor? Hatte diese Person beim letzten Mal um irgendwelche speziellen Zimmer gebeten?

In meinem Mund bildete sich viel zuviel Speichel, meine Zunge war geschwollen. Nachwirkungen? War das möglich? Oder ein Rückfall?

Die Empfangsdame war alles andere als kooperativ, aber schließlich konnte ich sie doch überreden nachzusehen. Sie drückte auf den Warteknopf, und ich lauschte einer klebrig-kitschigen Instrumentalversion von »Yesterday«.

Meine Stirnhöhlen begannen zu schmerzen, als ob sie gegen meine Augäpfel drückten. Mir lief die Nase. Mit dem Hörer zwischen Wange und Schultern warf ich noch ein paar Bücher in eine Kiste. Als nächstes würde ich mir ein Taxi rufen, das mich und meine drei Kisten nach Hause fuhr.

Dann meldete sich die Empfangsdame wieder. »Die Reservierungen wurden telefonisch vorgenommen. Wir haben keinerlei Aufzeichnungen vorliegen, wer sie gemacht hat.«

»Kam das Gespräch aus San Francisco oder aus L.A.?«

»Das kann ich nicht mehr feststellen.«

Ich legte auf. Am Ende des Ganges konnte ich Wasser rauschen hören. Ich sah auf das Telefon. Eigentlich wollte ich die Vermittlung nicht noch einmal belästigen. Im Finanzdistrikt fuhren schließlich jede Menge Taxis herum. Ich würde jetzt meine Kisten beschriften, mir auf der Straße ein Taxi heranwinken und irgendeinen hungrigen Studenten suchen, der meine Sachen abholte.

Ich stand auf und blieb ein paar Sekunden mit der Hand auf dem Bauch regungslos stehen. Dann ging ich vorsichtig aus dem Büro. Vielleicht hatte ich ja auch die Grippe. Und das zusammen mit dem Schierling von gestern und dem Streit mit meiner Mutter ...

Ich folgte dem Klang rauschenden Wassers. Melinda war wahrscheinlich in der Kanzleiküche. Ich wollte mich von ihr verabschieden, bevor ich ging. Und ihr sagen, daß ich die Kisten erst einmal hierließ.

Ich fand sie, wie erwartet, vor dem Waschbecken – sie kehrte mir den Rücken zu. Sie war dabei, ihre Thermoskanne auszuspülen. Immer wieder gab sie Wasser und Spülmittel hinein, schüttelte die Flasche und schüttete das Spülwasser aus.

Ich wollte sie gerade ansprechen, als ich die Thermoskanne erkannte.

Vor meinem inneren Auge tauchte ein Bild auf: Melinda, die am Tag zuvor Bloody Marys eingoß. Die mir, eine halbe Stunde bevor Krisbaum gekommen war, einen letzten Drink eingeschenkt hatte. Aus der gleichen Thermoskanne, die sie jetzt spülte.

Melinda hatte zuletzt keinen Drink mehr zu sich genommen. Wenn der Schierling erst nach dem allgemeinen Anstoßen in die Thermoskanne gefüllt worden war …

Aber Krisbaum hatte doch gesagt, daß das Polizeilabor sie überprüft hatte und keine Spur gefunden hatte! Natürlich, das war's, was mich störte! Wenn die Cops Melindas Thermoskanne mitgenommen hatten, wie konnte sie sie jetzt in Händen halten?

Leise trat ich den Rückzug an. Sie *konnte* sie jetzt gar nicht haben. Sie hatte der Polizei ein anderes Exemplar gegeben und die erste irgendwo versteckt. Die, aus der sie mir gerade eben ungewöhnlich scharfen Tomatensaft eingegossen hatte.

Ich massierte meinen brennenden Bauch. Melinda hatte sich selbst ebenfalls davon eingeschenkt, aber sie hatte nur einen winzigen Schluck zu sich genommen. Sie hatte geredet. Es schien die natürlichste Sache der Welt zu sein, daß sie dabei nicht trank.

Und ich hatte ihrem Klatsch voller Interesse gelauscht und die ganze würzige Tasse getrunken.

Ich mußte mich unbedingt zur Krankenstation im untersten Stock schleppen. Meine Kehle brannte. Ich konnte nicht mehr schlucken. Nase und Augen trieften.

Ich wandte mich um und machte ein paar unsichere Schritte. Da hörte ich Melinda rufen. »Willa!«

»Ich muß aufs Klo! Bin gleich wieder da!« sagte ich und legte Tempo zu.

Ich kannte es inzwischen: ihr leidenschaftliches Bestreben, die Kanzlei zusammenzuhalten. Und der Mord an LeVoq war der einzig sichere Weg gewesen. Aber sie hatte es zu spät getan. LeVoq hatte bereits seine und Aasgars Kündigung veranlaßt. Der Kanzleikrieg hatte die Babyanwälte bereits davongejagt.

Dann begann ich, Fragen über Bud Hopper zu stellen, schaute einem geschenkten Gaul ins Maul. Fragte Mott rundheraus, ob er je persönlich mit Hopper gesprochen habe. Ohne daß ich es wußte, hatte ich damit eine Anklage ausgesprochen: Wer immer ihm erzählt hatte, daß Hopper mich im Domizil treffen wollte, hatte gelogen.

Und Mott zählte zwei und zwei zusammen. Melinda steckte hinter »Hoppers« Bitte. Meine Anwesenheit im Domizil machte mich automatisch zur Mordverdächtigen. Und Melinda hatte LeVoq genug gehaßt, um ihn zu töten.

Mott reagierte, indem er Melinda ihren größten Fall entzog. World Financial. Geliebte oder nicht, wenn er sie eines Verbrechens für schuldig hielt, mußte sein erster Impuls darin bestehen, die Firma zu schützen.

Melinda war schlau genug, dieses Verhalten richtig zu interpretieren. Mott hatte also die Wahrheit erraten. Also mußte er ebenfalls sterben.

Und jetzt war ich an der Reihe. Vielleicht hatte der

ursprüngliche Plan darin bestanden, LeVoq zu töten und den Verdacht auf mich oder einen geheimnisvollen Psychopathen zu lenken, der den Warneke-Mord kopierte. Normalerweise hätte es funktionieren müssen: Ich hätte die Firma verlassen, eine Wolke (unbeweisbarer) Verdachtsmomente hinter mir herziehend, und die San-Francisco-Kanzlei wäre gerettet gewesen.

Aber der außerplanmäßige, jedoch (aus ihrer Sicht) unvermeidliche Mord an William Mott hatte die Situation verändert. Dadurch verengte sich der Kreis der Verdächtigen. Es konnte nur jemand aus der Kanzlei sein.

Wenn ich an einer Schierlingsvergiftung starb, würde die Polizei vielleicht glauben, daß es sich um Selbstmord handelte – aus Reue über den Mord. Spuren von Schierling in dem Haus, wo ich wohnte, und das Szenario war perfekt.

Aber auf jeden Fall mußte ich sterben. Solange ich am Leben war, würde die Polizei weiterhin Nachforschungen anstellen. Und das war schlecht fürs Geschäft.

Vielleicht hatte sie sogar schon einen Abschieds- oder Bekennerbrief für mich verfaßt.

Ich versuchte, schneller zu gehen.

Meine Augen tränten so sehr, daß ich kaum sehen konnte. Krisbaum hatte gesagt, daß das Gift bei mir ziemlich schnell wirkte. Und seit dem kalten Maisbrei am vorangegangenen Abend hatte ich nichts mehr gegessen.

»Willa!« Melindas Stimme klang schärfer.

Wenn ich es nur bis in den ersten Stock zur Krankenstation schaffte!

Doch das nächste, was ich sah, war Melinda, die mir den Weg versperrte.

Ich keuchte und taumelte rückwärts.

Sie wußte, daß ich alles erraten hatte. Und sie ließ keinen Zweifel daran, daß ich richtig geraten hatte.

Sie schlug mich nieder.

Kapitel 43

Wenn sie mich jetzt nur noch kurze Zeit am Boden hielt, würde ich nicht mehr auf die Füße kommen, das wußten wir beide.

Sie saß auf mir und drückte meine Schultern zu Boden. Ich versuchte, auf sie einzuschlagen, aber ich bekam die Arme nicht hoch genug, um mich ernsthaft zur Wehr setzen zu können. In meiner Panik knallte ich meine Hand gegen McNees Schreibtisch. Schmerz zuckte meinen Arm hinauf.

Das Atmen fiel mir schwer, und ich hatte hämmernde Kopfschmerzen. Meine Brustmuskeln verspannten sich. Auf welche Weise brachte der Schierling einen um? Warum hatte ich die Schwestern nicht danach gefragt? Lungenlähmung? Ich versuchte, Luft zu holen. Entspann dich, befahl ich mir. Entspann dich. Sie sitzt auf deinem Zwerchfell. Deshalb kannst du nicht atmen.

Ich blinzelte die Tränen fort. Es war, als ob ich auf ein Pfefferkorn gebissen hätte: Ich konnte sie nicht zurückhalten.

Ich sah zu Melinda hinauf. Vielleicht machte sie ja auch einfach nur Spaß. Schließlich waren wir doch Freundinnen, oder?

Ihr Haar war zerzaust und ihr Gesicht sehr weiß. Sie sah verängstigt aus. Sie hatte eine Haarsträhne im Mund, eine andere kitzelte sie an der Nase. Wenn sie meinen Arm losließ, um sie beiseite zu streichen ...

Ich fühlte, wie sie sich versteifte. Ihr Gewicht auf meinem Zwerchfell verstärkte sich. Das Telefon klingelte, in zwei oder drei Metern Entfernung, am äußersten Ende von McNees Schreibtisch. Es klingelte wieder, ein elektronischer Triller. Sie starrte es an. Ich zog meine Knie hoch. Wenn ich sie überraschen könnte ...

Es trillerte wieder. Jemand hatte die Vermittlung gebeten, durchzuläuten.

Melinda saß zu weit oben. Ein Tritt von mir würde sie nicht erreichen. Vielleicht konnte ich sie ja mit meinem Knie von mir stoßen. Überraschung blitzte in ihren Augen auf, als mein Knie ihr ins Kreuz stieß – viel zu sanft.

Das Telefon klingelte immer noch. Wenn ich ihr das Gleichgewicht nehmen und hingelangen konnte ... Erneut versuchte ich, mich aufzusetzen. Meine Arme zu bewegen. Sie abzuschütteln.

Melinda war fast fünfzehn Zentimeter größer als ich und bestimmt zwanzig Kilo schwerer. Aber das war keineswegs der alleinige Grund.

Mein Adrenalin hätte dieses Defizit ausgleichen können.

Sie war ebenso verängstigt wie ich. Ich spürte es an ihrem Griff, erkannte es in ihrem verzerrten Gesicht. Ihr Adrenalin kochte ebenfalls.

Wenn ich mich jetzt von ihr befreite, konnte ich der Welt sagen, daß sie mich zu töten versuchte. Schon zum zweiten Mal. Gestern hatte sie die Überreste der Bloody Mary vergiftet. Sie hatte die verräterische Thermoskanne versteckt und der Polizei eine andere Kanne gegeben.

Dann hörte das Telefon auf zu klingeln. Verdammt. Ich kämpfte nicht mehr, ich bekam kaum noch Luft.

Melindas Griff wurde fester.

Ich versuchte, einmal richtig Atem zu holen. Der Frau, die ich für meine Freundin gehalten hatte, einen scharfen Blick zuzuwerfen.

Ihr Boß hatte begonnen, der Firma ihren wichtigsten Kunden wegzuschnappen und seine eigene Kanzlei zu eröffnen. Vergnügt und unbekümmert zerstörte er das Fundament ihrer Karriere.

Und plötzlich hatten in den Zeitungen alle möglichen Artikel über Schierling gestanden: Wie er aussah, wo man ihn finden konnte, Hinweise zur tödlichen Dosis. Der Mord an Julian Warneke hatte Schierling zu einem heißen Thema gemacht.

Wenn sie Bob LeVoq welchen verabreichte, konnte sie die Kanzlei und ihre hart erarbeitete Karriere retten. Allerdings würde sie nach den jahrelangen Reibereien zwischen ihr und dem Opfer zu den Hauptverdächtigen gehören.

Langsam nahm der Gedanke Gestalt an: Man mußte jemanden von Warneke bei Wailes, Roth etc. einstellen. Die Polizei würde diese Person verdächtigen. Oder sie würde den Mord einem Verrückten anhängen, der – inspiriert durch die Anwesenheit eines Anwalts von Julian Warneke – den Mord an ihm kopierte.

Aber Julians Partner hatten bereits eine neue Arbeit gefunden. So blieb nur ich übrig, ein relativer Neuling von einer nicht allzu renommierten Universität. Ich brauchte also eindrucksvolle Referenzen, um diesen Defekt in meinem Lebenslauf wettzumachen. Man mußte Nachforschungen anstellen: Zum Beispiel jemanden finden, der seinen angesehenen Job aufgeben wollte, um eine neue Stelle fern im Ausland anzutreten – wie in Südafrika. Und man mußte etwas finden, das ich geleistet hatte – mit dem man plausibel machen konnte, daß ich seine Aufmerksamkeit erregt hatte. Mein juristischer Artikel. Die Partner würden vielleicht überprüfen lassen, ob er tatsächlich existierte, aber sie würden sich nicht die Mühe machen, ihn zu lesen.

Dann ein paar Telefonate. Melinda besaß eine tiefe Stimme, fast androgyn. Man mußte sie nur noch ein bißchen tiefer machen, einen leicht snobistisch angehauchten Ton anschlagen, ein paar Washington-D.C.-Anekdoten einfließen lassen – dort war Melinda zur Uni gegangen. Dieser Teil der Show war ihr sicher nicht schwer gefallen. Danach konnte sie offiziell dafür eintreten, daß ich eingestellt wurde. Sie konnte Mott drängen, mich den L.A.-Partnern zu empfehlen. Wie sie schon sagte, die Kanzlei brauchte eine zusätzliche Kraft.

Danach blieb ihr nur noch die Aufgabe, Zeitpunkt und Ort für den Mord an LeVoq auszuwählen. Das Mariposa war ideal – es gab jede Menge Außenseiter, die Gelegenheit haben konnten, ihm Gift zu verabreichen: Klienten, Ehefrauen, Geliebte, Fremde. Und LeVoq hatte zudem den Befehl erhalten, nicht zu kommen – eine Herausforderung, die er niemals ausgeschlagen hätte.

Mich mitzunehmen war vermutlich relativ einfach: Sie mußte Mott nur erzählen, daß Hopper bei irgendeinem Partner eine entsprechende Bitte geäußert hatte. Mott hatte keine Wahl: Er mußte ihr nachkommen. Und wenn ich nicht soviel Wind um ihn gemacht hätte, wer hätte Hopper auch nur die geringste Beachtung geschenkt? Wer hätte seine erfundene Bitte mit dem Mord an LeVoq in Verbindung gebracht?

Aber wie sich herausstellte, schenkte auch Mott der Sache weitere Beachtung. Er fragte sich, ob Hoppers Intervention nicht vielleicht doch eine Erfindung gewesen war. Er sprach mit dem Partner, der sich angeblich mit Hopper unterhalten hatte. Und er kam zu der Schlußfolgerung, daß Melinda Hopper vorgeschoben hatte.

Ihm war klar, was das bedeutete. Und ihm war klar, daß er Melinda ihre Fälle entziehen mußte, bevor jemand anderes ebenfalls alles herausfand. Er hatte keine Wahl, er mußte mir den Malhousie-Fall übertragen – ich war die einzige Anwältin, die in San Francisco noch übrig war.

Die Übertragung des Falles schützte die Kanzlei – aber sie

machte auch offenkundig, daß Mott über Melinda Bescheid wußte.

So war es ihr zwar nicht gelungen, die Kanzlei zu retten, aber sie konnte immer noch sich selbst retten. Sie mußte William Mott umbringen.

Natürlich konnte sie diesmal weder einen Psychopathen noch eine eifersüchtige Frau oder Geliebte verantwortlich machen. Sie mußte mich zur Verdachtsperson machen. Deshalb sorgte sie dafür, daß man in der Kommune Schierling fand.

Und sie war klug genug, um vorauszusehen, was Krisbaum glauben würde: daß ich neurotisch war und versuchte, die Aufmerksamkeit anderer auf mich zu ziehen.

Zeit meines Lebens war ich der wandelnde Beweis meiner eigenen geistigen Gesundheit gewesen. Wenn ich also jetzt an einer Schierlingsvergiftung starb, würde die Polizei die Schlußfolgerung ziehen, daß ich mir aus Reue das Leben genommen hatte.

Zumindest Krisbaum würde das annehmen.

Ich blickte zu ihr auf und schüttelte den Kopf.

Meine Kehle fühlte sich wie verbrannt an, mein Mund war geschwollen, und ich konnte nicht sprechen. Ich konnte ihr nicht sagen, daß Surgelato es nicht glauben würde. Konnte ihr nicht sagen, daß die Polizei Justin Poat verhaftet hatte, daß die Cops sich auf ihn konzentriert hätten, wenn sie den Ereignissen ihren Lauf gelassen hätte.

Aber wenn sie mich jetzt tot auffanden, mit nichts als Tomatensaft im Magen, würde sich die Aufmerksamkeit auf sie richten.

Sie hatte recht, wenn sie jetzt verängstigt aussah. Sie war verloren.

Und wenn sie noch länger auf mir saß, dann war ich es auch.

Erneut klingelte das Telefon. Ruckartig zog sie ihre Hände zurück und zerrte dabei für einen Augenblick meine Arme vom Teppich fort. Sie reckte den Hals, um das Telefon auf McNees Schreibtisch anzustarren. Es klingelte. Und klingelte.

Ich wand mich. Versuchte erneut, sie zu treten. Reporter? Ich dachte an meinen Freund Manuel Boyd, der an Aids gestorben war. Ich würde ihm ziemlich schnell folgen, nicht wahr?

Ich versuchte, mein Adrenalin in Wallung zu bringen. Aber ihrem Adrenalinspiegel würde der meine niemals gewachsen sein. Mir war viel zu schlecht, um zu kämpfen. Mir war sogar fast zu schlecht, um auch es auch nur versuchen zu wollen.

In gewisser Weise wäre es eine Erleichterung. Vielleicht würde sie von meinem Zwerchfell heruntersteigen, wenn ich nicht mehr um mich schlug. Vielleicht konnte ich dann mal richtig durchatmen.

Möglicherweise würde sie dann glauben, daß ich mich tot stellte.

Sich tot stellen. Ich zwang meine Beine zum Zucken. Drei, vier, fünf krampfartige Bewegungen. Das Telefon klingelte immer noch.

Ich senkte die Lider, als ob ich die Augen nicht mehr aufhalten könne, dann riß ich sie wieder auf. Ich ließ meinen Kiefer herunterhängen, spürte, wie ich sabberte. Ich ruderte so heftig wie ich konnte mit den Armen und stieß mir erneut die Fingerknöchel an McNees Schreibtisch.

Melinda starrte mich mit weit aufgerissenen, entsetzten Augen an. Ein keuchendes Stöhnen entrang sich ihren Lippen. Es wirkte: Sie glaubte, mich sterben zu sehen. Vielleicht stimmte es ja auch.

Noch mehr Sabbern. Ich konnte es nicht ändern. Meine Augen schlossen sich. Ein paar Zuckungen noch. Dann wurde ich still.

Das Telefon hörte auf zu klingeln. Im Büro war es ganz still. Der Klang meines pochenden Herzens, ein Dröhnen in meinem Trommelfell. Melinda keuchte noch immer und gab einen klagend-kehligen Laut von sich. Ihr Griff war nach wie vor fest.

Der Schmerz in meiner Brust schwand. Nun hatte ich das Gefühl, als ob ein Schwarm von Schmetterlingen hindurchflatterte. Jetzt sterbe ich, dachte ich. Ich brauche gar nicht mehr so zu tun als ob.

Und dann spürte ich schließlich, wie sie ihr Gewicht von meinem Oberkörper auf ihre Knie verlagerte. Ihre Hände packten meine Arme zunächst härter, dann lockerer. Sie versuchte festzustellen, ob ich tot war.

Mutter. Daddy. Ihr empfingt mich mit dem Laßt-die-Bank-hochgehen-Poster, als ich aus dem Gefängnis entlassen wurde. Das Poster war blöd, aber es war mir egal. Ihr wart da. Ihr habt auf mich gewartet. Und daran erinnere ich mich.

Wieder das Telefon. Es erschreckte mich. Ich öffnete die Augen. Gott sei Dank bemerkte sie es nicht.

Sie starrte das Telefon an. Ihr Griff hatte sich gelockert, das Gewicht war verlagert. Und damit hatte ich den Spielraum, den ich brauchte. Ich tat jenen tiefen Atemzug.

Und dann gab ich alles, was ich hatte.

Ich setzte mich auf und befreite mit einem Ruck meine Arme. Ich brachte sie aus dem Gleichgewicht, dann tauchte ich mit ausgestreckten Armen seitlich ab. Ich griff nach dem Telefonkabel, zerrte das mit leuchtenden Knöpfen ausgestattete Gerät von McNees Schreibtisch herunter. Als der Hörer von der Gabel rutschte, brachte ich zwei heisere Worte heraus. »Hilfe! Hilfe!«

Dann sah ich, wie Melindas Hand auf die Gabel drückte.

Bevor ich bewußtlos wurde, stürzte sie sich wieder wie eine Lawine mit ihrem ganzen Gewicht auf mich.

Kapitel 44

Ich öffnete die Augen. Licht spiegelte sich irgendwo in meiner Nähe: in einer Chromstange. Ein Plastikkasten mit Hebeln und eine gezeichnete Bedienungsanleitung, wie man den Rückenteil des Bettes hoch- und runterfahren lassen konnte. Dahinter ein Nachttisch mit einer Schüssel, einer Kleenexschachtel und einer schmutzigen Einkaufstasche mit der Aufschrift *Stoppt den sauren Regen*.

Auf einem Stuhl meine Mutter, die sich die Augen wischte.

Sie sah mich an. Ihr Gesichtsausdruck veränderte sich: von Verzweiflung zu Freude, einfach so.

»Kleines!« Sie beugte sich über das Bett und strich mir die Haare aus dem Gesicht. »Ich hatte solche Angst!« Das mußte sie mir nicht sagen. Es stand noch immer in ihren Augen. »Ich liebe dich.« Das mußte sie mir auch nicht sagen.

Ich tastete nach ihrer kalten, faltigen Hand.

In meinem Arm steckten Schläuche. »Kannst du das Bett für mich hochfahren?«

Sie machte sich nicht mehr die Mühe, ihre Tränen fortzuwischen. Sie flossen allzu reichlich. Mutter drückte auf den Knopf, der das Kopfende anhob.

»Warst du das, am Telefon?«

Sie nickte. »Ich hatte Angst, Willa. Daß du uns wirklich verlassen würdest.« Sie durchwühlte ihre Einkaufstasche nach einem zusammengeknüllten Papiertaschentuch und putzte sich lautstark die Nase. »Ich habe mich meines Verhaltens geschämt.«

»Ich mich auch.«

Sie sah mich unsicher an und zögerte. »Ich wußte, daß du in deinem Büro warst, weil Stanley, der Junge, den ich geschickt hatte, es mir gesagt hat. Aber als ich anrief, hast du nicht abgehoben. Ich habe es immer wieder klingeln lassen, aber du hast nicht abgehoben.« Sie beugte sich nah genug an mich heran, daß ich ihre Cold Cream und ihr Parfüm riechen konnte. »Und hinzu kommt, ich *wußte*, daß Justin es nicht war! Ich wußte, daß *er* dir keinen Schierling verabreicht hat. Und wenn er es nicht war, dann mußte der Mörder immer noch frei herumlaufen!«

Justin Poat. Es machte keinen Unterschied, daß er unschuldig war. Die Polizisten hatten ihn erschreckt, und er hatte sich gegen sie zur Wehr gesetzt. Er hatte seine Bewährung aufs Spiel gesetzt. Er würde wieder ins Gefängnis nach Soledad kommen. »O Mutter! Das mit Justin tut mir ja so leid!«

In stummem, hilflosem Mitleid hielten wir einander bei der Hand. Dann fuhr sie mit versagender Stimme fort: »Als ich zum zweitenmal anrief, bekam ich Angst. Ich fürchtete, daß der Mörder bei dir war, im Büro. Also habe ich diesen Lieutenant angerufen.«

»Don? Du hast Don Surgelato angerufen?«

Sie nickte. »Und er hat in der Kanzlei angerufen. Und dabei hat er festgestellt, daß du in Schwierigkeiten warst.«

Als ich ihre grauen Wangen und ihre verängstigten Augen sah, war ich froh, daß nicht *sie* meinen krächzenden Hilfeschrei gehört hatte.

»Er hat den Sicherheitsdienst des Gebäudes und die Erste-Hilfe-Mannschaft angerufen. Er hat sie angewiesen, schnellstmöglich in den zwanzigsten Stock zu fahren – oh, Kleines!« Sie hob meine Hand an ihre feuchten Wangen. »Sie haben dir auf der Stelle den Magen ausgepumpt, aber eine Zeitlang dachten sie, es sei zu spät. Weil womöglich schon zuviel von dem Gift in deinen Blutkreislauf gelangt war. Wenn du nicht bald aufgewacht wärst, hätten sie dir Bluttransfusionen gegeben! Daddy ist immer noch unten und spendet Blut.«

Mein Mund fühlte sich wattig an, und mein Nacken war ein einziger Muskelkrampf. Meine Rippen schmerzten, und mir drehte sich der Magen, um es vorsichtig zu formulieren. Der Raum war viel zu hell für meine müden Augen. Und doch war es *so* schlimm eigentlich gar nicht. Nur ein bißchen schlimmer als nach einem tagelangen LSD-Trip (wenn ich es nach den – mein Gott! – fünfzehn Jahren, die seitdem vergangen waren, noch richtig in Erinnerung hatte).

Ich sah Mutter an. In den einzelnen politischen Ansichten stimmten wir nicht mehr miteinander überein. Aber das war mir egal. Und es schien so, als ob es ihr ebenfalls nichts ausmachte.

Als Don Surgelato hereinkam, lagen wir Wange an Wange und weinten.

Kapitel 45

Ihre ersten Worte zu ihm waren: »Was werden Sie wegen Justin Poat unternehmen?«

Er warf mir einen besorgten Blick zu. Ich sah wahrscheinlich schrecklich aus. Mit dem Zipfel meines Bettuchs wischte ich mir die Tränen ab. Don wandte sich meiner Mutter zu.

Im Nachmittagslicht war sein Gesicht müde und blaß. Die nächsten Worte waren entscheidend. Was immer er jetzt antwortete, würde uns alle drei ein Leben lang verfolgen. »Ich habe einen Fehler gemacht«, bekannte er. »Und das werde ich auch vor dem Bewährungsausschuß aussagen.«

In Mutters Gesicht glomm ein Hoffnungsfunken. »Wird es etwas nutzen?«

»Nein. Er hat einen Polizeibeamten geschlagen.«

»Aber das hätte er nicht getan, wenn Sie nicht –«

»Ich weiß! Aber unser Rechtssystem verlangt von ihm, daß er die Verantwortung für sein Verhalten übernimmt – unabhängig davon, wodurch es ausgelöst wurde!«

Darauf hätte Mutter alles mögliche antworten können. Ich hatte ihre Argumente schon Hunderte von Malen gehört. Die Bedeutung der Barmherzigkeit. Ein Opfer der Umstände. Das Verbrechen der Bestrafung. Richtet nicht, und ihr werdet nicht gerichtet werden!

Mit gerunzelter Stirn stand sie da und sah ihn an.

Sie hatte eine Kampagne organisiert, die zum Ziel hatte, daß Surgelato für die Erschießung des Mörders von Julian Warneke zur Rechenschaft gezogen wurde. Sie hatte ihm gegenüber keine Gnade walten lassen. Die Umstände hatten sie nicht die Bohne interessiert.

Ich sah Surgelato an. Er zog die Augenbrauen zusammen, und seine Lippen kräuselten sich. Die noch ausstehende Untersuchung konnte einen offiziellen Verweis zur Folge haben: einen Verweis, weil er meine Mutter begünstigt hatte.

Deshalb konnte keiner von beiden jetzt etwas sagen.

Ich brach das Schweigen. »Mutter, würdest du bitte eine Krankenschwester holen?«

Sie seufzte, ihre Schultern entspannten sich. Dann nickte sie und ging an Surgelato vorbei, ohne ihn anzusehen.

Er stieß hörbar den Atem aus, als sich die Tür hinter ihr schloß.

»Danke«, sagte ich und rang mir ein Lächeln ab.

Er fuhr sich mit der Zunge über die Lippen, machte ein paar schnelle Schritte auf mein Bett zu, beugte sich über mich und strich mir übers Haar. Sein Jackett stand offen. Ich konnte den Waffengurt unter seinem Arm sehen.

Er küßte mich.

Ich würde ihn vermissen – in L.A.